A MARCA DA MALDADE

Outros títulos da Coleção Suspense Legal

Justiça brutal, de Lisa Scottoline
A defesa, de D. W. Buffa
O julgamento final, de Richard North Patterson

Whit Masterson

A MARCA DA MALDADE

Tradução de
LUIZ ANTONIO AGUIAR

Com a colaboração de
ERNANI AGUIAR e MARISA SOBRAL

EDITORA RECORD
RIO DE JANEIRO • SÃO PAULO
2000

CIP-Brasil. Catalogação-na-fonte
Sindicato Nacional dos Editores de Livros, RJ.

M373m
Masterson, Whit
  A marca da maldade / Whit Masterson; tradução de Luiz Antonio Aguiar com a colaboração de Ernani Aguiar e Marisa Sobral. – Rio de Janeiro: Record, 2000.

  Tradução de: Badge of evil
  ISBN 85-01-05712-6

  1. Romance norte-americano. I. Aguiar, Luiz Antonio, 1955- . II. Título.

99-1570
CDD – 813
CDU – 820(73)-3

Título original norte-americano
BADGE OF EVIL

Copyright © 1956 by Whit Masterson. Copyright © renovado 1984 by Robert Wade e Enid Miller

Ilustração de capa: Marcello Gaú

Todos os direitos reservados.
Proibida a reprodução, no todo ou em parte, através de quaisquer meios.

Direitos exclusivos de publicação em língua portuguesa para o Brasil adquiridos pela
DISTRIBUIDORA RECORD DE SERVIÇOS DE IMPRENSA S.A.
Rua Argentina 171 – Rio de Janeiro, RJ – 20921-380 – Tel.: 585-2000
que se reserva a propriedade literária desta tradução

Impresso no Brasil

ISBN 85-01-05712-6

PEDIDOS PELO REEMBOLSO POSTAL
Caixa Postal 23.052
Rio de Janeiro, RJ – 20922-970

Para MARY e UEL

Jamais rejeitarei, de qualquer consideração pessoal a mim mesmo, a causa dos indefesos ou oprimidos, ou retardarei qualquer causa humana visando ao lucro ou por intenção criminosa. Que Deus me ajude.

— DO JURAMENTO DO PROMOTOR

CAPÍTULO 1

Às oito da noite clara de um sábado em fins de janeiro, ocorreu uma explosão destinada a sacudir todo o estado da Califórnia.

Rudy Linneker assistia relaxadamente à televisão na sua luxuosa cabana de praia feita de sequóia em Landfall Point, tomando o seu primeiro coquetel do dia. Viúvo, 55 anos, vestia um espalhafatoso calção de banho florido e sandálias. O balcão do bar fora arrumado para um jantar leve para dois, porque naquela noite ele desafiara a filha a acompanhá-lo em uma nadada de meio de inverno e ela costumava aceitar seus convites. Assim, ele a aguardava sem pressa, pensando no bem-estar que uma moça podia proporcionar a um homem ainda em pleno vigor. Vez por outra, remexia a cabeça como um velho periquito e procurava escutar o som dos passos da filha descendo os degraus de madeira do declive que dava na sua praia particular iluminada.

No entanto, sua filha só chegaria algum tempo após a catástrofe.

As janelas envidraçadas e corrediças da cabana estavam abertas. No outro lado da baía, cintilante com as luzes dos barcos, Rudy Linneker podia distinguir a silhueta dos seus depósitos de madeira, a ponta dos guindastes, a sombra escura do cargueiro que atracara naquele dia. Reservara a noite para o descanso, mas os negócios eram, sem dúvida, seu outro grande interesse na vida.

Linneker não ouviu ninguém descer os degraus que levavam à praia, nem caminhar pela areia até a cabana. Porém, às oito horas, alguém meteu a mão pela janela e deixou cair um pacote lá dentro.

Ele escutou o baque do pacote sobre o carpete de fibra trançada. Virou-se na cadeira e viu o feixe apertado de fios, como dedos vermelhos, e o pequeno artefato de detonação. Levantou-se intrigado, sem entender o que era. E foi feito em pedaços pela explosão amarela que tomou toda a cabana.

Dez dias depois, a polícia ainda não efetuara nenhuma prisão.

Mitchell Holt deu uma única batida na porta onde se lia Promotor Público. Não obteve resposta, mas mesmo assim entrou. Seu chefe estava oculto pelo jornal. A única indicação de vida era a espiral de fumaça de cigarro elevando-se por trás da barreira de papel. Holt sentou-se diante dele, a escrivaninha entre os dois, e aguardou um tanto apreensivo.

Após um momento, o promotor baixou o jornal como se descortinasse uma estátua. Havia mesmo uma semelhança. James P. Adair era um homem ereto com feições duras e uma cabeça compacta, com cabelo tão cinzento quanto granito. Tinha uma aparência que também lembrava um monumento de pedra e quando sorria isto podia ser considerado uma grande dádiva. Quando não o fazia, voltava a ser, integralmente, o implacável promotor. Em conseqüência, seus auxiliares costumavam se aproximar dele cautelosos, sem nunca saber ao certo com que cara o chefe iria recebê-los.

— Que bom que pode me conceder um minuto, Mitch — disse Adair, para alívio de Holt. Ali estava o chefe genial, e havia até mesmo um leve sorriso preocupado se formando. — O que sabe sobre o assassinato do Linneker?

— Apenas boatos de escritório. Tenho andado muito ocupado.

— Eu sei. — Adair virou o jornal sobre a escrivaninha, para que Holt pudesse lê-lo. — Bela foto, essa sua.

Era mesmo, apesar de Holt ainda não tê-la visto publicada naquele jornal. O *Sentinel*, jornal partidário da atual administração, dedicara toda a primeira página da edição do dia ao iminente desfecho do caso Buccio. E Holt, o assistente do promotor público, era apontado como responsável pela bem-sucedida conclusão do processo. A foto em preto e branco mostrava um jovem sisudo e magro — na verdade, quase esquelético — com olhar intenso e cabelos escuros desalinhados. Holt não se interessava muito pelas fotos que tiravam dele, mas no íntimo achava que essa em particular o fazia parecer demais com um jovem Abe Lincoln. Já sua mulher, ao contrário, gostava muito da foto, tal como todo mundo, e por isso Holt imaginava que era assim que todos o viam. O ideal para ele seria uma foto que o mostrasse mais maduro, sem aquele ar de cruzado. Aos 35 anos de idade, Mitch Holt não achava que se encaixasse bem nesse papel.

— Excelente — repetiu Adair, mas não se referia mais ao jornal. — O trabalho que você realizou no caso Emil Buccio... todo mundo do ramo concorda. Coisas assim restauram o prestígio da lei, como aplicação da justiça, e sem dúvida mantém a confiança do público na promotoria. Por que você não foi ao tribunal para ouvir a sentença?

— Isso é com o juiz. No que me diz respeito, meu trabalho terminou na última sexta-feira, quando pronunciaram o veredicto.

Ele falava com tranqüilidade, mas com muita convicção. Era capaz de mergulhar completamente num caso, de dedicar-se 24 horas por dia. Mas quando o vencia — ou, vez por outra, quando perdia — era igualmente capaz de afastar-se dele. A satisfação de Holt era sentir que dera o máximo de si e, ao contrário de alguns promotores, ele não se envolvia emocionalmente com o veredicto.

Adair estudou-o por um momento.

— Não entendo como consegue ficar de fora. Se eu tivesse lutado durante nove meses para desbaratar a organização Buccio, faria questão de estar lá para assistir ao *coup de grâce*. Juro que estaria naquele tribunal, fosse como fosse, para ver o velho Buccio receber o que merece. O resto da família vai se despedaçar, agora que você agarrou o mandachuva.

— É, acho que vai, sim — replicou Holt pouco à vontade, imaginando o que seu chefe estava querendo aprontar contra ele. Afinal, Adair não costumava ser assim tão generoso com elogios.

— Excelente — repetiu Adair, sorrindo com evidente satisfação. — Você recebe uma dessas queixas que não levam a nada, coisa que acontece quase todo dia, daí segue a pista, cruzando com negócios de fachada, companhias comprometidas umas com as outras e testemunhas atemorizadas com os seus próprios pecados. Depois de nove meses juntando provas sobre operações ilícitas e ações violentas, finalmente dá à luz, hoje, um belo bebê, o caso mais importante e mais difícil dos últimos anos. Acabou essa história das licenças ilegais para bares, a extorsão praticada pelos Buccios e todos eles. Acabou o poder deles! — Adair inclinou-se à frente. — O que vem a seguir na sua agenda, Mitch?

— As férias que deveria ter tirado no verão.

— Fevereiro não é lá uma época muito boa. Talvez fosse melhor esperar até o tempo esquentar.

Holt sorriu ironicamente.

— Que tal tentar dizer isso a minha mulher? Faça isso, mas depois se abaixe bem rápido.

— Como vai a Connie? E a sua filha?

— Vão bem... acho. Creio que não tenho dado muita atenção a elas ultimamente. A reclamação que mais ouço em casa é que, quando me envolvo num caso, o melhor que elas poderiam fazer seria ir embora e arranjar um lugar para caírem mortas. — Holt cruzou as pernas compridas, perturbado com o interesse incomum de Adair por sua vida particular. A seguir, acrescentou enfaticamente: — Vamos para o México, passar umas duas semanas. O pai dela tem um rancho em Ensenada, como sabe. A região é boa para caça. Antílopes.

— Hã-hã. — Adair levantou-se e caminhou até a janela. Primeiro, dirigiu o olhar sombriamente para a fonte no pátio do Centro Cívico, depois para o par de antigas pistolas de seis tiros pendurado na parede. Holt jamais conseguira entender se a decoração à Velho Oeste do escritório de Adair — com pinturas a óleo retratando cenas da expansão das fronteiras, coleções de ferretes de marcar gado e antigos distintivos de xerife — representava um interesse genuinamente histórico ou uma tentativa de escape para um passado mais simples, fugindo de um presente complexo e violento. Havia quem dissesse que Adair pretendia compor um personagem, por motivações políticas, mas Holt não dava muita atenção a essa espécie de mexerico. Alguns membros da promotoria pública chamavam-no pelo apelido de *Dois-Revólveres*, mas não na sua cara.

Adair apanhou uma das suas pistolas e girou o tambor. Era uma velha arma de ação simples .45, a famosa Colt Peacemaker.

— Antílopes, é? Escute, Mitch, em vez disso, o que acha de uma caçada humana? — Ele lançou um olhar para o chefe Cavalo Doido na parede.

— Atire — disse Holt, evasivo.

Adair sorriu e apertou o gatilho. O clique metálico era forte e mortífero.

— O cara que dinamitou o Linneker — explicou ele.

— Mas será que o caso já está no ponto de entrarmos?

— O crime aconteceu há dez dias e a investigação ainda não alcançou ponto nenhum. Esse é exatamente o problema.

— Dez dias não é tanto tempo assim.

— Acontece que Linneker não era nenhum joão-ninguém. Você sabe que odeio questões políticas, mas não podemos ignorá-las, quando é o que está em jogo. Temos recebido um bocado de pressão para liquidar com esse caso com presteza, particularmente do *Press-Examiner*. Na noite passada, tive de comparecer a um encontro na casa do prefeito. O chefe Gould estava lá, o Rackmill, e muitos outros interessados. E a ordem lá de cima era: "Apresentem resultados."

Holt assentiu. Ele sabia do que Adair estava falando. Os Linnekers, assim como os Buccios, eram famílias importantes na região, mas de posições sociais diferentes. Havia um Linneker entre os patronos fundadores, e a Linneker Lumber & Hardware era uma empresa tão conhecida quanto o Banco da América. Nenhum projeto comunitário, nenhum empreendimento social ou subscrição de caridade estaria completa sem o nome Linneker incluído entre os patrocinadores ou no quadro dos diretores. O assassinato de dez dias atrás transformara-se automaticamente em notícia de primeira página, e ia continuar assim enquanto o caso se mantivesse aberto, tal como a pressão que os órgãos da lei iriam sofrer. Entretanto, Holt ainda não via o que isso tinha a ver com ele. O escritório do promotor público normalmente só assumia o caso depois que a polícia tivesse realizado o seu trabalho, nunca antes.

Ainda de pé, Adair gesticulava, a pistola na mão.

— Rudy Linneker possuía quase tudo e também era uma ótima pessoa. Boa relação com a filha, muito chegados desde que a esposa morreu, dez anos atrás. Assim, a única pessoa que resta da família é a filha, Tara. Ela tem trinta anos e ainda é solteira. Filha única e única herdeira. Ele valia mais de dois milhões de dólares, lar em Landfall Point, rancho no Arizona, avião particular, os negócios. Tudo isso, e sábado passado, faz uma semana, foi assassinado.

Adair soltou um riso curto e seco e recolocou o revólver na estante de armas.

— Assassinado é pouco. Não sobrou quase nada dele. O que me diz, Mitch?

— Parece uma grande confusão.

— Sem dúvida! Nos dois sentidos. E ainda nenhum sinal de que vamos poder elucidar o crime. Nenhuma pista. Nenhum motivo, nada.

— A filha não ajudou em alguma coisa?

— Tara Linneker insiste em que estava passeando de carro com o namorado... na verdade, o seu noivo... quando a coisa aconteceu. — Adair hesitou... — O Linneker não gostava muito do rapaz. O nome dele é Shayon. McCoy está explorando esse ângulo.

— McCoy? — disse Holt prontamente, espigando-se. — Quer dizer, o capitão McCoy? Pensei que ele tivesse se aposentado, faz uns anos.

— É verdade. Mas o Gould mandou chamá-lo de volta para pôr ordem na coisa. Por aí, dá pra ver como a polícia está levando o caso a sério.

Claro que Holt entendia isso. O capitão Loren McCoy era uma espécie de lenda entre os órgãos da lei na cidade. Holt nunca o conhecera pessoalmente nem trabalhara com ele, porém conhecia bem sua reputação. Durante quase trinta anos chefiara a Divisão de Homicídios e com seu assistente principal, sargento Hank Quinlan, formara uma dupla de caçada humana sem par em todo o Sudoeste. Se o Departamento de Polícia chamara McCoy de volta à ativa, era sinal de que estavam mesmo desesperados e de que precisavam de uma conclusão rápida e inquestionável para o caso Linneker.

— Bem — Holt foi falando devagar —, se o McCoy está de volta, não sei por que você está tão preocupado. Ele nunca falha.

— Concordo com você. Não tenho dúvida de que também não vai falhar desta vez. Mas este escritório, assim como o Departamento de Polícia, está numa situação bastante tensa. Esse é o lado infeliz do serviço público. Algumas vezes, não é suficiente fazermos o melhor que podemos. Temos também de demonstrar publicamente que estamos nos esforçando ao máximo.

— Não sei onde você quer chegar.

Adair fez uma careta.

— A uma dessas decisões políticas... caiu em cima de nós na noite passada, Mitch. Espera-se que o escritório do promotor público mostre seu poder de fogo neste caso. Vamos ter de indicar um investigador especial. Sendo assim, pode considerar-se indicado.

— Por que eu? Se é uma investigação que você quer, Van Dusen é o mais...

— Não. Você é o homem certo. Vai sair do caso Buccio como um vencedor, o seu retrato está no jornal, o público conhece o seu nome. Indicar você é a prova de que o contribuinte precisa para ter certeza de que estamos dando o melhor de nós para resolver o caso.

Holt resmungou em voz baixa e fixou o olhar no chefe. Adair encarou-o e deu de ombros, desolado.

— É o preço do sucesso: mais trabalho. Aceite minhas desculpas pessoais, Mitch. Sei que suas férias estão vencidas, e mais do que vencidas. Mas é apenas uma tarefa temporária. Não irá lhe tomar mais de um dia, uma semana no máximo. Até que alguma coisa surja ou que a pressão cesse.

— Não, não é o trabalho que me aborrece. Não gosto é de ser usado como figuração.

— Você é muito mais do que isso para mim.

— Bem, seja como for, não sou um policial e vou bancar o bobo se tentar sair por aí investigando crimes. Ainda mais amarrado ao McCoy e ao Quinlan.

— Não se subestime. Você pode muito bem ensinar a esses cachorros velhos alguns truques novos.

— Claro que posso! — retrucou Holt. — E eles vão adorar a lição.

— No mínimo, vai representar uma mudança de perspectiva para você. Quero você trabalhando comigo, quando chegar a hora do julgamento, e se você já conhecer o caso, desde o começo das investigações, melhor ainda. — Adair deu-lhe umas batidinhas no ombro. — Olhe, se está com medo de sua mulher perder a cabeça, posso telefonar para a Connie e explicar tudo.

Holt levantou-se. Ele tinha mais de 1,80m de altura.

— Posso fazer isso sozinho. Sou maior do que ela. Mas isso está se tornando a minha única vantagem. — Ele sabia que podia até brincar com o assunto, mas ordens eram ordens. Não importava gostar ou não da tarefa. Ele agora estava metido no caso tanto quanto Adair, e precisava ir até o fim. Mas não conseguiu resistir a tirar do chefe uma última orientação. — Queria deixar uma coisa bem clara...

O telefone o interrompeu. Adair atendeu, grunhiu qualquer coisa, depois desligou, com um sorriso no rosto.

— O velho Buccio pegou pena máxima. Cinco a dez. Agora, Mitch, o que era que você ia dizer?

— Só isso... Você espera que eu de fato resolva o caso Linneker ou quer apenas que eu sorria para os fotógrafos?

Adair entendeu o problema. E sua resposta foi em tom sério:

— As duas coisas. Se você for capaz de dar conta de ambas.

— Certo. — Holt abriu a porta. — Como servidor público, vou tentar. Mas, neste exato instante, estou duvidando de que possa cuidar tanto de uma quanto de outra.

CAPÍTULO 2

Mitch Holt fora indicado para assistente do promotor público havia pouco mais de três anos, logo após a posse de Adair. A maioria das pessoas não permanecia tanto tempo assim no cargo, considerado apenas um trampolim para melhores oportunidades. Ele era também mais velho do que a média e, somados esses dois fatores, podia-se concluir que Holt não tinha muita ambição. Isso só era verdade em parte. Ele não tinha aquele típico desejo irresistível de avançar na carreira, em particular na área política, mas também não era inteiramente imune a isso. A carreira de Holt, como a de muitos outros, sofrera com duas guerras. A Segunda Guerra Mundial o atrasara quatro anos e o conflito coreano — ele foi um oficial da reserva naval — mais dois. Como resultado, aos 35 anos ele estava no mesmo ponto em que a maioria dos jovens advogados se encontrava aos 29: ainda no processo de construir uma reputação profissional. Isto não o incomodava. Sabia que logo estaria em condições de abrir seu próprio escritório, sem arriscar irresponsavelmente o sustento da família. Até chegar esse dia, se contentaria em agarrar-se ao emprego e, de boa vontade, dedicar-se a ele da melhor forma possível, mesmo quando as tarefas não fossem exatamente as que escolheria para si. Era exatamente isso o que estava acontecendo nesse caso.

Foi bem típico dele, mesmo deixando claro para Adair que assumia o posto de investigador especial a contragosto, mergulhar de imediato no caso, e com entusiasmo. Já era quase hora do almoço e podia ter usado isso como desculpa para adiar providências, mas quando deixou o Centro Cívico, prontamente pegou seu carro e atravessou o distrito comercial da cidade rumo à Central de Polícia.

A Central, junto com a carceragem municipal, ocupava um quarteirão inteiro, a pouquíssima distância da enseada. Era um edifício de um único andar, com revestimento castanho-amarelado, em estilo espanhol, com telhado vermelho e janelas montadas com um recuo profundo. Havia palmeiras dando-lhe sombra, um pátio agradável rodeado de muros, lembrando mais um clube de campo que um distrito policial. No entanto, no interior, essa impressão desaparecia. Homens uniformizados, portas com letreiros assustadores — Costumes, Homicídios, Roubos e Furtos, Roubo de Automóveis —, a batida ininterrupta dos teletipos e os zumbidos metálicos do rádio da polícia não deixavam dúvida de que era um lugar onde se tratava de assuntos sérios, até mesmo trágicos.

Holt identificou-se ao sargento de plantão e perguntou pelo capitão McCoy.

— Ele, o Quinlan e o capitão Troge estão com o chefe neste momento — informou o sargento. — Quer que avise que está aqui, Sr. Holt?

Holt achou que não seria necessário. Vinha tratar de um assunto que não exigia que se interrompesse uma reunião de alto nível. Na verdade, não tinha muito a fazer ali, a não ser apresentar-se aos policiais encarregados da investigação do caso Linneker e pedir-lhes ajuda. Ficou perambulando pelos corredores, aguardando o término da reunião.

A sala de imprensa ficava em frente à Administração. Um homem estava sentado na beira de uma escrivaninha, falando ao telefone. Quando viu Holt no limiar da porta, desligou e veio ao seu encontro.

— O senhor é o Holt, não é? — perguntou. — Do escritório da promotoria. Eu me chamo Barker. Trabalho na editoria de polícia do *Sentinel*. O senhor fez um bom trabalho no caso Buccio.

— Obrigado. Mas tive um bocado de ajuda.

— Acabei de receber uma dica lá do jornal. Estão dizendo que você vai fazer o mesmo trabalho no caso Linneker.

Holt ergueu as sobrancelhas, surpreso. Adair não perdera tempo em informar a imprensa.

— Bem, mais ou menos. A polícia está encarregada de tudo. Na verdade, meu papel é apenas manter a conexão do caso com a promotoria pública.

— Mas já deve ter alguma idéia a respeito — insistiu o repórter. — Alguma coisa que eu possa dar no jornal, só para deixar meu editor contente. Sabe do que estou falando, não sabe? Algum ângulo desses que os tiras costumam deixar passar, coisas assim.

Holt sacudiu a cabeça.

— Sinto muito, mas não posso ajudá-lo. Não sei de nada que valha a pena publicar.

Ouviram-se passos pesados no corredor atrás dele e Holt virou-se. Viu três homens aproximando-se, vindos do gabinete do chefe de polícia. Reconheceu o capitão Troge, chefe da Homicídios. Já haviam trabalhado juntos. Não conhecia os outros dois, mas Holt adivinhou que era a famosa dupla McCoy & Quinlan, mesmo não estando certo de quem era quem. O mais alto dos dois usava uma bengala e mancava acentuadamente.

Já o repórter conhecia muito bem os dois. Tanto que barrou o caminho deles, animado.

— Bem, agora que já temos aqui o time completo de cérebros confiáveis que vão trabalhar juntos, alguém deve ser capaz de me dizer alguma coisa. Então, capitão Mac? O que há de novo no caso Linneker?

O homem a quem ele se dirigira era o mais baixo. Era magro e rijo, seu cabelo um emaranhado de fios brancos semelhante a um tosão descorado. Seu rosto tinha contornos graves, mas também algo de paternal. Holt avaliou que McCoy deveria ter aproximadamente sessenta anos, no máximo um ano a mais ou a menos. Ele limitou-se a sorrir e sacudir a cabeça negativamente para o repórter, mas o homem de bengala — que devia ser Quinlan — rosnou:

— Não pressione o capitão, Barker. Quando soubermos de alguma coisa, você será informado.

— Não se irrite, Hank — replicou o repórter. — Estou apenas fazendo o meu trabalho. Só achei que, com o novo investigador especial da promotoria por aqui, vocês quisessem provar que estão dando duro no caso.

McCoy e Quinlan voltaram-se para Holt como se o vissem pela primeira vez. Troge aproveitou para fazer as apresentações. Declararam ser um prazer conhecê-lo, mas Holt estava mais inclinado a duvidar disso. Não os culpava; para os policiais, devia parecer como se tivesse trazido o repórter com ele. Ninguém apreciava um caçador de publicidade.

McCoy confirmou a suspeita de Holt, dizendo:

— Acho que vi seu retrato nos jornais esta manhã, Sr. Holt. O caso Buccio. Parabéns. — Ele tinha uma voz melodiosa, agradável, com ligeira insinuação de sotaque regional.

— Obrigado — respondeu Holt pouco à vontade. — Suponho que esteja sabendo o motivo pelo qual estou aqui.

— O chefe já nos falou a respeito — disse Troge. Ele deu uma olhada no relógio. — Já estou atrasado. É todo seu, Mac. — Ele incluiu

Holt nesta afirmação de troca de responsabilidade, fez um aceno de cabeça e apressou o passo na direção da Homicídios.

Os três homens, com o repórter absolutamente atento bem junto a eles, foram abandonados em pé, no meio do corredor, durante um breve instante de desconforto.

— Há algum lugar por aqui onde possamos conversar, capitão? — sugeriu Holt.

— Hank e eu íamos justamente atravessar a rua para comer qualquer coisa. — McCoy hesitou. — Vai ser um prazer, se quiser nos acompanhar.

Holt aceitou o convite forçado e desceu o corredor com os dois policiais, deixando o repórter para trás. Antes que se afastassem, Barker falou:

— Estarei esperando um relatório, capitão.

— Espere sentado! — resmungou Quinlan. — Que se danem todos os jornais, e os seus leitores também.

McCoy riu disfarçadamente, mas Holt achou prudente não fazer comentários, já que podia estar incluído na imprecação. Atravessaram a rua na direção da lanchonete da esquina e acomodaram-se num assento reservado ao fundo. Enquanto consultavam o cardápio, Holt examinava seus companheiros mais de perto. Podiam formar uma dupla, habituados a trabalhar juntos, mas eram muito diferentes. McCoy era obviamente o pensador; Quinlan, o executor. O sargento pesava pelo menos uns vinte e cinco quilos mais que seu superior e era meia cabeça mais alto. Quinlan tinha o ar sério, enquanto McCoy sorria, mas Holt interpretou que ambas as expressões disfarçavam a mesma coisa — uma determinação fria e competente. Eram tiras acima de tudo, com o olhar caracteristicamente áspero dos policiais. McCoy ocultava seu olhar com piscadelas e Quinlan usava óculos sem aro; mas estava ali, no rosto deles. Um olhar que todo caçador de homens adquire com o tempo.

McCoy olhava para fora da janela enquanto esperavam que a garçonete viesse anotar o pedido.

— O céu está nublado. Vai chover, Hank?

— Segundo o meu joelho, sim — informou Quinlan, indicando sua perna esquerda esticada para fora das mesas enfileiradas. O sargento tinha sido gravemente ferido numa troca de tiros, havia três ou quatro anos, segundo Holt lembrava-se. Se fosse outra pessoa, teria sido obrigado a se aposentar por invalidez. Mas McCoy lhe arranjara um cargo burocrático para que completasse o tempo normal de serviço ativo, do qual ainda faltava agora apenas um ano ou algo assim.

Holt tinha o sincero desejo de estabelecer relações amistosas com os dois veteranos. Quando a garçonete afastou-se com os pedidos, ele disse abruptamente:

— Quero deixar bem clara a minha posição. Como vocês sabem, o promotor público me indicou como investigador especial para o caso Linneker. Estarei trabalhando com vocês daqui por diante.

— Foi isso o que entendemos — murmurou McCoy sem qualquer ênfase.

— Para mim, isso significa simplesmente que estou disponível a dar a vocês qualquer ajuda que possam vir a precisar do escritório da promotoria. E isso é tudo. Sou um advogado, não um policial, e não pretendo bancar uma coisa que não sou. Fui indicado para o caso pelo mesmo motivo que vocês, para demonstrar que todos vamos nos empenhar ao máximo para solucionar o crime. Entretanto, vocês continuam sendo os donos do espetáculo.

McCoy, enchendo de tabaco um velho cachimbo manchado, não disse coisa alguma, nem Quinlan, com sua fisionomia vermelha e sisuda. Mas Holt sentiu um abrandamento na atitude hostil de ambos. Finalmente, McCoy disse:

— Parece razoável. O que acha, Hank? Devemos deixar Holt participar da nossa equipe?

— Sempre tem lugar para mais um — replicou Quinlan. Ele deu uma espiada em direção à cozinha. — Nunca entenderei por que essa gente demora tanto para abrir apenas duas latas. Ei, Alice, vamos depressa! Hoje é um dia normal de trabalho.

— Calma — aconselhou McCoy, piscando para Holt. — É o segredo para viver mais.

— Quem está querendo isso? A única coisa que quero é me levantar daqui, ir para Seacliff e voltar antes que comece a chover.

Seacliff era uma pequena comunidade praiana a uns trinta quilômetros ao norte, mas ainda dentro dos limites do condado. McCoy explicou para Holt:

— Foi em Seacliff que eles compraram a dinamite para explodir o Linneker.

— Eles? — repetiu Holt, fixando-se na palavra chave. — Parece que já estão sabendo de alguma coisa.

A garçonete apareceu naquele momento trazendo os pedidos, de forma que McCoy não respondeu. Em vez disso, ficou olhando para a tigela de *chili* que Quinlan tinha à frente agora, com um ar de deboche.

— Como pode submeter seu estômago a uma bílis como essa? Não tem nenhum respeito pelas dádivas que Deus colocou dentro de você?

Quinlan só fez resmungar e começou a comer. O almoço de McCoy era mais leve, sopa e salada. Antes de comer, ele engoliu uma pílula branca que retirou de um pequeno frasco de remédio. Depois de algumas mastigadas, disse para Holt:

— Não queremos ainda que isso circule por aí, mas achamos que temos a coisa quase resolvida.

— Ora, que boa notícia — exclamou Holt. Parecia que o trabalho ia durar menos do que supunha. Ele ainda teria tempo de fugir para suas férias no final da semana. — Pode me dizer o que já encontrou?

— Foi a filha — disse McCoy, entre uma e outra dentada. — Tara Linneker e o seu namorado, Shayon. Nenhum mistério. Eles queriam se casar. O pai não aprovava, ameaçou apertar a bolsa, se ela não o atendesse. Então, o mandaram para o reino dos céus, e agora Tara tem o namorado e o dinheiro. É só isso.

— Parece lógico, certo — admitiu Holt. — Mas pode provar o que está me dizendo?

Inclinado sobre sua tigela de *chili*, Quilan desdenhou.

— É só soltar minha mão durante o interrogatório e provo tudo, sem a menor dúvida.

— As provas vão aparecer — disse McCoy, imperturbável. — Quando você sabe o que está dizendo, as provas sempre aparecem. É apenas uma questão de olhar para os lugares certos.

— E iam aparecer muito mais rápido, se a gente não precisasse perder tempo com análises de laboratório e com engenhocas elétricas — resmungou Quinlan.

Holt não se surpreendeu com o fato de o corpulento policial ter má vontade quanto a métodos científicos de investigação criminal, como muitos outros policiais da antiga.

— São as pessoas que realmente cometem os crimes, e é nas pessoas que devemos nos concentrar — completou Quinlan.

McCoy era mais moderado.

— A análise dos exames de laboratório e os dados estatísticos são apenas uma extensão da intuição do homem, Hank. Isso é o que importa. Tudo segue a intuição original.

— Ora, falando apenas como um promotor — disse Holt —, me parece que a prova é a coisa mais importante.

McCoy empurrou o prato para o lado e reacendeu o cachimbo.

— Quando você está neste trabalho há algum tempo, Holt, desenvolve um certo sentido para a coisa. É o que estou chamando de intuição. É como o Hank e a sua perna encrencada. Eu vejo as nuvens, mas não posso ter certeza de que vai chover. No entanto, Hank pode, sempre. A perna dele passa o recado. Minha intuição diz que Tara Linneker e Delmont Shayon cometeram esse assassinato.

Holt sorriu. "Prova A: intuição do capitão McCoy".

— Não me interprete mal. Não estamos parando por aqui. Agora, precisamos provar que estamos certos. Está com as fotos aí, Hank? — Enquanto Quinlan retirava um envelope do bolso do paletó, McCoy continuou: — A dinamite usada no caso Linneker foi comprada em Seacliff, dois meses atrás, no dia primeiro de dezembro. Marca Black Fox, muito comum. O homem que a comprou deu nome e endereço falsos... Você sabe que é exigida a assinatura de quem quer comprar explosivos. É o mesmo procedimento usado com quem compra veneno. E foi essa a nossa pista. Teríamos chegado a isso mais cedo, se não tivéssemos de começar checando aqui na cidade e nos arredores. A descrição por alto que conseguimos do comprador combina com o Shayon.

McCoy recebeu o envelope de Quinlan, retirou várias fotografias e selecionou uma.

— Esse aqui é o Shayon.

Holt examinou a foto, um retrato da cintura para cima de um homem jovem, com aproximadamente 25 anos. Franzino, rosto bonito, pele pálida, cabelos pretos crespos. À primeira vista, Delmont Shayon não seria capaz de um ato tão brutal como o de dinamitar um homem idoso, porém os olhos que se destacavam naquela fotografia eram melancólicos e reservados. Entretanto, Holt não acreditava que o caráter de um homem pudesse ser avaliado de maneira tão superficial. Assim, devolveu a foto para McCoy, dizendo:

— Para mim, parece um sujeito bastante normal.

McCoy colocou-a de volta junto com as outras.

— Estamos indo para Seacliff agora, para conseguir uma identificação positiva. As outras fotos não são de Shayon, são de outros sujeitos. Pegamos ao acaso, para fazer a coisa direito.

— E se você não conseguir a identificação?

— Gostaria de apostar comigo?

Holt sacudiu negativamente a cabeça:

— Acho que não. Mas tenho de considerar a questão como o cara que provavelmente vai ser o promotor nesse caso. Eu me pergunto se esta fotografia de Shayon já não foi parar nas manchetes dos jornais.

— Talvez — admitiu McCoy, estudando-o. — Por quê?

— Ora, porque isso tornaria a identificação passível de dúvida.

Quinlan amassou o seu guardanapo de papel e o pôs de lado com ar de repulsa.

— Você está imaginando isso como promotor ou como defensor do Shayon, Holt?

Holt corou, mas McCoy acrescentou amavelmente:

— Calma, Hank, não deixe que o *chili* perturbe o seu senso de humor. Estamos do mesmo lado. O Holt levantou um ponto perfeitamente válido. Mesmo se obtivéssemos uma identificação positiva em Seacliff, como eu aposto que vamos ter, seria apenas o primeiro passo. Mas vai servir para mostrar que estamos no caminho certo. Todos de acordo, senhores?

Quinlan deu de ombros para indicar que não estava aborrecido. Já Holt queria apenas esquecer o pequeno atrito. Ele não guardava ressentimentos.

— Não me culpem por raciocinar como advogado. Eu os avisei de que não era um policial.

— Então, gostaria de nos acompanhar agora num giro até Seacliff, só para ver como a coisa anda? — sugeriu McCoy, preparando-se para se levantar. — É bom contar com você aqui conosco.

O convite foi sincero, mas Holt não aceitou. Havia decidido que o mais lógico seria adquirir conhecimento por conta própria do caso Linneker. Do contrário, não teria como acompanhar os desdobramentos.

Eles se despediram no meio-fio e Holt ficou observando os dois policiais se afastarem num carro preto do esquadrão, seguindo para o norte. Permaneceu ali um momento, pensando no que haviam dito. Desejava estar tão seguro nos seus próprios casos como McCoy parecia nos dele, mas isso, aparentemente, só se adquiria após muitos anos de experiência. A reputação de McCoy justificava essa certeza. Ele conhecia bem o seu trabalho.

No momento em que Holt atravessava a rua de volta para a Central de Polícia, os primeiros pingos de chuva começavam a molhar o chão. Quinlan estava certo.

— Ponto para a intuição — exclamou Holt.

Lamentou um pouco a sorte de Delmont Shayon e Tara Linneker, tendo homens como aqueles nos seus calcanhares. Estava contente por não ter aceitado a aposta com McCoy.

CAPÍTULO 3

Ao cabo de uma hora, Holt já se inteirara de tudo que havia para saber sobre o assassinato de Linneker. Tinha lido nos arquivos da polícia o relatório dos investigadores, os depoimentos das testemunhas, as conclusões do detalhe da prova física e o relatório da autópsia. O arquivo era detalhado e completo; só faltava uma conclusão.

Era fácil perceber o motivo pelo qual McCoy se fixara em Tara Linneker e seu noivo como os suspeitos mais prováveis. Motivo, oportunidade, ausência de um álibi, familiaridade com a cena... tudo se encaixava. Rudy Linneker não tinha inimigos conhecidos e a primeira semana da investigação não havia identificado ninguém que pudesse ser classificado, mesmo que remotamente, como suspeito. Não era de admirar que os dois caçadores de homens estivessem tão convictos. Era menos intuição do que eliminação. Faltava somente uma confissão — ou uma prova circunstancial que substituiria a confissão — para fechar o caso.

A chuva continuava fraca quando Holt deixou a Central para apanhar seu carro. Assim, em vez de voltar para o escritório no Centro Cívico, tomou a direção norte ao longo da enseada, acreditando que poderia, sem problemas, dar logo conta do trabalho de rua.

Landfall Point era um comprido braço de terra que se erguia diante da cidade e da enseada, como se a protegê-las de ataques do oceano Pacífico. Do lado do quebra-mar houvera pouca tentativa de melhorar a natureza. Mas do lado fronteiro à cidade estendia-se uma região de residências luxuosas, a maioria construída num nível bem acima do mar para tirar vantagem não só da vista como também para escapar, tanto quanto possível, dos nevoeiros rasantes da noite. A topografia do Point, entrecortada de cânions, tornou cada casa um castelo, virtualmente isolada e distante dos vizinhos.

Quando menino, Mitch Holt costumava vaguear pelos cânions de Landfall Point e mergulhar dos seus penhascos de arenito em busca de moluscos. Assim, estava familiarizado com a topografia local e não teve dificuldade em encontrar a mansão Linneker. A casa fora construída em três níveis. Feita quase toda de madeira, como se fosse o lar de um lenhador, era cercada por uma pequena floresta de árvores subtropicais e arbustos. Possuía uma aura quase perceptível de gostos dispendiosos e vida abastada. A morte, particularmente a morte violenta, parecia algo distante de tudo aquilo.

Holt não se aproximou da porta da frente. Em vez disso, seguiu por um desvio, contornando a casa, através de um caminho pavimentado de lajes que descia para um vasto pátio, passando por uma quadra de tênis. Não viu nem ouviu ninguém e estava quase acreditando que o lugar se achava deserto. Mas quando emergiu abruptamente à beira de um penhasco, o seu caminho foi barrado por um policial uniformizado, envolto numa capa amarela impermeável, sentado no degrau de cima de uma escadaria que descia para a praia. O policial pôs-se imediatamente em alerta, só relaxando quando Holt apresentou suas credenciais.

— Tudo certo! Pode olhar à vontade por aí — disse para Holt. — Na verdade, nem sei o que estou fazendo aqui. A espelunca não vai sair do lugar e não sobrou nada que valesse a pena ser roubado.

Holt foi forçado a concordar. Era necessário um exercício de imaginação para se conceber que a cova lá embaixo tivesse sido, antes da tragédia, a área de lazer particular de um homem rico. Da cabana, restara apenas um contorno enegrecido no chão, indicando onde as paredes se erguiam antes que a explosão e o incêndio que se seguiu destruíssem tudo. Havia uma depressão, como se fosse um disco, na areia afundada pela explosão. Mesmo a areia, normalmente branca por ação de algum capricho das correntezas que a livrava do óleo e de outros detritos da enseada, a certa distância ao redor das ruínas, ficara cheia de nódoas negras, marcando com cinzas as pegadas dos investigadores e policiais. Holt notou também que havia um brilho estranho na areia ali abaixo, mesmo na área cinzenta, como se alguém a tivesse borrifado com lantejoulas.

— Vidro — explicou o policial, quando Holt mencionou o fenômeno. — A cabana tinha uma enorme porta de vidro corrediça e uma porção de janelas. Elas foram reduzidas a pó e o vidro espalhou-se por aí, tal como aconteceu ao velho.

— Este é o único caminho para descer até a cabana? — perguntou Holt, indicando os degraus.

— Daqui, sim. Mas qualquer um pode chegar até lá pela praia. Tem só uma cerca, ali, mas é fácil de pular. E é claro que uma pessoa também pode chegar nadando, se quiser. — Na verdade, o verdadeiro interesse do policial se prendia a assuntos mais imediatos. — Escute, se o senhor for demorar mais um pouco por aqui, talvez eu possa dar um pulo lá na casa para beber um copo de água.

Holt concordou com um aceno de cabeça e começou a descer a escadaria de madeira que ia até a praia. Suas narinas captaram o cheiro acre da madeira queimada, ainda mais forte do que a maresia. A cabana tinha se queimado até os alicerces, sem que os bombeiros tivessem conseguido apagar o fogo, apesar de, ironicamente, a poucos metros de distância estar à disposição toda a água do mundo, banhando a praia. Holt perambulou pelo local, inspecionando sobriamente os destroços, sem conseguir afastar o pensamento de que o cenário mais parecia os restos da manhã seguinte de uma gigantesca festa de praia. Mas havia outro cheiro presente, o odor insalubre da morte, que não se encaixava nessa fantasia.

Holt não encontrou nada de significativo, nada que não esperasse encontrar, apesar de ter se impressionado bastante com o poder de destruição da dinamite. A explosão, confinada à cova em forma de U, havia até mesmo estilhaçado os holofotes aninhados nas paredes do penhasco. Tentou imaginar como teria sido a cena que a polícia e os bombeiros haviam presenciado ao chegar, a cabana em chamas como única fonte de luz, o fogo refletindo-se em manchas foscas no arenito-pardo, como se fosse a representação do inferno criada por um pintor.

Tomado por esse pensamento macabro, Holt começou a experimentar a estranha sensação de estar sendo vigiado. Olhou para cima; o guarda ainda não voltara ao seu posto. E no entanto a sensação persistia e a cabeça de Holt girou lentamente até que os olhos acabaram encontrando aquilo sobre o que o instinto já o prevenira. Ele não estava sozinho na praia.

Em ambos os extremos da cova, uma cerca de trilho fendido fora montada, indo dos despenhadeiros até a beira da água. Seu propósito era servir de limite, mas, como afirmara o guarda, era baixa demais para impedir a penetração de intrusos. No seu extremo do lado norte, onde a cerca se juntava ao arenito, estava sentada uma mulher, as costas apoiadas no último poste. Ela o estivera observando, mas quando percebeu que fora descoberta, virou depressa o rosto para o outro lado.

Curioso, Holt caminhou pela areia na direção dela, mas a mulher não voltou os olhos para ele, nem respondeu à saudação que fez. Estava sentada na areia, mas não usava roupas de banho; trajava roupas comuns e vestia-se toda de preto. Foi isso, mais o fato de ser jovem, sequer passando dos trinta, que fez com que Holt tivesse quase certeza de quem se tratava. Ele parou a alguns passos de distância e repetiu:

— Ei, senhorita!

A mulher não demonstrou ter notado a aproximação de Holt, que, achando graça, apresentou-se:

— Olá, sou Mitchell Holt, do escritório da promotoria. Não a havia visto aí. Você deve ser a Srta. Linneker.

Ela voltou os olhos para ele, sem nenhum sinal de boas-vindas.

— Eu mesma. E o que é que o senhor deseja?

— Nada, para dizer a verdade. Fui indicado para trabalhar no... Bem, para ajudar a descobrir tudo sobre o que aconteceu aqui. Assim, achei melhor dar uma olhada no local.

— Tudo bem — replicou Tara Linneker, indiferente. — Não é o seu trabalho? — Era uma moça bastante alta, dava para perceber, mesmo estando ela sentada. Tinha uma sólida e pesada estrutura óssea. Sua fisionomia compunha-se de linhas melancólicas com nada de particularmente bonito que chamasse a atenção para sua figura. Tara Linneker não se encaixava naquela concepção romântica das herdeiras. Até mesmo as roupas, um conjunto de lã preta, parecia cair-lhe mal, displicentemente.

— Estou somente tentando me inteirar do caso. Não pretendi me intrometer.

— Não importa. Estava aqui sentada, apenas pensando — acrescentou. — E fique sabendo que não pretendo lhe dizer coisa alguma.

— É? — Holt manteve o tom de voz amistoso. — Isso parece um tanto estranho.

— Ora, sei muito bem o que vocês pensam. Está achando que Del e eu fizemos aquilo com meu pai. Quer me pegar numa armadilha.

— Srta. Linneker, eu nem sequer sabia que estava aqui. Mas já que a encontrei, gostaria, se possível, que conversássemos um pouco.

— Se quiser, pode conversar com meu advogado. Sr. Wahl, no edifício do First National Bank.

Holt sentou-se na areia, cruzando as pernas.

— Bem, não sei se tenho alguma coisa para conversar com o seu advogado. Você não foi acusada de coisa alguma, que eu saiba. Tudo que me interessa no caso é cuidar para que o assassino do seu pai pague pelo que fez, seja ele quem for. Imagino que sinta a mesma coisa.

Ele fez uma pausa e Tara, após um momento, respondeu:

— Acho que sim.

— Bem, é claro que você não tem obrigação de falar comigo ou com qualquer outra pessoa, mas não vejo nenhuma razão por que não deva fazer isso, desde que sejamos honestos um com o outro.

— Talvez. — Depois de sua primeira reação hostil, Tara não elevara a voz acima de um mero murmúrio. Ela parecia mergulhada numa apatia que bem poderia ser a maneira como sua tristeza se manifestava. Mas Holt não conseguiu evitar de olhar para Tara pelo prisma de suspeita de McCoy, e isso o fazia imaginar coisas. Há vezes em que a compreensão da culpa tem o mesmo efeito inibidor da tristeza. E o jeito de Tara sentada ali, os olhos secos, meditativa, naquela mesma praia onde seu pai havia encontrado a morte, era algo assustador.

— Há quanto tempo está aqui sentada? — perguntou Holt.

— Não sei. Perdi a noção do tempo. Isso não faz a menor diferença, não é?

— As pessoas podem estar preocupadas com você.

— Quem? Pode fazer o favor de me dizer? — Tara deu um riso curto e sem alegria. — A polícia, é a isso que está se referindo?

— Eu estava pensando era no seu noivo. Shayon.

— Ele não está nem se importando. Del sequer me telefonou. — Ela olhou rapidamente para o que restou da cabana e, a seguir, para longe. — Não o culpo, eu compreendo. Eu o meti nessa confusão.

— Como assim? — sondou Holt gentilmente.

— Essa horrível confusão. Todo esse problema, a briga com meu pai. As coisas horríveis que ele lhe disse. E agora, isso. — Vagamente, sua mão descreveu um movimento percorrendo o cenário ao redor, e a seguir encarou Holt. — Por que pensa que Del e eu matamos meu pai, Sr. Holt?

— Eu não disse isso.

— Não, não disse. Mas o senhor acha que fomos nós que o fizemos, não é?

— Digamos que dois milhões de dólares seja um motivo muito forte.

— Dois milhões de dólares — repetiu Tara com suave escárnio. — Sim, é claro, acho que para quem nunca teve dinheiro poderia ser um motivo. Eu desprezo todo mundo.

— Tomara que isso não seja verdade — tornou Holt. — Porque, nas atuais circunstâncias, você pode precisar das pessoas para salvar a sua vida, Srta. Linneker.

— Já disse que não quero falar com você. Vá embora e me deixe em paz.

— Só gostaria que me respondesse uma única coisa, antes. Você mencionou uma briga entre Shayon e seu pai. Isso teria acontecido há uns dois meses... perto do dia primeiro de dezembro? Foi aí então que o problema começou?

Tara hesitou, antes de responder:

— Claro que não. Papai não aprovava o meu... o relacionamento entre mim e Del. Mas isso não foi um problema. De jeito nenhum. Não houve problema nenhum no dia primeiro de dezembro nem em qualquer outra ocasião. Agora, quero que vá embora.

Holt levantou-se e sacudiu a areia das calças.

— Daqui a pouco vai ficar escuro. Gostaria que me deixasse acompanhá-la até sua casa.

Tara virou a cabeça para o outro lado sem responder. Depois de um momento, Holt desejou-lhe um polido boa-noite e percorreu penosamente o caminho pela areia até a escadaria. Ele a subiu lentamente, agradecido por poder escapar ao odor desagradável da pequena cova. Ainda voltou-se para trás, mas Tara não o estava observando. O olhar dela atravessava a superfície da enseada, alcançando o depósito de madeira na praia do outro lado, que agora pertencia somente a ela. Holt desejou poder adivinhar os pensamentos da moça. Desgosto? Desespero? Algo mais?

A chuva ainda estava fraca, nada que pudesse definir no ar bons ou maus presságios ainda. E ele não decidira o que fazer sobre a jovem herdeira que se remoía lá embaixo. Ela mentira para ele sobre algo ocorrido em primeiro de dezembro; estava convencido disso. E o que mais poderia ser mentira na história dela? Tudo? Holt percebeu-se sentindo pena da moça, culpada ou não. Então, suspirou. Fosse como fosse, Tara não parecia se incomodar a respeito. Então, por que ele deveria se incomodar?

Encontrou o policial de cócoras debaixo da palmeira, fumando um cigarro úmido.

— Viu tudo? — perguntou quando Holt passou por ele.

— Não — respondeu Holt sinceramente. — Ainda não.

CAPÍTULO 4

Já estava na hora de terminar o expediente, por isso Holt não pensou em retornar para o escritório. Mas, a caminho de casa, ele se desviou para uma parada no pequeno restaurante em frente ao Centro Cívico. Van Dusen estava sentado no bar, fazendo a sua ceia habitual, um martíni acompanhado de um coquetel de camarão.

Van Dusen tinha um primeiro nome que ninguém era capaz de lembrar, exceto o funcionário encarregado dos cheques de pagamento. Ele exercia a função de investigador-chefe da promotoria, era um solteirão rechonchudo na faixa dos quarenta anos, com uma ferradura de cabelos crespos castanhos coroando sua careca. Dava a impressão de ser nada mais do que um sujeito bem-humorado, mas Holt o conhecia bem o bastante para subestimá-lo. O investigador vinha exercendo a mesma função havia três administrações diferentes, o que o colocava próximo à posição de um homem indispensável.

Van Dusen empurrou com o pé a banqueta junto a si, para que Holt se sentasse:

— Comemorando o caso Buccio, Mitch? Sente-se.

— Estou com um pouco de pressa, Van. Esperava mesmo encontrar você. O chefe lhe falou a respeito?

— O Dois-Revólveres? Não. Sobre o quê?

— O assassinato do Linneker caiu no nosso colo. — Van Dusen fez uma careta. — Eu sei, sinto a mesma coisa. Mas vamos ter de dar o máximo no caso, nem que seja para deixar o Adair feliz.

— Vou lhe pagar um drinque e então poderemos conversar sobre o assunto.

— Vamos deixar para amanhã, no café da manhã. Neste momento, o que preciso é ir para casa e contar a Connie que as nossas férias foram adiadas novamente.

— Esqueci que você era um pobre homem casado — zombou Van Dusen, rindo. — Certo, amanhã de manhã, então. Se não aparecer, vou checar nos hospitais.

Holt soltou um grunhido, antes de retrucar:

— Não me venha com essa sua lógica de solteirão — disse. — Você tem visto televisão demais. Não conheço um único marido que honestamente tema a sua mulher.

Ele ainda refletia sobre as idéias de Van Dusen acerca da inevitabilidade do desastre no matrimônio, quando chegou em casa e entrou com o carro na garagem. Sua mulher estava sentada de pernas cruzadas em cima do seu banco de trabalho com um rifle no colo. Holt não pôde evitar que a previsão de Van Dusen atravessasse sua mente.

— Oi, querida. O que está fazendo com a arma?

Connie Holt veio correndo receber o seu beijo, ainda agarrada ao rifle.

— Queria fazer-lhe uma surpresa, limpando todas as armas para lhe poupar trabalho. — Holt sorria, o que fez Connie erguer as sobrancelhas. — Qual é a graça, Mitch?

— Um pensamento maluco que ocorreu. Mais tarde eu conto.

— Onde está sua pasta? Esperei o dia todo só para vê-la vazia pelo menos uma vez na vida. — Ela já estava falando das férias.

— Bem, vou falar sobre isso mais tarde, também. O que temos para o jantar?

— Comida. Também tenho o direito de fazer mistério. — Ela o aguardou na passagem que ligava a garagem à residência, enquanto ele abaixava a grande porta corrediça. Em seguida, entraram juntos na cozinha. Na sala de jantar, mais à frente, Holt pôde ver que a mesa havia sido posta para uma comemoração. Connie seguiu o seu olhar.

— Estamos celebrando a nossa fuga.

— Parece ótimo — disse Holt, evasivo.

Da sala de jantar chegou a barulhada de um aparelho de televisão. Connie elevou a voz acima da algazarra:

— Nancy! Papai está em casa!

Imediatamente, ouviu-se um tropel de pés e a filha invadiu a cozinha, berrando:

— Papai! Papai!

Nancy era uma menina desajeitada de sete anos, tão magra quanto o pai. Lançou os braços em volta da cintura de Holt, abraçando-o com toda força. Ele desarrumou os cabelos dela e, então, completada a extravagante acolhida, Nancy voltou às pressas para a televisão onde, a julgar pelo tumulto, havia algo bastante animado acontecendo.

— Como pode um mero pai esperar competir com Howdy Doody? — Holt brincou.

— Você tem sorte. O único jeito de eu conseguir que ela faça alguma coisa é durante os comerciais. — Junto ao fogão, Connie inspecionava várias panelas. — Sente-se, Mitch. Vamos conversar um pouco. Preparei um drinque para você. Está na geladeira.

Holt apanhou seu drinque e empoleirou-se num banco da cozinha, observando-a fuçar os alimentos e pensando que sorte mesmo era ter uma mulher tão bonita. Mesmo depois de nove anos de casamento, ele jamais conseguira se recuperar da surpresa de ter sido capaz de arrebatar um prêmio como aquele. E apesar de sérias desigualdades, considerando as diferenças de formação entre eles. Connie Holt tinha um nome que soava bastante americano, mas se chamava na verdade Consuelo Mayatorena e sua tataravó, ou alguma coisa perto disso, viera para o Novo Mundo com Cortés. Consuelo Mayatorena era uma mexicana puro-sangue, filha de uma orgulhosa e antiga família que já possuíra, por concessão régia, a maior parte da Baixa Califórnia. De fato, ainda hoje, eles tinham tanta terra por lá quanto seria possível a qualquer um desejar, um rancho de milhares de hectares ao sul de Ensenada. Como a única descendente feminina desta geração, Consuelo poderia ter escolhido seu futuro marido entre centenas de jovens tão ricos quanto ela. Em vez disso, preferira tornar-se Connie Holt, dona-de-casa americana e mãe, e se algum dia arrependeu-se da decisão, nunca deixou que ninguém soubesse.

Eles se conheceram no baile anual Black & White em Ensenada, quando Connie-Consuelo, então com apenas dezoito anos, estava praticamente desabrochando. Atualmente, mantinha-se tão esguia quanto na época do casamento, sua compleição impecável, sua figura — mesmo vestindo calças esportivas e um suéter surrado, como naquela noite — ainda convidativa. E era também tão americanizada que Holt raramente pensava nela como estrangeira, exceto naquelas raras ocasiões em que, tomada de fúria, seus olhos escuros chispavam sob as sobrancelhas e seus gestos se tornavam peculiarmente latinos. Como muitas outras garotas mexicanas cujas famílias podiam se dar a esse luxo, Connie fora educada em escolas americanas e seu inglês era melhor que o do marido.

— Traga o seu drinque para o quarto e vamos conversar enquanto eu me troco — pediu ela. — Quero entrar em clima de festa. Talvez assim você tenha a ilusão de que ainda sou uma mulher charmosa.

Ele deu uma resposta apropriada à provocação e sentou-se na beira da cama de casal, enquanto Connie arrumava-se, buscando realçar caprichosamente todos os seus dotes femininos. No entanto, não conseguia corresponder à conversa jovial da esposa. Connie logo percebeu isso e perguntou o que estava acontecendo. Foi quando ele lhe deu as más notícias. Connie as recebeu tal como ele esperava, com desapontamento mas resignada, e Holt pensou como esses momentos da vida real diferiam das fantasias em que a maioria das pessoas parecia acreditar.

— Bem — suspirou ela —, eu preferia não ter gastado tanto tempo polindo a nossa melhor prataria. Afinal, vai ser apenas uma noite como outra qualquer.

— Mas ainda podemos ter a nossa festa particular, só nós três. — Ele fez uma careta. — Não há nenhuma razão para que isso estrague todos os nossos planos.

— Tem razão. — Connie ostentou o seu ar de alegria forçada. — Que todo mundo vá para o inferno. Neste momento, você não está trabalhando e é meu... durante esta noite, pelo menos.

— Isso mesmo. Vamos jantar, pôr alguns discos para tocar e fingir que somos ricos e independentes e que não precisamos trabalhar no serviço público.

Tentaram fazer isso com sincera determinação, mas não conseguiram enganar ninguém, exceto a filha, que adorava festas, fosse de que jeito fosse. A despeito da prata de lei, da porcelana fina e da luz de velas foi — como Connie predisse — apenas outra noite. E o vazio da celebração enfatizou-se após o jantar, quando Connie telefonou para o seu pai em Ensenada para lhe comunicar que, no final das contas, eles não iriam mais para lá. A conversa, num espanhol rápido como um tiroteio, ficou além do entendimento elementar que Holt possuía do idioma, mas com um número suficiente de frases em inglês salpicadas aqui e ali para que ele captasse o sentido. Ele admirava o jeito como Connie conseguia ir de uma língua para outra e retornar para a primeira, algumas vezes na mesma frase, sem sequer uma pausa.

Ele entendeu que Connie estava dizendo ao pai que não os esperasse tão cedo. Ele ainda tentou contestá-la, depois, a esse respeito...

— É inútil querermos nos enganar — replicou sua mulher. — Sei perfeitamente o que acontece quando você assume um caso.

— Este não é um caso como os outros. Estou apenas de coadjuvante. Provavelmente, McCoy e Quinlan vão desatar o nó em apenas um dia.

Ele relatou a ela a situação, destacando os aspectos abertos-e-fechados, exatamente como os dois detetives haviam lhe passado.

— Como pode ver, na verdade não é um problema tão grande assim.

Para sua surpresa, Connie balançou a cabeça tranqüilamente:

— Nada é tão simples, Mitch. Não é desse modo que as coisas costumam acontecer. Aqueles dois garotos, Tara e o namorado, não mataram o pai dela. Já li tudo nos jornais.

Ele não pôde deixar de rir.

— Ora, o que é isso, Connie? Os jornais não sabem de nada sobre isso. Estou apostando na experiência do McCoy.

— Qualquer um pode cometer um engano. Meu Deus, é apenas uma questão de bom senso. As coisas simplesmente não acontecem dessa maneira. Moças apaixonam-se todos os dias por homens que seus pais não aprovam, e casam-se com eles, mesmo sem aprovação. Elas não precisam matar os pais para fazer o que querem, não hoje em dia. Esse McCoy deve ser da Idade Média ou algo parecido.

— Você não pode generalizar sobre as pessoas.

— Mas é o que você, o McCoy, e o Quinlan estão fazendo, não é? Veja o meu caso, não é um bom exemplo? Papai não deu cambalhotas de alegria quando decidi me casar com você. Na verdade, se bem me lembro, ele me disse para nunca mais atravessar a porta da casa dele. — Connie sorriu. — Claro que ele agora acha você bom demais para mim. Esta noite, me perguntou se já consegui fazer você engordar um pouco.

— Papa Grande disse alguma coisa sobre o meu pônei? — perguntou Nancy, ansiosa.

— O seu pônei vai estar lá quando chegarmos — Connie respondeu. — E agora, minha jovem, já passou da hora de você ir para a cama.

Como de hábito, isso provocou uma discussão que terminou também da forma habitual. Após Nancy retirar-se, a contragosto, Connie voltou ao assunto principal com o marido.

— Eu me casei com você, Mitch, e não precisei matar ninguém. E olhe que supostamente tenho aquele tal sangue quente latino.

— Há uma diferença. Tara Linneker estava para herdar dois milhões de dólares.

— Oh, mas isso é ridículo. Uma moça apaixonada nem mesmo pensa em dinheiro. Eu não pensei, e papai não é o homem mais pobre do universo. Será que Tara é tão diferente assim? Você já a conheceu?

— Não estou dizendo que Tara planejou a coisa toda. Ela, provavelmente, não. Mas esse Shayon, quem sabe? Ele não tem dinheiro nenhum, e devia estar de olho nessa bolada! Era a chance da vida dele.

— Tal como você, é o que quer dizer? — Connie notou que ele ficou aborrecido e deu de ombros. — É só me mandar calar a boca, Mitch, e não digo mais nada. Mas, o que me parece é que o McCoy e o Quinlan estão à procura de uma resposta fácil e você está caindo direto na conversa deles. Nem chegou a encontrar-se com esse Shayon e já o engaiolou.

— Muito bem — retrucou ele, impaciente. — McCoy e Quinlan estão nesse trabalho há uns vinte, trinta anos, mas isso não significa que estejam sempre certos. Sou mesmo um tolo por escutá-los, em vez de ouvir você.

— Nada disso! O que acho é que você está apenas ansioso demais para ver-se livre de tudo só para não desapontar a Nancy e a mim acerca de nossas férias. — Connie levantou-se. — Eu é que sou a tola por estar falando de trabalho na noite da nossa festa. Relaxe um pouco enquanto vou ver por que Sua Alteza está demorando tanto no banheiro.

Holt bem que tentou, mas não conseguiu relaxar de fato. Connie dissera a verdade — sobre ele estar ansioso por aceitar a teoria mais fácil e ir em frente cuidar da vida. E essa sensação permaneceu dentro dele. Holt não podia concordar com a sua esposa quanto à inocência dos jovens amantes. McCoy e Quinlan conheciam o seu trabalho bem demais para que desdenhasse das conclusões deles simplesmente por causa das intuições de Connie. Entretanto, não era intuição o que estava guiando McCoy também? As intuições de McCoy baseavam-se na experiência; as de Connie, na sensibilidade feminina — que não deveria pesar mais na balança do que o ponto de vista do policial. Holt, porém, nutria um desconfortável respeito de marido pelos misteriosos processos mentais da esposa. E Connie, sem dúvida, já o atingira, fazendo-o levar em conta o fato de ter enquadrado Delmont Shayon no papel de vilão sem nunca ter visto mais do que a fotografia do jovem. O que não correspondia em nada ao seu treinamento legal, para dizer o mínimo.

Holt chegou a uma súbita decisão e foi procurar o catálogo telefônico. Pelo endereço, viu que Shayon morava no outro lado da cidade, a uns vinte minutos de carro. Ele discou o número. O fone tocou tanto tempo que Holt já estava a ponto de desligar quando um homem finalmente atendeu.

— Sim, aqui é Shayon.

Ele tinha uma voz suave, quase sedosa, como a de um ator. Mas não era ator. Shayon perdeu sua compostura rápido demais quando Holt identificou-se.

— O que é que está querendo, afinal?

— Bem, estou representando a promotoria no caso Linneker...

— Eu sei — interrompeu Shayon. — Eu leio os jornais. Mas por que está me telefonando?

— Gostaria de conversar com você, Sr. Shayon — explicou Holt, dando-se conta de que Shayon não estava se esforçando muito para demonstrar cooperação. — E acho que essa conversa ia interessar tanto a você quanto a mim.

— Agradeço suas boas intenções, mas acho que não concordo com você. Já disse à polícia tudo o que podia. Não tenho mais nada a acrescentar.

Holt não permitiu que a óbvia hostilidade do interlocutor o constrangesse:

— Não sou um policial, Sr. Shayon, e não estou lhe pedindo que me preste outro depoimento. Mas, já que conversei com a Srta. Linneker esta tarde, pensei que deveria fazer o mesmo com relação a você.

— Esteve com Tara? — perguntou Shayon e um novo tom, que podia significar apreensão, transpareceu em sua voz. — Pensei que ela não estava... foi Tara quem mandou me telefonar?

Seria uma brecha fácil, mas Holt não quis se aproveitar dela.

— Não, estou fazendo isso por conta própria. Gostaria de conhecê-lo melhor.

Shayon hesitou.

— Está bem, por que não? — disse finalmente. — Eu não me importo. Estou na loja o dia todo. Apareça por lá a hora que quiser.

— Poderia ser agora à noite? Posso dar uma passada por aí, se não for inconveniente.

— E se for? — retrucou Shayon. — Talvez eu tenha mais o que fazer. — Holt esperou, sem responder. — Tudo bem, venha. Mas, por favor, não antes das nove, certo?

Holt olhou para o seu relógio; eram exatamente oito horas.

— De acordo.

— Nove horas — ressaltou Shayon e desligou sem se despedir. Holt desligou também, pensativo. Ele ainda não sabia com exatidão como proceder com o jovem insolente e com sua postura desdenhosa. Também não compreendia a insistência de Shayon em atrasar o encontro por uma hora. No lugar dele, Holt ficaria ansioso para acabar logo com o assunto. A menos que houvesse algo — ou alguém — que Shayon não quisesse que Holt visse... Holt levantou-se subitamente. Acabara de decidir o que deveria fazer. A melhor maneira de descobrir o que queria era investigar. Com um sorriso maroto, pensou que MacCoy e Connie não detinham nenhum monopólio sobre a intuição, afinal.

Ao retornar à sala de estar, Connie já o encontrou vestindo o paletó.

— Nancy está pronta para lhe dar o beijo de boa-noite. — Ela parecia surpresa de vê-lo preparando-se para sair. — Aonde vai, Mitch?

— Tenho de atravessar a cidade para falar com Shayon.

— Agora? Mas não combinamos passar pelo menos esta noite juntos? Se foi por causa do que eu disse...

— Querida — interrompeu Holt —, odeio ficar em falta com você, mas sabe como é.

— Claro, sei como é — confirmou ela. — Não sei é onde fui buscar a idéia idiota de que pudéssemos passar pelo menos uma noite juntos. Mitch, tenho uma garrafa de champanhe na geladeira. Era uma surpresa para você...

— Já marquei uma entrevista com Shayon.

— Ah, é? Muito gentil da sua parte. — Ela havia ficado totalmente fria. — É melhor ir dar boa-noite para a Nancy. Ela precisa dormir.

Desconcertado, Holt entrou no quarto da filha. A despeito do que Connie dissera, Nancy não parecia estar com a menor necessidade de dormir. Depois do ritual comum de orações e arranjos com os cobertores, ela perguntou:

— Papai, quando é que vamos poder ver Papa Grande?

— Em breve — disse Holt, elevando a voz de forma que a promessa chegasse ao quarto vizinho. — Prometo.

Foi esforço perdido. Quando saiu, Connie tinha entrado no banheiro e se trancado. Ele bateu na porta, de leve, mas Connie somente lhe disse adeus, sem sair para o beijo de despedida costumeiro, e Holt entendeu que ela estava aborrecida para valer. Resmungando, ele deixou a casa e tomou o carro.

Enquanto dirigia pela cidade, a fim de levar adiante seu plano de praticar uma cautelosa vigilância diante da residência de Delmont Shayon, Holt concluiu que, no final das contas, a noite só fizera confirmar a previsão de Van Dusen. Só que ele não estava achando isso nada engraçado.

CAPÍTULO 5

Delmont Shayon morava num apartamento em cima de uma garagem, nos fundos de um terreno em que fora construída uma casa maior. Não havia nada que obstruísse a visão da frente da casa e, como o apartamento não possuía outra entrada, era fácil ficar vigiando. O único problema, como Holt descobriu, era que não havia nada para se ver. Depois de meia hora sentado no interior do carro, com os olhos fixos na casa, seu esforço deu em nada. Ninguém entrou; ninguém saiu. Havia luz na sala de estar do apartamento e as venezianas estavam abertas, mas Holt não conseguiu detectar qualquer movimento lá dentro. Começou então a ficar em dúvida se Shayon estava mesmo em casa.

Quando os ponteiros do relógio avisaram que já eram nove horas, ele foi confirmar suas suspeitas. Para sua surpresa, a porta abriu-se imediatamente sobre as dobradiças. Holt não teve problema em reconhecer Shayon da fotografia, embora fosse mais baixo do que esperava. Como Holt imaginara, tinha mesmo cerca de 25 anos, mas com alguns fios brancos prematuros pronunciando-se entre seus cabelos crespos, um efeito que acentuava o seu charme jovial.

— Muito pontual — observou Shayon, recebendo-o. Uma sobrancelha ergueu-se, debochada: — Entre e se aqueça um pouco. Deve estar com frio, depois de ficar sentado no seu carro aí fora por tanto tempo.

Holt pestanejou.

— Então, sabia que eu estava lá?

— Estive observando-o do meu quarto — disse Shayon, indicando o cômodo contíguo, na penumbra. Ele acrescentou: — Sozinho, se é que estava se perguntando sobre isso.

— Bem, você me recomendou para não chegar antes das nove horas — arriscou Holt.

Shayon riu-se.

— Claro, eu queria saber exatamente qual é a sua posição nesta história. E descobri, sem dúvida. Você chegou aqui o mais depressa que pôde, para ver se descobria algo contra mim.

— Espero que desculpe minha curiosidade, mas isso não chega a ser um crime.

— Não tanto quanto assassinato. Você me disse pelo telefone que não era um policial, mas está pensando a mesma coisa que os outros a meu respeito. — Com confiante arrogância, Shayon encaminhou-se para a mesa de centro, onde havia uma garrafa de *bourbon*, parcialmente vazia. — Bem, sente-se, e vamos começar tudo outra vez. Você quer saber como explodi o Linneker em pedaços. É isso o que você quer ouvir, não é?

— Apenas se for a verdade — replicou Holt, sentando-se numa cadeira de lona de campanha. O apartamento de Shayon era pequeno, mas dispendiosamente mobiliado, em estilo moderno. Todos os móveis eram novos.

— O que significa a verdade para vocês? — perguntou Shayon com ligeiro escárnio. Ele levantou a garrafa. — Acho que não vai aceitar um drinque, já que está de serviço.

— Por que não? — devolveu Holt, não porque desejasse beber, mas para desconcertar a presunção de Shayon. — Puro, por favor.

— Ora, ora — murmurou Shayon e teve de ir à minúscula cozinha para apanhar outro copo. Despejou uma quantidade generosa de bebida e levantou o copo num brinde desafiador. — Ao crime! Agora, por onde devemos começar, Holt? Você pretende me fazer uma acusação direta ou devemos representar um pouco, com perguntas desagradáveis primeiro? Por exemplo, como é que um simples empregado de sapataria conseguiu comprar móveis tão caros? A resposta é: foi Tara quem pagou.

— Então, me responda uma coisa, Sr. Shayon, o senhor é antipático com todo mundo ou apenas comigo?

— Estou sendo antipático? Mil desculpas, meu velho. — O sorriso de Shayon era amargo. — Dizem-me que tenho a personalidade de um vencedor. O melhor balconista que a loja já teve, e um recorde de vendas para provar. Foi dessa maneira que conheci Tara, você sabe, e desde então tenho estado aos seus pés. Se quiser, pode chamar essa de a minha venda mais lucrativa. Dois milhões de dólares. O único problema era que o pai dela recusava-se a ter como genro um simples vendedor de sapatos. Assim, naturalmente, eu tinha de me livrar dele e o explodi com dinamite, porque esse é o meu caráter, pervertido e cruel. — Ele fez uma pausa para estudar Holt. — Vamos, Holt, você está me obrigando a fazer todo o trabalho. Você podia ter pelo menos a decência de fazer as perguntas.

A despeito da agressividade deliberada da postura de Shayon, Holt, estranhamente, não se sentia ofendido. Havia alguma coisa um tanto patética no rapaz, lutando tão determinadamente antes de ser abatido. E pela maneira como reiteradamente se referia a si mesmo — "um simples vendedor de sapatos" — era bastante óbvio que se ressentia de seu nível social, particularmente no momento. Com tranqüilidade, Holt sugeriu:

— Agora que você conseguiu falar de peito aberto, que tal conversarmos mais racionalmente sobre a situação?

Shayon baixou a cabeça para a sua bebida por um momento. E murmurou:

— Acho que estava apenas desabafando. Mas é que os tiras já andaram por aqui.

— Eu desejaria poder dizer que isso não vai mais acontecer, mas não posso.

— Ah, eu sei. Você já me elegeu o bode expiatório. O caçador de fortuna que meteu as garras na mocinha rica e hipnotizou-a para assassinar o pai por causa do dinheiro dele. — Shayon riu-se. — Cara, se eu tivesse esse poder, não estaria onde estou hoje, pode crer.

— Então, você não se importa com o dinheiro de Tara?

— Não seja idiota — grunhiu Shayon, fitando-o dentro dos olhos. — É óbvio que me importo com toda aquela grana. Eu não teria dado sequer uma olhada em Tara se não fosse o dinheiro. Sempre fui um sujeito pobre e não gosto nem um pouco disso. E disse isso a ela logo no início. Mas, mesmo assim, ela queria... — Ele parou e deu de ombros. — Para que vou dizer isso? Você não iria acreditar mesmo, iria?

— Experimente — pediu Holt. — Sou um bom ouvinte.

— Bem, vamos supor que tudo corresse do jeito contrário do que se imagina. Se em vez do homem caçando a mulher, tivesse sido tudo coisa dela, da garota. Suponha que ela tenha voltado à loja, todos os dias, praticamente implorando para que ele lhe desse atenção, para ser gentil com ela. E suponha que ele finalmente tenha cedido, só para ver como a outra metade vive, apenas como diversão. E então descobriu que ela é uma boa moça, uma criança doce, na verdade, mesmo sendo uns dois anos mais velha do que ele. Ele começa a gostar muito dela e quando ela diz: vamos casar!, ele responde, bem, por que não? O que ele deveria fazer? Afastar-se dela orgulhoso e dizer: "Não, minha querida, você e eu nunca poderemos ser felizes por causa do seu dinheiro?" Besteira! Dinheiro nunca fez ninguém infeliz. Não ter dinheiro é que causa a infelicidade. Mas, claro, o que o tal rapaz não sabe é que o pai da moça nunca imaginou ver a filha casada com um joão-ninguém. Não, papai planeja conservar a filha junto dele para diverti-lo na velhice. E quando o vendedor de sapatos descobre isso, ele está em vias de desistir de tudo, mas a moça não deixa, porque ela precisa muito dele. Assim, isso coloca o tal rapaz bem no meio do problema. O que faria você, Holt?

— A questão é: o que foi que você fez?

Shayon havia se inclinado todo para a frente. E agora inclinava-se para trás, e sua fisionomia exprimia desprezo:

— Ora, você sabe. Todo mundo sabe. Tara e eu explodimos o pai dela, claro. O que mais podíamos fazer?

— Sr. Shayon — ponderou Holt —, já deve estar sabendo que há muitas pessoas que pensam que foi exatamente isso o que aconteceu, e não vai estar se ajudando, tratando o assunto como se fosse uma piada. O melhor seria começar a pensar já na sua defesa. E na de Tara.

— Talvez seja melhor você falar com o nosso advogado. É o trabalho dele. Seu nome é Wahl.

— Tem certeza de que ele representa vocês dois? — perguntou Holt seriamente.

Shayon olhou surpreso.

— Claro... Acho que sim. Por que seria diferente?

Holt sabia que o advogado de Tara, Wahl, havia representado Rudy Linneker e, naturalmente, se consideraria o representante da filha de seu falecido cliente. Mas era bem provável que Wahl compartilhasse da opinião do morto sobre Shayon e, assim sendo, não se sentiria obrigado a nenhuma lealdade quanto ao jovem, ainda mais nessa situação. Holt sentiu que havia ali uma oportunidade de meter uma cunha entre os dois suspeitos e jogar um contra o outro, mas hesitava. Ele desejava a verdade, não meramente apelar para espertezas e marcar um ponto.

— O que Tara disse sobre isso?

— Na verdade, não tenho falado com ela. Faz vários dias que não nos vemos.

— Isso foi uma sugestão do advogado dela? — perguntou Holt e obteve como resposta um aceno de cabeça ressentido. Como já suspeitara, Wahl ainda estava trabalhando para o falecido e não para o jovem casal. Tara e Shayon estavam mais isolados do que realmente percebiam.

— Há quanto tempo conhece Tara Linneker?

— Ora, há quatro ou cinco meses, talvez um pouco mais.

— Portanto, desde outubro último. Gostaria de lhe fazer uma pergunta direta, e você tem o direito de respondê-la ou não. Aconteceu alguma coisa em particular por volta de primeiro de dezembro entre você e Tara, ou entre você e Rudy Linneker? — Era a mesma pergunta que propusera a Tara. Mas, desta vez, obteve uma resposta diferente.

— Aconteceu! — Shayon disse e riu sarcasticamente. — Foi quando a coisa estourou de vez. Tara e eu ficamos noivos no dia primeiro de dezembro.

A candura de Shayon deixou Holt confuso. O rapaz podia ser qualquer coisa, menos um estúpido. No entanto, admitir que houve uma discussão violenta com o homem assassinado na mesma semana em que a dinamite fora comprada era uma estupidez extrema, a menos que...

— Posso usar seu telefone? — pediu Holt, falando devagar.

Shayon apontou para o aparelho no final da mesa.

— À vontade.

Àquela hora da noite, seria inútil tentar localizar McCoy na Central de Polícia. Holt procurou o número do seu telefone de casa — uma área rural a leste da cidade — e esperou que a operadora fizesse a ligação. Sempre de olhos postos nele, Shayon começou a ficar nervoso quando calculou para quem Holt estava ligando.

McCoy ficou surpreso ao ouvir a voz de Holt:

— Ansioso, hem? Você me faz lembrar de quando eu era jovem e ansioso também.

— Fiquei curioso sobre o que você teria descoberto em Seacliff — disse Holt em voz alta, como exigia a ligação telefônica. Ele conservou os olhos fixos em Shayon. Mas não havia nada na fisionomia do outro homem, ou nos movimentos das suas mãos, que traísse qualquer significado especial para o nome Seacliff.

— Estamos indo bem — assegurou McCoy, satisfeito. — Há grandes possibilidades com a foto do Shayon. Na verdade, conseguimos uma identificação positiva, mas, que falta de sorte a nossa... O empregado que vendeu a dinamite para o Shayon usa bifocais de três centímetros de espessura. Mas não há a menor dúvida de que estamos na trilha certa.

— Muito interessante, capitão. Entrarei em contato com você amanhã.

— Que McCoy era esse com quem estava falando? — perguntou Shayon quando Holt desligou o telefone. — O grande detetive está tendo sucesso em acabar comigo? — Ele tentou soar engraçado e desdenhoso, mas era apenas fingimento. Shayon era jovem demais... e um ser humano.

— McCoy está fazendo o trabalho dele e eu o meu. — Holt estava formulando um estratagema. — Pelo que entendi, você declara que você e Tara estavam passeando de carro sem destino certo na noite em que o pai dela foi assassinado. Trata-se de um álibi muito fraco, como deve perfeitamente saber. Você pode torná-lo muito mais forte, se puder apresentar alguém que o tenha visto em algum lugar.

— Quem você viu quando estava dirigindo o carro até aqui? E, seja lá como for, por que está tão interessado? Você não está do meu lado.

— Não estou do lado de ninguém. — Holt retirou do bolso uma folha solta de uma caderneta de notas e sua caneta-tinteiro. — Que tal se você me disser por onde andou? Aí eu farei uma pequena verificação. — Ele começou a destampar a caneta, mas, de repente, estremeceu: — Esqueci do meu dedo. Bati a porta do carro nele, com toda força, esta noite. Importa-se de escrever aqui o nome das ruas e a hora aproximada em que passou por elas? Talvez possamos encontrar alguém... um motorista de ônibus ou algum empregado de posto de gasolina... que possa lembrar de tê-lo visto.

— Não havia ninguém — objetou Shayon, mas a seguir suspirou. — Está bem, por que não? Me dê isso aqui. — Ele se sentou à mesinha de centro e começou a escrever, parando de vez em quando para pensar. Holt o observava silenciosamente. Depois de preencher uma das pequenas páginas, devolveu a caneta para Holt. — Devo admitir que você conseguiu uma abordagem diferente dos outros. Não sei se isso vai adiantar alguma coisa. Provavelmente está querendo me pegar, como todo mundo, mas pelo menos sabe fazer isso com mais polidez.

— É uma das primeiras coisas que aprendemos na faculdade de direito.

Holt encaminhou-se para a porta:

— Outra coisa que aprendemos na faculdade de direito, Sr. Shayon, é que, em qualquer litígio, ter um único advogado para duas pessoas em julgamento é um erro. De forma que, se você é realmente sincero com Tara, eu não tomaria o que o Sr. Wahl diz como palavra final. Ela pode estar precisando de você agora mais do que antes.

Delmont Shayon ficou observando Holt afastar-se em direção ao seu carro. Quando pôs a chave na ignição, o assistente de promotoria flexionou o dedo supostamente machucado um par de vezes e riu consigo mesmo. Mas logo o seu sorriso sumiria, sob o impacto dos seus pensamentos, e foi quase mecanicamente que dirigiu pela cidade de volta para casa.

Connie já fora se deitar, mas, no quarto, uma das lâmpadas de cabeceira estava acesa. Ela usava uma camisola enfeitada de fitas e o quarto recendia o delicado perfume de colônia da ótima qualidade, só reservada para ocasiões especiais. No entanto, ela havia caído no sono, esperando por ele.

Holt deitou-se ao seu lado na cama e Connie acordou, piscando os olhos.

— Mitch!... Oh, acho que adormeci. Querido, por favor, me perdoe pela maneira como agi esta noite, sim?

— Quando? — Ele já tinha esquecido. — Oh, está tudo bem. Você tinha razão, Connie.

— Você é um doce, Mitch, mas não é correto eu dizer...

— Não — ele interrompeu, impaciente. — Não estou falando disso. Estou falando da outra coisa, a mais importante. Você estava com a razão, e todos os outros errados. Tara e Shayon são inocentes.

CAPÍTULO 6

Van Dusen tinha dedos esguios compridos que não combinavam com o seu corpo rechonchudo. Eram dedos perfeitos, habilitados a brincar com os anéis dos cabelos, tocar violino ou cegar um adversário, de acordo com a necessidade. Agora mesmo, seus dedos entretinham-se em confeccionar um chapéu de papel com um guardanapo de restaurante.

Quando ficou pronto, ele o passou por cima da mesa para Holt. Era um boné de Sherlock Holmes.

— Para você! Vê se lhe serve.

Holt riu. No último quarto de hora, tinha exposto algumas alternativas sobre o caso Linneker para o investigador-chefe do promotor público. Achou que havia sido um pouco mais didático do que pretendia.

— Certo, Van. Sou apenas um amador, no final das contas. Mas vou fazer o quê? É isso o que acho da coisa toda.

— Tudo bem, doutor promotor. Resuma tudo, diga-me novamente por que Tara Linneker e Delmont Shayon não cometeram o crime.

— Fui conversar com ambos. Eles não são o tipo de pessoa que planeja e comete um assassinato a sangue-frio como esse.

— Questão de opinião. Indeferido.

— O motivo não é sustentável. Certo. Linneker não aprovava o noivado da filha, porém Tara já tinha idade para se casar com ou sem o seu consentimento. Não estamos na Idade Média. E Tara iria receber o dinheiro mais cedo ou mais tarde. Linneker não tinha ninguém mais para quem deixá-lo e não podia levá-lo para a tumba.

— Isso presume um conhecimento que você não tem. Indeferido.

— A dinamite. Não é a arma apropriada. Como ambos sabemos, Van, a maioria dos assassinatos são cometidos com um revólver, uma faca ou outro instrumento agudo, ou rombudo, ou mesmo com as mãos. Ocasionalmente, veneno. Mas, dinamite... Que diabo, não. Não é garantido, incômodo de carregar, de manejo perigoso, atrai imediata atenção para o crime, ora... Há centenas de razões para não se matar alguém com dinamite.

— Podia ter sido uma tentativa de forjar um acidente. Indeferido.

— Objeção, meritíssimo. Não houve absolutamente nenhuma tentativa de fazer com que o assassinato parecesse um acidente. A dinamite foi simplesmente jogada através de uma janela e... buum! Nada do gênero brilhante ou astucioso ou gozador... nem feminino.

— Objeção aceita. — Van Dusen sorriu satisfeito e bateu com força a sua colher sobre a mesa, como se fosse um martelo. — Silêncio no tribunal. O que você vai querer, Mitch? Mais café? — Holt deu de ombros e a garçonete saiu de detrás do balcão para encher as xícaras. Quando ela se retirou, Van Dusen perguntou: — O que Adair acha disso?

— Ainda não discuti o assunto com ele — admitiu Holt. — Honestamente, Van, você é a única pessoa com quem falei, com exceção de Connie, na noite passada. Quis pedir a sua opinião.

Van Dusen ficou em silêncio por um longo tempo, mexendo lentamente o café em volta da xícara. Ele a fitava como se fosse um médium olhando para uma bola de cristal.

— Bem, vou lhe dizer uma coisa. Não é que eu esteja engolindo a sua história, Mitch. O que não quer dizer que você esteja errado, claro. Mas já trabalhei com McCoy antes e ele é simplesmente extraordinário, o melhor que existe. Eu me lembro de um caso que tivemos alguns anos atrás, antes do seu tempo. Era como se estivéssemos amarrados numa parede de pedra, sem ter para onde ir, e o McCoy agarrou a resposta no ar. Era um marinheiro de um clíper de pesca de atum, que havia assassinado a mulher. Tinha um belíssimo álibi, porque todos pensavam que estava embarcado na ocasião. Mas McCoy teve um pressentimento e se agarrou nele até que conseguiu resolver a coisa. O navio do sujeito parou em Mazatlán para reparos na máquina, ele pegou um avião para casa com um nome falso... a mulher o estava traindo, e ele sabia disso... Bem, ele a matou e voltou para o México sem que ninguém percebesse que esteve fora. Seus companheiros de bordo pensaram que tinha sumido umas horas porque se meteu num bordel. Mas McCoy matou a charada e o homem confessou. Trabalho nesse negócio há anos e sou o primeiro a admitir que não teria resolvido esse caso. Assim, se McCoy diz que Tara Linneker e Delmont Shayon assassinaram o pai dela, eu checaria tudo com muito cuidado antes de contradizer o velho.

— Tenho muito respeito por McCoy — afirmou Holt. — E não sei como alguém poderia não sentir o mesmo, diante do histórico profissional dele. Mas ele é um homem, e todo homem é falível.

— Você também é um homem — provocou Van Dusen.

— Bem, não sou dono da verdade. Já mudei de opinião uma vez sobre este caso e posso mudar novamente. Mas, quando eu entrar no tribunal, quero ter certeza. — Holt arrancou uma página da sua caderneta e passou-a para Van Dusen. — Consegui isto do Shayon, ontem à noite. É o álibi dele e o de Tara também. Pelo menos, o melhor álibi de que dispõem.

Van Dusen examinou os nomes das ruas.

— Por que isso o está preocupando? O Dois-Revólveres podia vencer esse caso até sozinho. Isso aí não é álibi nenhum.

— Eu queria uma amostra da caligrafia de Shayon. Foi algo que me veio à cabeça, na noite passada... Ficar dando voltas sem rumo de carro, durante quatro ou cinco horas, numa noite fria de inverno, é um programa meio estranho para um casal cheio de saúde.

— Não é o que o McCoy acha, também?

— Acontece que estou perguntando a você, Van... Supondo que você pretendesse matar alguém e soubesse que corria risco de tornar-se o principal suspeito. Continuaria insistindo num álibi como esse, que você mesmo admite que não serve para nada? Creio que não. Até mesmo esse tal pescador de atum teve uma idéia melhor, e Shayon não é nenhum imbecil. Acho que aqueles dois garotos têm um álibi que não estão querendo confessar.

— Você quer dizer que eles deviam estar se divertindo, em algum lugar — disse Van Dusen, pensativo. — Mas por que iam esconder isso, com toda a encrenca em que estão metidos?

— Tara está tão abalada neste momento que não se importa com o que possa acontecer a ela. E acho que o Shayon está com a idéia maluca de que deve se comportar como um *gentleman*, para provar que não é apenas um balconista de sapataria. E é também perfeitamente cabível que acreditem que o falso álibi seja tão bom quanto o verdadeiro, e menos prejudicial para as suas reputações. O que acha de checar os registros de motéis e hotéis, com a caligrafia de Shayon e com as suas descrições?

— Muito fácil, se com isso você ficar satisfeito. — Van Dusen hesitou. — É isso mesmo que você quer que eu faça, Mitch?

— Por que não?

— Porque você corre o risco de se tornar uma pessoa muito impopular. Se estragar o caso contra Tara Linneker e Delmont Shayon, vai aparecer algum irritadinho acusando você de estar fazendo o jogo da defesa, e não o seu. E isso inclui o nosso ilustríssimo chefe, James P. Adair. Dois-Revólveres está contando com o julgamento Linneker para conseguir um novo mandato.

— Pode ser que ele consiga, mas não se levarmos a pessoa errada a julgamento.

— Mas eles são mesmo as pessoas erradas? — insistiu Van Dusen, cético. Ele tentou apanhar a conta para pagá-la, mas Holt foi mais rápido. — Certo, vou dar umas voltas por aí, Mitch. Mas estou com um forte pressentimento de que todo mundo vai ficar muito mais feliz se eu não encontrar nada.

Descendo de carro o bulevar da enseada sob o sol frio de fevereiro, Holt pensava sobre o que Van Dusen dissera. De fato, todo mundo ia ficar mais feliz se ele deixasse as coisas correrem — todo mundo exceto o casal suspeito, claro. De qualquer forma, Holt precisava ter certeza. Do contrário, não conseguiria em sã consciência pedir ao júri uma condenação, sobre a qual ele próprio não se sentia convencido. Para ser um promotor bem-sucedido o sujeito precisava da mesma coisa que um vendedor de sucesso ou um pregador de sucesso: acreditar no seu produto.

Mas ele não podia ignorar a outra face da moeda. Tudo posto de lado, um assassinato fora cometido. Isto era um fato sobre o qual não havia nenhuma contestação. Portanto, um assassino estava solto. Se ele tivesse razão e Tara e Shayon não fossem culpados, isto não encerrava a questão. E uma vez que ele agora estava se esforçando para destruir — ou, pelo menos, checando com o máximo rigor — a hipótese de McCoy, era sua responsabilidade encontrar uma hipótese alternativa. Não bastava simplesmente dizer "Eles são inocentes", porque a resposta imediata era: "Bem, então *quem?*"

Holt estacionou em frente à Linneker Lumber & Hardware Company. A companhia ocupava cerca de dois hectares de terreno aterrado, que fora antigamente o baixio da costa marítima, no extremo sul da cidade. A baía tinha sido dragada para permitir que as escunas chegando de alto-mar ancorassem ali. Perto da estrada ficavam os edifícios da empresa, escritórios, as serrarias e armazéns, com as enormes pilhas de madeira bruta dispostas em fileiras ordenadas, na parte de trás, à beira da água. Um ramal ferroviário entrava pelo terreno isolado pelos três lados por um alambrado. A despeito da recente morte do proprietário, o negócio continuava sendo tocado normalmente. As serras emitiam seus lamentos e gemidos na serraria e as empilhadeiras subiam e desciam as alas entre as fileiras, como formigas em missões aparentemente desordenadas.

Enquanto seguia na direção do escritório central, Holt conseguia distinguir prazerosamente no ar uma mistura de aromas muito peculiar — resina, madeira verde e água salgada. Era pungente e revigorante, cheio de vida. No entanto, diretamente do outro lado da baía ele podia avistar as residências ao pé da colina de Landfall Point e a praia particular de Linneker.

O nome do superintendente era Pitzer. Tinha o tórax parecendo um barril, como um touro, e parecia um homem que batalhara para subir na vida. A maior parte do edifício tinha as paredes cobertas com painéis do melhor mogno, mas o escritório de Pitzer, num andar superior, era o mais simples de todos. Ele ostentava maneiras bruscas e eficientes. Após um aperto de mão esmagador, indicou com um gesto uma cadeira para Holt.

— Promotor público, não é? Em que lhe posso ser útil?

— Estou investigando o caso Linneker, como o senhor provavelmente já deve ter adivinhado. Agradeceria qualquer espécie de ajuda que me pudesse oferecer, Sr. Pitzer.

— É claro, qualquer coisa que me seja possível — respondeu Pitzer cautelosamente e Holt ponderou que a posição do administrador era bastante delicada. Sem dúvida, já estava ciente da suspeita da polícia, e mesmo assim Tara Linneker era agora a sua patroa. Dificilmente, ousaria mostrar-se hostil a ela. — O que acha que eu posso fazer para ajudá-lo?

Holt respondeu abruptamente:

— A verdade é que a promotoria ainda está se inteirando do caso. Não estamos tentando criar uma acusação contra ninguém em particular. O que me surpreende na verdade é que o assassino... considerando a maneira como agiu e as circunstâncias... tem as características de uma personalidade rancorosa. Gostaria de saber se o senhor tem conhecimento de algum inimigo de Rudy Linneker.

Pitzer assentiu com a cabeça, lentamente, e pareceu relaxar um pouco.

— Bem, é claro que Rudy tinha alguns inimigos. Quem não tem? Mas nada tão sério assim.

— E quanto aos concorrentes? Alguém de sangue quente, por acaso? Talvez alguém sobre quem ele tenha levado a melhor em algum negócio ou...

Pitzer soltou uma risada:

— Perdão, Sr. Holt, mas isso é tão ridículo que não posso evitar de achar graça. Acho que vocês do governo algumas vezes alimentam noções esquisitas sobre nós, homens de negócios. Acredite-me, esse tipo de coisa nunca acontece.

— O Sr. Linneker era popular com os seus empregados?

— Todo mundo gosta de Papai Noel, não é? Nosso padrão é o mais alto da região, férias pagas, abono de Natal, bom plano de aposentadoria, pensões por invalidez. Este é um bom lugar para se trabalhar, Sr. Holt. — E Pitzer acrescentou: — Temos um grupo de homens muito leais, a maioria deles trabalha aqui há anos.

— Nenhuma espécie de problemas ou ameaças, então?

— Ah, vez por outra temos algum desentendimento, mas são coisas que duram pouco. Nós nos esforçamos para criar uma boa convivência na empresa. — Pitzer olhou pensativo para fora da janela. — Realmente, não compreendo o que aconteceu.

— Esses desentendimentos, as pessoas que você teve de despedir — prosseguiu Holt —, tem algum registro delas?

— Claro que tenho. — Pitzer inclinou-se para o intercomunicador na sua escrivaninha e baixou o interruptor. — Vera, traga-me o carbono daquela lista de empregados demitidos. Você sabe, aquele que datilografou para a polícia na semana passada.

Holt sorriu desapontado.

— Pelo jeito, esse terreno já foi explorado. Mas eu estava imaginando é se você precisou demitir alguém por volta do dia primeiro de dezembro.

— Não que eu me lembre. — Pitzer mordeu os lábios, refletindo. — Nossa política é não mandar ninguém embora perto do Natal, não se pudermos evitar. — A porta abriu-se e uma secretária trouxe duas folhas de papel datilografadas, grampeadas juntas. — Aqui está. Esta lista cobre o período que vai desde o início do ano fiscal.

Holt examinou cuidadosamente a lista de nomes e endereços. Cada registro era precedido da data da demissão. Um grupo grande estava listado em agosto. Ele comentou que parecia ter ocorrido ali uma demissão em massa e Pitzer explicou que uma greve no corte de madeira no noroeste do Pacífico forçara a serraria a suspender as operações temporariamente.

— Mas a maioria desses homens já voltou a trabalhar conosco, agora — acrescentou Pitzer.

— E o que aconteceu com esses dois aqui? — perguntou Holt e leu os nomes de Ernest Farnum e James O'Hara. A data da demissão era em meados de novembro. Eram os únicos demitidos perto da data em que estava se concentrando.

— Ah, sim — murmurou Pitzer. — Esqueci do Farnum e do O'Hara. Uma dupla da serraria. Eles se meteram numa briga, não sei por quê. É coisa comum no Píer Seis. Farnum levou uma surra danada. Tive de demitir os dois, não havia outro jeito. Não posso ter cabeças-quentes por aqui criando problemas. Mas, fui eu quem os demitiu. Rudy nada teve a ver com isso.

— Acho que vou fazer uma pequena verificação — disse Holt, colocando a lista no seu bolso. — Não tenho tantas pistas que possa me dar o luxo de deixar alguma de fora.

Pitzer levantou-se com ele:

— Bem, boa sorte, Sr. Holt. Espero que essa encrenca seja resolvida logo. — Ele indicou a porta contígua, com o nome de Linneker. — Desde que esse escritório ficou vazio, entramos em compasso de espera, por aqui.

— Estamos fazendo o melhor possível. — Holt não disse a Pitzer que, se o seu palpite estivesse certo, o escritório ganharia um novo ocupante, se bem que o nome na porta seria provavelmente trocado para Shayon. Ele não sabia o que o veterano lenhador pensaria dessa eventualidade.

Holt voltou para o seu escritório na Centro Cívico, esperando encontrar por lá um recado de Van Dusen. Não havia nada em cima da sua escrivaninha senão a habitual papelada de trabalho. Ele se descartou do que pôde e saiu para almoçar. A edição vespertina dos jornais não trazia novidades sobre o caso. Por enquanto, McCoy estava guardando a história da dinamite só para ele.

Pelo meio da tarde, Van Dusen ainda não havia entrado em contato. Holt decidiu parar de esperar pelo investigador. Saiu ele próprio para checar os dois nomes que Pitzer lhe dera. Mas, aparentemente, não era o seu dia de descobrir qualquer informação concreta. James O'Hara não residia mais na cidade. Segundo informou sua ex-locatária, havia partido para São Francisco logo depois de ter sido demitido. Ernest Farnum também estava entre os desaparecidos; fora obrigado a desocupar seu quarto mobiliado duas semanas antes, por atraso crônico no pagamento do aluguel. Não deixara nenhum endereço futuro, possivelmente para burlar o cobrador da sua dívida.

Isso fez o dia de Holt encerrar-se com resultado zero. No final do expediente, ainda sem qualquer notícia de Van Dusen, foi embora para casa mal-humorado. Estava começando a pensar se não estaria fazendo papel de tolo inutilmente.

— Cheguei ao limite da minha paciência — afirmou amargamente para Connie. — Jurei que não ia bancar o policial e é só isso o que tenho feito desde ontem. Preciso mandar examinar a minha cabeça.

— Não se aborreça tanto. Sei que está no caminho certo.

— Se estou tão certo assim, por que diabos Van não me telefona? A resposta é que ele não deve ter encontrado nada. — Mesmo assim, Holt não aceitou a sugestão da esposa de irem a um cinema para relaxar e passou a noite fingindo ler, mas com o ouvido preso ao telefone... que não tocou uma única vez.

Pela manhã, parou no restaurante em frente ao Centro Cívico, onde Van Dusen usualmente tomava o seu café. Mas a garçonete disse não tê-lo visto ainda e Holt começou a imaginar se o rechonchudo investigador havia desaparecido da face da Terra. Resmungando, dirigiu-se ao cubículo envidraçado que lhe servia de escritório e foi surpreendido por já encontrá-lo ocupado. Van Dusen estava sentado sobre sua escrivaninha, os calcanhares impacientemente escoiceando na lateral do móvel.

— Onde diabos esteve escondido? — perguntou Holt, um tanto agressivamente.

— Estava só esperando por você. Queria que me visse fazer isto. — Solenemente, Van Dusen tirou o chapéu e começou a mastigar a aba.

A excitação pôs fogo no estômago de Holt.

— Você encontrou alguma coisa?

— Eu devia é me enfiar num buraco do chão, Mitch... — Van Dusen pôs de lado o chapéu, sorrindo. — Mas antes preciso passar isso para você. Amigo, você acertou na mosca.

— Então, por que não me telefonou logo? Passei a noite suando frio.

— Escute, colega, tive de fazer uma porção de averiguações. Mas você vai me agradecer quando eu terminar de contar tudo. Mesmo que seja o único a ficar contente. Sente-se, já vai saber de tudo que andou acontecendo.

Holt atendeu-o e Van Dusen girou o corpo na escrivaninha para poder encará-lo.

— Comecei checando os motéis de Naranja Beach. Lembra-se da lista das ruas que Shayon lhe deu, todas naquela área? Esbarrei com algo na terceira tentativa, o Rancho Del Mar Motel, um lugar um bocado elegante, ao norte da cidade. Shayon e a garota Linneker registraram-se lá por volta das sete horas da noite em que o pai dela foi explodido. Deram os nomes de Sr. e Sra. Donald Sexton. A caligrafia dos registros confere e o pessoal do motel identificou os retratos, e até o número de licença de motorista do Shayon no cartão de registro.

— Sete horas — ecoou Holt. — Mas Linneker foi assassinado por volta das oito. Continue, Van.

— Não descarte a coisa tão depressa, por favor. Pode imaginar tudo o que tive de conferir e checar para chegar até aí? — Van Dusen sorriu. — Departamento de Trânsito, laboratório de análise caligráfica, seção de fotos de jornais. Eu me mexi à beça, rapaz.

— Vou lhe dar um aumento, amanhã de manhã. Agora, me conte todo o resto.

— Agora é que vem o melhor. Eles entraram às sete e positivamente não saíram antes das dez, talvez mesmo mais tarde. Acontece que a grande antena de TV do motel teve que ser abaixada e o técnico deixou-a arriada na entrada por mais de duas horas. O pessoal do motel não tem dúvidas quanto a isso. Ficaram checando o tempo todo se algum dos seus hóspedes queria sair. Alguns saíram, certo, mas não o casal do número 7, onde Shayon e Tara Linneker estavam gozando a brisa pré-nupcial.

— Isso significa que o carro deles não podia sair. Mas o que acha deles escapulirem a pé, tomando um ônibus ou um táxi? — alegou Holt, cauteloso.

— Ora, ora — exclamou Van Dusen condescendente. — Eu já não disse que chequei tudo? Nenhuma linha de ônibus comum da cidade passa naquela lonjura, sobra apenas a Greyhound, de quatro em quatro horas. Conversei com o motorista que estava de serviço naquela noite. Ele não os apanhou. Chequei as companhias de táxi, examinei as folhas de expedição do pessoal e conversei com os motoristas, também. Nada. Este álibi é firme, a menos que os garotos tivessem asas.

— Há sempre a possibilidade de dois carros. Tara provavelmente tem o seu e eles podiam...

— Você continua me confundindo. De que lado está, afinal? — queixou-se Van Dusen. — Claro que ela tem o seu próprio carro. E, dois dias antes do assassinato, bateu com ele numa palmeira. O veículo ainda está na oficina para reparos. Eu o vi por lá pessoalmente.

— Temos de estar seguros de cada detalhe.

— Você está tão absorvido com detalhes que acabou deixando passar o ponto principal. Eles têm um álibi perfeito porque não poderiam arranjar as coisas, do jeito como aconteceram. Como iam conseguir que uma antena desmontada fosse deixá-los presos naquele motel, e na ocasião exata?

Holt manteve-se em silêncio durante certo tempo. Finalmente, disse:

— Bem, não vejo nenhuma brecha. Você fez um trabalho fantástico, Van.

— Graças a você, meu caro.

— Obviamente, não há nenhum caso contra eles e é muito bom que tenhamos descoberto isso agora, antes de enterrar os pescoços muito fundo. Essa história ia aparecer, de qualquer modo, quando chegássemos no tribunal. O que eu acho é que Tara e Shayon nem mesmo imaginam o álibi que conseguiram. Graças àquela antena quebrada.

— Quem disse que a tevê é uma ameaça para a nossa juventude? — debochou Dusen, às gargalhadas. — Bem, Mitch, daqui para onde vamos?

— Acho que é melhor chamar o McCoy. Talvez ele não goste do que tenho para lhe dizer, mas terá de aceitar os fatos. — Holt discou o número da Central de Polícia. Enquanto esperava, puxou a lista de nomes que Pitzer lhe dera no dia anterior. — Aqui está algo para você mastigar no lugar do seu chapéu.

— Parece duro — reclamou Van Dusen, examinando o papel.

— Provavelmente. Já sublinhei a parte suculenta. Na segunda página. Farnum e O'Hara. — A telefonista da Central da Polícia estava tendo dificuldade para localizar McCoy. — Ambos se mudaram, e os endereços que estão aí são inúteis. Supõe-se que O'Hara tenha ido para Frisco. Mas não tenho nenhuma pista para o paradeiro de Farnum.

— Isto é apenas para me manter em forma ou você tem alguma outra coisa na cabeça?

— Eles foram demitidos por Linneker em novembro. A dinamite foi comprada logo depois. Provavelmente, não significa nada, mas mesmo assim é melhor verificar. — Uma voz de homem ao telefone o interrompeu. — Capitão? Aqui é Holt, da promotoria. Lamento perturbá-lo, mas uma grande reviravolta surgiu no rumo do caso Linneker e desejo encontrar-me com o senhor.

— Certamente — concordou McCoy. — Mas como descobriu a respeito disso, Holt?

— Como...? — Holt deteve-se, atordoado, e voltou-se para Van Dusen, imaginando se o chefe de investigação teria conversado com McCoy previamente. No entanto, pela expressão de Van Dusen, podia perceber que isso não havia acontecido. Cauteloso, Holt disse: — Acho melhor conversarmos pessoalmente, capitão.

— Na verdade, estava mesmo a ponto de chamar você. Pode vir para cá imediatamente? Acho que você devia estar a par disso desde o começo. A criança é sua, de agora em frente.

— Estarei aí em cinco minutos — prometeu Holt. Ele desligou e fitou Van Dusen. — Van, você conhece McCoy há mais tempo do que eu. Sabe se ele é um vidente?

— Eu achava que ele era irlandês — Van Dunsen parecia curioso. — O que aconteceu?

— Não sei. — Holt apanhou o seu chapéu. — Mas acho que é melhor ir descobrir.

CAPÍTULO 7

Durante seu trajeto através da cidade até a Central, Holt tinha na cabeça que já sabia o que McCoy ia lhe dizer. Achou que seria informado de que os policiais, investigando por seu lado, haviam encontrado a mesma informação trazida por Van Dusen. Estava claro que McCoy e Quinlan, com uma experiência muito maior, tinham farejado a coisa antes dele. Holt não sabia se devia sentir-se desapontado ou aliviado. Era humano o suficiente para desejar reconhecimento pelo que havia descoberto, mas sabia que a relação entre eles seria bem melhor se não parecesse estar se intrometendo na esfera de ação da polícia do distrito. Era uma situação que exigia diplomacia.

McCoy avisara ao sargento de plantão que estava no laboratório da polícia e foi lá que Holt o encontrou, empoleirado numa banqueta, conversando com o técnico. Quinlan não estava com ele.

McCoy cumprimentou Holt com um sorriso exagerado.

— Ora, você dirigiu rápido. Quer estar presente na ocasião do abate, hem?

— Bem, eu desejava era falar com o senhor, capitão.

— Tenho certeza disso. Mas não posso imaginar como descobriu tão depressa. Bem, a promotoria deve ter lá suas conexões. — McCoy esticou os braços à frente, contente. — Muito bem, Holt, está tudo resolvido. A corrida acabou e a caçada foi bem-sucedida. Já temos a prova que você queria.

— Temos? — perguntou Holt cautelosamente. Ele ainda não tinha certeza do terreno em que estavam pisando.

— Dê uma olhada — convidou McCoy, mostrando a mesa do laboratório. No meio da confusão de vasos, tubos de ensaio e bicos de Bunsen, havia uma caixa de sapatos chamuscada. O papelão de cima tinha sido removido e, pelo que Holt podia enxergar, a caixa estava vazia. — Este aqui é o bebê que vai enfiá-los na câmara de gás. A não ser que vocês lá da promotoria o tratem a pontapés, é claro. Mas, com o caso que estamos lhes dando, não deve ter perigo disso acontecer.

— Colocar quem na câmara de gás? — disse Holt, lentamente. — Não estou muito certo se estou entendendo.

— Quem? Ora, Shayon e Tara Linneker — respondeu McCoy, impaciente. — Não é disso que estamos falando todo esse tempo?

Holt hesitou. Por fim entendera que a grande reviravolta de McCoy era absolutamente diferente da sua. Ele ainda conseguiu dizer:

— Acho que tenho algo a lhe contar, capitão.

— Já era tempo. Mas espere eu falar primeiro. — McCoy tinha a inquietude de um garotinho, ao fazer um sinal para que Holt ficasse em silêncio. — A dinamite. Foi isso que nos deu o serviço. Você deve se lembrar que a dinamite que Shayon comprou em Seacliff era da marca Black Fox.

— Um homem que correspondia à descrição de Shayon — contestou Holt timidamente.

McCoy não lhe deu atenção.

— E a dinamite que mandou Linneker para o reino dos céus era também Black Fox. O laboratório comprovou isso. Mas havia uma coisa que não se encaixava, não exatamente. Shayon comprou duas dúzias de bastões, mais os detonadores. Não há dúvida quanto ao número, está no registro. No entanto, o laboratório estimou que apenas dezoito bastões foram usados na cabana. Sei lá como eles conseguem calcular isso, pelo que sobrou do lugar, mas os rapazes que realizam esses testes são maravilhosos, você sabe disso.

Holt não fez qualquer comentário. Ele não sabia o que dizer. McCoy continuou:

— Então, estava me incomodando tentar pensar no que teria acontecido aos outros seis bastões. A dificuldade é que Shayon deveria ter se livrado deles de alguma forma. Era a coisa mais esperta a se fazer. Mas esses sujeitos convencidos algumas vezes se superestimam. Daí, só para testar nossa sorte, Hank e eu demos uma vasculhada no apartamento de Shayon esta manhã. — Ele fez uma pausa, depois prosseguiu triunfantemente: — E o último lugar que revistamos foi o depósito do lado de fora, que fica debaixo dos degraus que levam para a porta da frente. O armário tinha um cadeado, mas a moldura da porta era tão velha que as argolas que prendiam o cadeado saltaram fora, com parafusos e tudo. Shayon guarda algumas roupas velhas lá dentro, algumas ferramentas também e outros cacarecos. Encontrei aquela caixa de sapatos por trás de uma pilha de jornais. Tinha cinco bastões de dinamite da marca Black Fox dentro, que tal?

Holt sabia que o detetive esperava alguma exclamação de entusiasmo, mas encontrava-se atordoado. Sentiu que a sua boca abriu-se com a poderosa surpresa da revelação. Ele a fechou com esforço. McCoy retirou seu cachimbo e começou a enchê-lo.

— Certamente, isso ainda nos deixa um bastão de sobra, mas acho que os rapazes do laboratório merecem uma margem de erro. Não vou ficar criando teorias por causa de um único bastão. Assim, é todo seu, Holt.

— Tem certeza? — resmungou Holt. Era a melhor tirada de que dispunha no momento. A descoberta de McCoy derrubara as bases sobre as quais se apoiavam suas conclusões, e nem todos os álibis circunstanciais do mundo serviriam para restaurá-las. O que Van Dusen deixara passar? Em algum ponto, ele havia cometido um engano importante.

— O que mais você quer? — indagou McCoy. — Uma confissão? Teremos isso para você, também, não vai levar muito tempo. Sei como essas coisas são. Quando aquele casalzinho tiver certeza de que está perdido, vai fraquejar. — Ele acendeu seu cachimbo com a chama de um bico de Bunsen sobre a mesa do laboratório. — Naturalmente, não há impressões digitais sobre a dinamite, já que a tendência é ela ficar oleosa. Mas a caixa está coberta de digitais — todas de Shayon. Agora, o que era que você desejava me dizer, Holt?

Holt balançou a cabeça lentamente:

— Nada tão importante assim. Pensei que tivesse um novo ângulo, mas, creio que posso esquecê-lo, agora.

— E creio que posso voltar para o rancho e retomar a vida calma — disse McCoy, contente. — Realmente, estou ficando muito velho para esse batente. Está na hora de deixar os mais moços cuidarem das coisas. Que tal dar um pulo lá para me visitar, Holt? Darei a você um peru para a Páscoa. Faço criação deles, você sabe.

Quinlan entrou mancando, sua bengala marcando os passos com toques no ladrilho do chão.

— Mac, o mandado está pronto. Você quer ir comigo para apanhá-lo? Oi, como vai Holt? Está sabendo das novidades?

— Estou — murmurou Holt. — Parabéns.

McCoy examinou-o, pressentindo algo.

— Hank, acho que o nosso amigo, o investigador especial, está um pouco desapontado porque estes dois cães velhos demonstraram que estavam com a razão. Talvez achasse que fosse levar a melhor sobre nós. — Ele piscou os olhos para o seu parceiro.

— Não se deixe abater por isso, Holt — disse Quinlan com um sorriso. — Você não pode vencer sempre. Esta investigação é um pouco diferente do caso Buccio. Aqui, Mac e eu levamos vantagem sobre você em experiência.

Holt recuperara-se o suficiente para retribuir com um sorriso:

— Não me julgue mal. Sei que não sou nada notável como detetive. Mas é claro que não esperava isto — ele fez um gesto de cabeça em direção à caixa de sapatos... — e acho que fui nocauteado de surpresa. Admito que havia pensado numa solução um pouco diferente, mas tudo o que importa, pelo que me diz respeito, é a prova.

— Eu só estava brincando, claro — disse McCoy, levantando-se do tamborete. — Vamos até a sapataria do Shayon, apanhá-lo, agora. Quer vir conosco? Deve ser muito interessante. Meu palpite é de que ele vai desmoronar.

— Não, obrigado. — Ele não desejava ver Shayon preso, ainda que obviamente culpado. Havia desenvolvido uma espécie de amizade pelo jovem rebelde. — E o que vai acontecer com Tara?

— A vez dela vai chegar, logo que terminarmos com Shayon. Quero acabar com isso depressa e passar tudo para você.

Holt dirigiu o carro de volta para o seu escritório, porém agora bem mais devagar do que quando cobrira a mesma distância mais cedo. Seu espírito ainda se achava anuviado e confuso. Ele estivera completamente convencido de que estava certo, e as descobertas de Van Dusen fortaleceram essa convicção. Porém, a sua lógica fora a pique contra a inatacável rocha da dinamite escondida, e não havia como contestá-la. Ele suspirou fundo. "É só admitir que estava errado", disse para si mesmo. Mas, mesmo assim, era muito difícil de engolir.

Van Dusen estava no bebedouro de água quando Holt surgiu descendo o corredor. Ele acenou para Holt alegremente.

— Bem, já fiz meu trabalho de casa, professor. É certo que o O'Hara saiu da cidade e já encaminhei um teletipo para a promotoria, para fazer uma checagem sobre ele. E aqui está o novo endereço do Farnum. — Ele estendeu para Holt uma tira de papel.

Holt pegou-a e leu-a mecanicamente:

— Obrigado, Van.

— Foi uma canja. Imaginei que ele ainda pudesse estar desempregado, então cheguei a agência de emprego do estado e consegui o endereço sem sequer deixar o escritório. Você quer dar um pulo até lá para vê-lo?

— Acho que não precisamos mais nos incomodar com isso.

Brevemente, ele contou a Van Dusen sobre a dinamite e a prisão de Shayon, que, aquela hora, já deveria ter sido consumada.

— Acho que eu estava completamente enganado.

— Ora, mas que coisa estranha — Van Dusen ficou pensando. — Ainda não entendo como eles fizeram isso, mas lembre-se do que lhe disse sobre McCoy. Ele é terrível. Pelo menos, espero que você possa tirar suas férias.

— É verdade. — Holt enfiou a tira de papel com o endereço de Farnum no bolso. Agora, finalmente, podia esvaziar a sua pasta e tirar férias de verdade. Nenhuma preocupação no mundo. Mas, por alguma razão, não se sentiu particularmente contente com isso. Foi telefonar para Connie, e já duvidando que ela tampouco ficasse contente, considerando a razão. "Os jovens amantes são culpados afinal, meu Deus, agora só nos resta relaxar e nos divertirmos um pouco." Porém, o rumo que as coisas tomaram foi outro.

CAPÍTULO 8

Embora a contragosto, Connie Holt recebeu as novas com mais serenidade do que o marido. Já na hora em que Holt chegou em casa, naquela noite, toda a questão se tornara secundária no seu espírito e Connie estava mais interessada em discutir as últimas trapalhadas dos amigos imaginários de Nancy do que em remexer nos restos agora carbonizados do assassinato de Linneker. Ela havia cometido um erro, aceitou o fato e considerou que não adiantava mais remoer o assunto. Esse era o ponto de vista de Connie. E um ponto de vista prático, por sinal, mas algo de que Holt seria incapaz de compartilhar.

A mente dele continuava enfronhada no caso, como um tristonho abutre pairando sobre uma carcaça cujos ossos já tinham sido completamente raspados. Durante o jantar, falava apenas de coisas abstratas e demonstrava apetite escasso. Chegou ao ponto de Connie reclamar:

— Pelo amor de Deus, Mitch, como posso fazer Nancy limpar o prato quando você dá este tipo de exemplo?

— Não estou com fome.

— Mas poderia estar. Era só parar de remoer pensamentos tristes. Em vez de pensar que toda essa coisa foi sua culpa ou coisa semelhante, devia estar feliz de já ter tudo acabado.

Ao que Holt respondia, mal-humorado:

— Mas esse é o problema. A coisa não está resolvida, não dentro de mim. E vou ter de levar esses dois garotos a julgamento, Connie. Agora, que droga de trabalho posso executar, quando tenho uma dúvida em meu próprio espírito?

— Estava mesmo querendo falar com você, Mitch. — Connie despachou a filha para a sua ração de tevê de depois do jantar. — Nestes últimos dias me ocorreu que talvez seja hora de fazer uma mudança. Você não estará cansado do seu trabalho? Esses casos não costumavam transtorná-lo dessa forma. Não estou gostando.

— Eu estava pensando a mesma coisa esta tarde. Talvez não seja este caso, em particular. Talvez eu é que esteja esgotado. — Holt deu de ombros. — Vou dizer para Adair amanhã que vou tirar minhas férias, quer ele goste ou não. Talvez ele me demita.

E Connie sugeriu suavemente:

— Então, você poderia defendê-los, não é?

— Eles já têm um advogado — replicou Holt. Depois, sorriu para ela. — Tem toda razão, querida. Eu admito. O que sinto mesmo é vontade de atuar do lado deles. Não me importa a prova que encontraram, esta coisa toda não faz sentido para mim. Há muita coisa que não encaixa. Mas, que droga, não posso fazer nada a respeito.

— Você vai pensar numa saída — disse Connie. — Conheço você.

Holt resmungou dubiamente, empurrou para trás sua cadeira e remexeu os bolsos à procura de cigarros. Ao fazer isso, seus dedos deram com uma tira de papel dobrada. Era o endereço que Van Dusen lhe dera naquela manhã; ele tinha esquecido aquilo em seu bolso. Holt sentou-se, examinando as garatujas durante tanto tempo que Connie finalmente perguntou do que se tratava.

— Nada — disse ele e lentamente foi fazendo uma bola de papel entre o polegar e o indicador. Depois, da mesma forma vagarosa, ele alisou o papel novamente, recompondo-o, e estudou-o. — É isso mesmo, provavelmente não é nada. Mas, quem sabe, eu... Connie, você me mataria se eu lhe desse o bolo outra vez esta noite?

— O caso Linneker? — perguntou ela e, quando ele assentiu com a cabeça, levantou-se para beijá-lo levemente. — Volte depressa!

O endereço atualizado de Ernest Farnum era um hotel de operários no limiar do distrito comercial da cidade. Era uma área pobre, repleta de cabarés e casas de penhores, além de outros estabelecimentos semi-respeitáveis que abasteciam os desassistidos e desesperançados. De pé na calçada diante do hotel fuleiro, Holt perguntava-se o que o levara a deixar o conforto do lar naquela noite por uma missão tão nebulosa. De qualquer maneira, que diabo de missão era essa? O que exatamente ele esperava provar... ou desmentir?

— Bem, se já cheguei até aqui — ele murmurou, tentando subornar o seu bom senso. Mas era tudo o que podia oferecer, um suborno frágil, porque alguma coisa mais forte do que a lógica o impeliu para ir adiante. Era um componente básico de sua mente, exigindo a ordenação das coisas. Algumas pessoas restauram retratos. Holt restaurava fatos.

O quarto de Farnum ficava no segundo andar aos fundos de um corredor empoeirado. Uma faixa de luz por debaixo da porta mostrava que ele estava em casa. Holt bateu, mas não obteve resposta. Ele esperou, bateu novamente e, por fim, experimentou a maçaneta. A porta não estava trancada e abriu-se facilmente. Holt penetrou num quarto melancólico que exalava cheiro de tabaco, de roupas sujas e de papel de parede embolorado.

O homem sentado na espreguiçadeira remendada junto à janela não questionou sua entrada nem se levantou para cumprimentá-lo. Era uma pessoa beirando os cinqüenta, meio baixo, com os cabelos pretos, modelados como se fossem um barrete. Estava mal-humorado, com os olhos fundos. Esses olhos fitavam Holt apenas vagamente, como se não estivessem surpresos de vê-lo, ou como se absolutamente nem mesmo o vissem.

— Estou procurando por um Ernest Farnum — falou Holt.

— Você é um tira, não é? — disse o homem numa voz vaga, pesadona. Ele estivera lendo o jornal da noite, pousado sobre seu colo como um guardanapo. Holt podia decifrar o cabeçalho de cabeça para baixo, em letras grandes e pretas: POLÍCIA PRENDE NAMORADO PELO ASSASSINATO DE LINNEKER.

— Meu nome é Holt. Sou o assistente do promotor público. Gostaria de ter uma conversa com o senhor, se o seu nome for Ernest Farnum.

— Eu sou Ernest Farnum. — Ele disse isso como uma confissão.

— Estou satisfeito que tenha vindo. Estava mesmo para chamá-lo. Ou outra pessoa, acho.

— É mesmo? E por que, Sr. Farnum?

— O que vai acontecer com ele?

— Quem? — perguntou Holt, perturbado, já imaginando se Farnum estaria bêbado.

Farnum consultou o jornal, baixando a cabeça lentamente como se doesse fazer esse movimento:

— Delmont Shayon. O camarada que eles prenderam hoje.

— Não sei ainda. Ninguém sabe. Ele será acusado e processado e, caso seja considerado culpado, condenado. É isso o que quer saber?

— Se for julgado culpado — repetiu Farnum —, podem levar o sujeito à câmara de gás, não podem? Nunca pensei que isso pudesse acontecer. Não imaginei isso, nunca. Não está certo que ele seja acusado por minha culpa.

Holt sentiu uma punhalada antecipando alguma revelação.

— Sr. Farnum, sabe alguma coisa sobre o caso Linneker?

Farnum olhou para ele com indolente surpresa.

— É claro que sei. Não é por essa razão que está aqui? Eu o matei, você sabe disso. Com dinamite, na sua casa de praia.

A confissão foi feita com tanta tranqüilidade, despida de qualquer emoção, que Holt não teve nenhuma reação imediata. Não acreditou ter ouvido Farnum dizer o que disse.

— Como...? O senhor está...?

— É por isso que o senhor está aqui, não é? Veio para me prender. Estou contente que tudo esteja acabado. De qualquer maneira, já estava mesmo querendo chamá-lo. Não podia deixar um inocente levar a culpa. — E Farnum acrescentou, como se isso explicasse tudo: — Não teria sido decente.

— Acho que não... — murmurou Holt. Ele desejou sentar-se, mas Farnum ocupava a única cadeira existente, de forma que não teve outra escolha senão a beirada da cama, fixando o olhar no assassino confesso. Ele tinha se preparado para quase tudo, exceto para isso, e a surpresa foi grande o bastante para que tentasse outros meios de explicá-la. E se Farnum fosse apenas um biruta? Em todo caso de assassinato surgiam pessoas como essas, pelo menos uma ou duas, desejando confessar crimes com os quais não tinham qualquer ligação, guiadas por compulsões obscuras que estavam além do alcance das pessoas normais. Era possível que Farnum fosse um desses sujeitos, e que todo o seu conhecimento do crime viesse do que tinha lido nos jornais? Holt disse, cauteloso:

— O senhor sabe o que está confessando, não sabe?

— Claro. Você não vai me prender? — ponderou Farnum. — Engraçado como as coisas acontecem, senhor... como é mesmo o seu nome?... Holt. Na verdade, eu não pensava em ferir ninguém quando comprei a dinamite. Eu estava apenas querendo devolver ao velho Linneker o que ele me fez. Mas funcionou tudo errado.

— O senhor deve ter tido uma razão...

— Claro que tive. O que pensa que eu sou? — Farnum pareceu ofendido. — Ele estava me perseguindo. Eu não tencionava fazer nenhum mal a ele, mas o homem não me deixava em paz. Eu precisava me proteger. É um direito de todo ser humano.

Havia alguma coisa na sinceridade patética de Farnum que compelia à credibilidade. Por mais fantástica que fosse, a confissão parecia autêntica. Parecia óbvio que ele tinha uma inteligência obliterada. No entanto, desde o início, Holt não sentira que o crime fora trabalho de uma mente simplória e pouco desenvolvida? Ernest Farnum enquadrava-se muito mais no perfil mental que havia traçado para o dinamitador do que Delmont Shayon. E no entanto ele queria mais, alguma coisa que servisse para corroborar o quadro inteiro:

— Por favor, me diga... Onde o senhor comprou a dinamite?

— Lá para cima da costa. Numa espelunca que chamam de Seacliff. Eu estava por lá, procurando trabalho, quando tive a idéia. — Impaciente, Farnum arrematou: — Mas você não vai me prender?

— Vou... — disse Holt, pondo-se de pé. — Vou fazer isso agora. — Farnum poderia até ter tirado todo resto da história dos jornais, porém a origem da dinamite ainda não fora revelada. Apenas a polícia sabia desse dado... e o homem que a comprara. Formalmente, ele disse:

— Ernest Farnum, eu o prendo pelo assassinato de Rudy Linneker, na noite de 25 de janeiro do presente ano.

Farnum suspirou, quase satisfeito:

— Ótimo. Agora, podemos ir para a cadeia?

— Não há pressa. Antes, quero que fale com uma pessoa, para fazer um depoimento.

— De acordo. — Farnum levantou-se para apanhar o seu paletó. O jornal deslizou do seu colo para o chão e ali ficou, sem chamar a atenção. No umbral da porta, Farnum deteve-se, hesitante: — Acho que eu devia deixar um bilhete para o pessoal daqui. Eles vão precisar alugar o quarto. Ou, talvez, o senhor possa dizer a eles que não vou voltar.

— Eles vão ter notícias suas — assegurou Holt. — Não vão ficar esperando pelo senhor.

CAPÍTULO 9

Eu, Ernest Farnum, declaro que o depoimento a seguir, dado e assinado por mim no dia de hoje, seis de fevereiro, foi inteiramente voluntário e livre de qualquer ameaça, coerção ou promessa de imunidade por parte de qualquer pessoa ou pessoas ligadas oficialmente...

Assim começou a confissão de Farnum relativa à autoria do assassinato de Rudy Linneker. À meia-noite, Mitch Holt sentou-se no escritório particular do promotor público e a leu numa cópia em papel carbono, enquanto, na sala maior do lado de fora, o assassino confesso assinava o original. Era um documento sórdido e trivial, como são habitualmente documentos desse tipo, e para digerir o seu conteúdo Holt havia se retirado do redemoinho do escritório exterior onde polícia, repórteres, fotógrafos e a equipe do promotor público se aglomeravam. Holt, se bem que discretamente exultante, não se sentiu à vontade para tomar parte no circo.

— Aí está você — exclamou o chefe, que entrou atarantado e o descobriu ali. — O que está fazendo aqui dentro? Está perdendo toda a festa.

— Não combina muito comigo. Preferi me recolher para ler a confissão do Farnum por inteiro.

— Um documento surpreendente, não é? Difícil de acreditar que um homem pudesse ser tão covarde e tão estúpido ao mesmo tempo. Mas foi isso.

Holt deu de ombros, não querendo exteriorizar o seu julgamento precipitadamente.

— Só acho que vamos ter dificuldades para condená-lo por assassinato em primeiro grau. A defesa pode ter êxito em alegar insanidade. Aliás, esse Farnum sem dúvida é um paranóico.

— A mania de perseguição? É do que está falando? Ora, vamos ver isso depois. Já tive algumas experiências com defesas envolvendo psicólogos. — Adair sentia-se no topo do mundo e irradiava confiança. Ele martelava as folhas datilografadas com os dedos. — Conseguimos, filho, e graças a você.

— Praticamente caiu no meu colo.

— E que história foi aquela de querer me convencer de que não era um detetive? Você deu um baile na polícia inteira. — Adair batia palmas, excepcionalmente bem-humorado. — Mal posso esperar para esfregar isto no chefe Gould, de manhã.

— Qualquer um poderia ter se enganado. A polícia estava tão obcecada por Tara e Shayon que deixou passar o óbvio. Se eu não fosse tão inexperiente, talvez tivesse incorrido no mesmo erro.

— Pode fazer pose de modesto o quanto quiser. Os resultados falam por si. — Ele notou Holt fechando a cara. — O que o está incomodando, Mitch?

— Não sei. Já leu a confissão do Farnum?

— Inteira, não. Eu estava assistindo ao interrogatório e passei os olhos no rascunho. Mas escutei a maior parte.

— Bem, é muito vaga, e exatamente o que se podia esperar de uma mente como a dele. — Holt começou a folhear as páginas. — Ele diz que Linneker nunca deu a ele uma chance na empresa, que promoveu outros homens passando por cima dele, coisas desse tipo. Farnum culpava Linneker, pessoalmente, embora o mais provável fosse que Linneker sequer soubesse da sua existência. Isso, claro, evidencia uma mente paranóica. A seguir, ele narra a briga com O'Hara... ele ficou muito machucado e, no que estava saindo da empresa, depois de ser despedido, avistou o Linneker. Ele disse que o Linneker estava de pé na janela do escritório dele, no andar superior, rindo dele. Foi então que jurou se vingar. Comprou a dinamite duas semanas mais tarde, depois de remoer o assunto um bocado...

— Por que esperou tanto tempo para fazer uso dela? Eu perdi essa parte.

— Acho que ele perdeu a coragem ou talvez tenha mudado de idéia — Farnum não esclareceu isso — mas acho que provavelmente algo ligado ao fato de demorar tanto tempo sem conseguir outro emprego. Ele diz aqui que Linneker o tinha queimado pela cidade inteira. Ridículo, é claro, mas foi o que ele pensou. Então, finalmente foi até o depósito de madeira, naquela noite... disse que só pretendia explodir alguma coisa sem maior importância. Então, avistou através da baía a praia particular de Linneker, iluminada por holofotes, e a cabana da praia. A cabana, justamente, parecia concentrar toda a sua raiva. Assim, contornou a margem da baía, uns três quilômetros, pulou a cerca e enfiou a dinamite através da primeira janela da cabana que encontrou aberta. Logo em seguida, fugiu. Não sabia nem mesmo que havia matado alguém, até que leu a notícia nos jornais no dia seguinte.

— Como aconteceu essa fixação pela cabana?

— Ele fazia parte do grupo de trabalhadores que a construiu. — Holt pôs de lado a confissão. — Alguma coisa mais na história dele chamou a sua atenção?

— Sim. Farnum é astucioso como uma raposa. Ele vai tentar um segundo grau. Mas vamos reduzi-lo a pedaços, espere e verá.

— Não é disso que estou falando. Esta confissão tem onze páginas, cobre todo o caso, item por item. — Holt fez careta, pensativo. —

Mas em nenhum momento na sua confissão Farnum mencionou ter plantado os bastões de dinamite naquele armário que fica debaixo da escada de Shayon.

— Provavelmente, ele se esqueceu disso — disse Adair, encolhendo os ombros.

— Ele não esqueceu porque eu mesmo lhe perguntei. Ele nega ter feito isso. Além do mais, declara explicitamente que lhe sobraram vários bastões e que ele os partiu e depois jogou-os na descarga de banheiro no quarto do hotel.

— Um pequeno lapso mental dele, é o mais provável. Você pode esperar lógica da parte de um indivíduo como aquele? De qualquer maneira, que diferença isso faz? Estamos sempre sujeitos a encontrar algumas pontas soltas. O mais importante é termos agarrado o nosso homem.

— De fato, acho que isso é o mais importante.

— Você ainda está cauteloso, e não me admira. Vá para casa e durma um pouco. Para pegar no sono, experimente contar aqueles antílopes que vai caçar lá no México. — Adair caiu na risada. — Se eu fosse do tipo desconfiado, diria que você forjou essa confissão toda às pressas para garantir suas férias.

— Pensei em dar um pulo na cadeia para ver Shayon ser libertado.

— Ótima idéia — concordou Adair, com um gesto de cabeça. — Muito boa mesmo. Mostre-lhe que o nosso coração está sempre aberto. Acha que ele pode estar aborrecido conosco?

— Talvez. Mas não é por esse motivo que quero ir até lá. — Holt não explicou mais nada, mas disse boa-noite ao seu chefe e abriu caminho para sair do escritório. A maior parte da multidão já havia se dispersado. Farnum fora levado pela polícia e a maioria dos repórteres e fotógrafos os havia seguido. Aqueles que ficaram cercaram Holt, mas ele recusou-se a fazer uma declaração e mandou-os entrar para falar com Adair.

Eles não ficaram muito satisfeitos.

— É com o senhor que queremos falar — um dos jornalistas reclamou. — Por que não nos dá uma chance, hem, Holt?

— O Sr. Adair é quem fala pelo escritório — justificou-se Holt, indo embora. Ele estava com tanta pressa que sequer se importou em explicar aos repórteres por quê. Receava que Shayon pudesse ir embora antes de ele chegar à Central.

Como costumava acontecer, não havia nenhuma razão para pressa. A máquina policial, que não tem tanta experiência assim de trabalhar em sentido reverso, era lenta, e Holt esperou quase meia hora no corredor mergulhado em penumbra até que Delmont Shayon fosse posto em liberdade. O encarceramento não o fizera perder nem um pouco de sua arrogância. Ele sorriu quando avistou Holt e disse:

— Para que veio aqui, Holt? Veio cantar o *aloha* enquanto eu saía velejando em plena luz do sol?

— Preciso falar com você um minuto.

— Acho que posso lhe conceder isso. — Shayon estalou os dedos no ar de maneira insolente para o sargento que o escoltava. — Não pense que não foi interessante, sargento. Vou recomendar o lugar a todos os meus amigos.

— A maioria dos nossos hóspedes permanece aqui mais tempo — disse o sargento. — Considere-se com sorte.

— Ah, sim, eu tenho sorte. Quem mais pode contar com um comitê de recepção? — Shayon lançou o paletó por sobre os ombros e desceu arrogante o corredor para a liberdade do arco principal da entrada. Holt procurou acertar o passo com ele.

— Ora, qual é o seu medo, Holt? Acha que posso querer processar a prefeitura por falsa prisão?

— Não, na verdade, não.

— Mas eu teria o direito de fazer essa besteira.

— É verdade — concordou Holt. — Mas seria mais esperto deixar tudo isso para trás e esquecer. Não é uma causa que atraia muita simpatia.

— Veio até aqui para me dar conselhos?

— Vim até aqui para perguntar se você tem algum inimigo que possa ter tentado incriminá-lo com aquela dinamite. Ainda quero saber como ela foi parar no seu armário.

— Nunca tive um só inimigo neste mundo — disse Shayon jocosamente. — Todo mundo, com exceção dos policiais, gosta de mim. Sabe mais o quê, Holt? Não acredito que houvesse dinamite nenhuma lá.

— Tinha, sim — disse Holt. — Eu vi os bastões... e também a caixa de sapatos onde estavam guardados.

— Ora, a caixa de sapatos era minha, claro. Faz parte do meu trabalho, lembra-se? Mas nunca comprei nenhuma dinamite na minha vida. De qualquer maneira, que diferença isso faz? O cara confessou, não foi?

— Não tudo — disse Holt. — E é justamente isso que me está incomodando.

— Ora, a mim pouco importa. — Shayon pôs os pés na estrada e aspirou profundamente o ar da noite. — Rapaz, como é delicioso. Agora, entendo como se sente um canário. Diga, Holt, pode me fazer o favor de me deixar em algum lugar da estrada no seu caminho para casa? Estou sem carro.

— Tem um táxi bem ali — sugeriu Holt, fazendo um sinal de cabeça para um veículo amarelo estacionado no meio-fio.

— Está ocupado — objetou Shayon, voltando-se para ele.

— Claro que está. Telefonei para Tara enquanto esperava por você.

Shayon estudou-o por um momento e depois começou a rir.

— Você é um terrível intrometido, Holt, e isso é um fato. Mas, creio que devia estar um bocado grato por isso. — Ele se voltou e

dirigiu-se para o carro à espera. E por sobre os ombros acrescentou:
— Se alguma vez na vida precisar de um par de sapatos, me procure.
— Pode contar com isso — murmurou Holt. Mas o abraço que ele testemunhou deu-lhe a certeza de que Delmont Shayon já havia vendido o seu último par de sapatos.

CAPÍTULO 10

O promotor público convocou uma entrevista coletiva para as dez horas da manhã seguinte, à qual Holt, porém, não compareceu. Tinha outros problemas incomodando-o, embora fossem também do gênero relações públicas. Na excitação da noite anterior, os homens nominalmente a cargo da investigação, capitão McCoy e sargento Quinlan, haviam sido virtualmente esquecidos. E já que poderia ter de trabalhar com a dupla em alguma tarefa futura, Holt queria abrandar sentimentos feridos, se existissem.

No entanto, a sua primeira tentativa não foi especialmente bem-sucedida. Quinlan estava curvado sobre a escrivaninha na seção administrativa da polícia e recebeu com maus modos o cumprimento de Holt.

— O que é que você quer? — perguntou. — Veio aqui cantar vitória?

— Não há motivo para isso. Apenas tive um pouco de sorte e vim até aqui porque desejo que você e o capitão saibam que eu não estava tentando agir nas costas de ninguém.

— Que outro nome você dá para o que fez, então? Li tudo nos jornais. — E Quinlan levantou-se e saiu mancando até o interior do escritório, fechando a porta. Holt esperou por um instante, mas o sargento não tornou a aparecer. Holt suspirou fundo. Quinlan o considerara um intruso desde o início e havia pouca esperança de que mudasse de idéia agora, principalmente depois do que acontecera. Os veteranos eram muito zelosos a respeito de protocolos e, do ponto de vista de Quinlan, a atuação de Holt havia atropelado a ele e ao seu parceiro. A esperança de Holt era de que McCoy se mostrasse mais tolerante.

Mas Holt não tinha acesso direto a McCoy. Como já era aposentado, a conclusão do caso Linneker o liberara de continuar vindo à Central. O sargento da recepção não sabia quando McCoy poderia aparecer, se é que isso iria acontecer. Assim, sempre considerando importante manter relações amistosas, Holt resolveu ir ao seu encontro pessoalmente de carro.

O rancho da criação de perus de McCoy estava localizado numa comunidade agrícola conhecida como Whiteside, nome que recebeu por sua proximidade a White Mountain. Havia uma sucessão de abacateiros e fazendas leiteiras com ocasionais ajuntamentos de lojas localizadas a intervalos estratégicos na estrada soprada pelo vento. Ficava a 45 minutos de carro da cidade e fora do cinturão costeiro de nevoeiro. Holt, que raramente se aventurava tão longe, nessa direção, ficou impressionado com a beleza da zona rural e admirou a escolha de McCoy para retiros.

Teve um pouco de dificuldade para encontrar o portão certo, já que eram identificados apenas pelo nome na caixa de correios. Mas, uma vez localizado, uma estrada de cascalho conduzia através de uma plantação de pimenteiras a uma colina onde ficava um bangalô rústico, já gasto pelas intempéries. Era bonito mas não luxuoso, como o que se podia esperar que pertencesse a um policial, com sua modesta reserva financeira. McCoy era solteiro, Holt lembrou-se.

Atrás da casa estava uma grande área cercada e foi aqui, após bater repetidas vezes na porta da frente sem conseguir atrair nenhuma atenção, que encontrou McCoy. O capitão estava sentado num engradado de laranja, fumando o seu cachimbo e observando um bando de perus de pescoço vermelho ciscar grãos. Ele usava *jeans* e uma camisa desbotada de lã escocesa axadrezada, e parecia como se tivesse passado a vida inteira criando perus em vez de caçando assassinos.

Depois da gélida recepção de Quinlan, Holt estava preparado para mais uma descompostura, mas não foi o que aconteceu. McCoy demonstrou surpresa com sua chegada, mas levantou-se sorrindo e estendendo-lhe a mão.

— Ora, ora — disse cordialmente. — Realmente não pensava em vê-lo tão cedo, Holt. Supus que estivesse ocupado, recebendo cumprimentos.

— Eu queria explicar ao senhor o que aconteceu, capitão.

— Sente-se — convidou McCoy, apontando para um segundo engradado. — Você não me deve nenhuma explicação. Conseguiu apanhar o seu homem e isso é tudo. — Ele observou a expressão de alívio em Holt com seco divertimento. — Qual é o problema, Holt? Achou que eu ia ficar ofendido com você?

— Bem, o sargento Quinlan ficou — admitiu Holt, sentando-se.

— Hank toma essas coisas muito a sério. Acho que a perna dele tem algo a ver com isso, está azedando o humor dele, deixando-o muito sensível. — McCoy ria-se a valer entre as suas baforadas no cachimbo. — Você devia ter visto como ele ficou na noite passada. Ele esteve aqui, e estávamos jogando cartas e bebendo cerveja quando a tevê deu a notícia. O pobre Hank quase queimou um fusível. Pela maneira como se comportou, alguém pensaria que você roubou a carteira de dinheiro dele.

— Eu não tinha noção de como as coisas iam ficar, no final. Farnum simplesmente me ofereceu sua confissão numa bandeja de prata.

— Claro, mas você estava lá para recebê-la — ironizou McCoy.
— Você estava, eu não. Essa era a diferença. Mais poder para você, Holt. Como eu disse para Hank na noite passada, "a juventude seja servida".

— Fico contente que se sinta dessa forma, capitão. Não queria provocar ressentimentos.

— Nem um pouco. Diga, Holt, o que acha dos meus bichinhos? — McCoy fez um gesto mostrando os seus deselegantes perus, rodopiando sem rumo, presos do outro lado da cerca, como se fossem penitenciários se exercitando no pátio da prisão. — Já que está aqui, podia perfeitamente escolher o peru que lhe prometi. Aproveite para levá-lo com você.

— Posso deixar isso para depois? Minha mulher e eu vamos sair de férias na próxima semana e receio desperdiçar uma boa ave.

— A qualquer hora, é só passar por aqui — concordou McCoy. — A não ser perto do dia de Ação de Graças, tenho tantos perus que nem sei o que fazer com eles. A maioria, machos. Então, vou tentando suprir o pessoal do departamento. Quer dizer que vai sair de férias, não é? Pensei que fosse ficar aqui para o julgamento.

— Ora, vou estar de volta antes que o caso chegue ao tribunal e qualquer um pode conduzir as preliminares.

— Pelo que tenho ouvido, o julgamento vai ser bem rápido.

— Nunca se sabe. Farnum pode voltar atrás na confissão. Isso não vai mudar o resultado, mas precisamos estar preparados para a possibilidade. — Holt hesitou. Mas, já que estavam num clima tão cordial, decidiu perguntar a opinião de McCoy sobre um aspecto do caso que ainda o preocupava. — Tem também o negócio da dinamite encontrada na residência de Shayon...

— É verdade — disse McCoy com voz arrastada, tragando o seu cachimbo. — Eu estava pensando nisso.

— Farnum nega que a tenha colocado lá e acredito que esteja dizendo a verdade. Isso me preocupa. Um bom advogado de defesa pode ser capaz de tirar alguma coisa disso.

— Talvez Shayon tenha um inimigo que aproveitou a oportunidade.

— Shayon acha que não foi isso o que aconteceu. É claro que pode ser apenas egocentrismo. Mas quem quer que tenha plantado a dinamite deve ser alguém inteirado dos detalhes do caso. Se não, como ia saber a marca do explosivo utilizado?

— Isso não seria tão difícil. Creio que os jornais deram essa notícia, logo que a primeira análise de laboratório foi publicada.

— Eu não sabia — admitiu Holt. — Acho que não andei lendo os jornais.

— Mas muita gente lê. Até os malucos, e um desajustado qualquer pode ter achado que devia resolver a coisa por conta própria. A Black Fox é uma marca muito comum, é possível encontrá-la em quase todas as lojas do ramo. E acho que mencionei para você que o cadeado daquele armário não prestava para coisa nenhuma.

— Mas é uma coisa horrível para se fazer. O que essa pessoa esperaria ganhar com isso?

McCoy demorou-se um tempo observando o andar afetado dos perus, antes de responder:

— Holt, você ficaria surpreso com a quantidade de pessoas capazes de tomar um assassinato como o de Linneker como uma questão pessoal. Pessoas que não têm absolutamente nada com isso. O ser humano deseja fortemente ver a justiça feita e alguns nem sempre conseguem esperar pela ordem natural das coisas. O que ganham com isso não importa. — Ele falava com convicção, como se tivesse refletido bastante sobre o assunto. — É como eu vejo tudo. Não creio que você deva se preocupar a respeito.

— Bem, tomara — disse Holt sem querer se comprometer, levantando-se. O brilho do sol e a quietude do rancho o haviam deixado

um pouco sonolento e ele se deu conta do quanto estava precisando tirar férias. Seria ótimo afastar-se e ficar sem fazer nada por uns tempos.
— Muito obrigado, capitão. Você tem mesmo um belo lugar, aqui. Eu o invejo.

— Sim, não é mau. — McCoy passou os olhos pelos perus correndo, com uma expressão no rosto que Holt não conseguiu decifrar. — Mas é um pouco difícil ficar de fora. Você ainda é muito jovem para entender isso. Mas é por esse motivo que me deixei convencer a voltar para trabalhar no caso Linneker. Acho que foi um erro, não é?

Disse aquilo num tom tão melancólico que Holt replicou:

— Não na minha opinião. Como já disse, apenas tive sorte. Por direito, devia ter sido você.

— Nunca confiei muito na sorte — murmurou McCoy. Depois, sorriu e estendeu a mão. — Parabéns, Holt. E obrigado por não ter cantado vitória. Não estou acostumado a ficar por baixo e ia ser difícil de engolir.

Holt foi embora satisfeito por ter feito o longo percurso até o rancho, mesmo que algumas pessoas pudessem considerar isso uma manhã perdida. Ele sentiria que teria valido a pena, mesmo que fosse só para confortar o orgulho ferido de McCoy. O oficial veterano da polícia tinha feito um bocado pela sociedade e merecia algo melhor do que um coice nos dentes no crepúsculo da carreira. Um homem como McCoy vivia intensamente por conta de sua auto-estima; se arrancassem isso dele, restaria muito pouco.

No entanto, o respeito de Holt pelo velho não lhe permitia deixar de enxergar que ainda não conseguira uma resposta satisfatória com relação à dinamite plantada na casa de Shayon. McCoy podia estar querendo atribuir isso a algum maluco, o que era a forma mais fácil de afastar o problema. Entretanto, mesmo não tendo desejado enfatizar isso para McCoy, foi justamente sua recusa em aceitar o caminho fácil que resultara na prisão de Farnum.

Assim, Holt voltou à Central e foi logo recebido no escritório do chefe de polícia. O chefe Russell Gould era um homem de pele bronzeada, bonito, robusto e imponente. Mais um administrador do que caçador de homens, faltava-lhe a forte ligação afetiva com o departamento que alguns homens de carreira como Quinlan assumiam. Ele encarou o êxito de Holt com mais humor do que ciúme, e admitiu isso.

— Essa história serve justamente para provar que as pessoas podem se tornar muito arrogantes. Nunca acreditei que um amador fosse capaz de levar a melhor sobre McCoy e Quinlan no seu próprio jogo, mas aí está a prova.

— Foi apenas sorte — disse Holt, já imaginando que a repetição constante da frase acabaria por lhe dar um tom falso. — Mas ainda resta um detalhe para o qual necessito de ajuda, chefe.

— Nossa ajuda? — indagou Gould rindo. — Pensei que você fosse um franco-atirador.

— Não quando posso evitar. Aquela pesquisa sobre todas as vendas de dinamite que seus homens conseguiram... Tudo que foi comprado no ano passado... Pode me dar uma cópia?

— Claro. Aqui você pode conseguir qualquer coisa que quiser, incluindo um emprego. Talvez até o meu. — Gould acompanhou-o até a porta. — O que acho realmente engraçado é que o McCoy será homenageado num banquete dentro de mais ou menos uma semana. Boa ocasião, hem?

— É... — murmurou Holt. E ficou mais contente ainda por ter ido até Whiteside. — Lembre de mandar a tal pesquisa, certo?

A caminho do escritório, ele apanhou as edições dos jornais do meio-dia. McCoy não era sequer mencionado. Mas Holt, sim.

CAPÍTULO 11

Holt passou o resto do dia, uma sexta-feira, empenhado nos detalhes da preparação do caso contra Farnum. Quando fechou o escritório para o fim de semana, a polícia ainda não enviara o documento que havia requisitado e ele não fazia idéia de como iria aplicar a pressão necessária sem parecer deselegante. Assim, adotou uma atitude estóica, afastou o problema da cabeça e passou o sábado e o domingo ajudando Connie nos preparativos para as férias iminentes.

Quando retornou ao escritório, na manhã de segunda-feira, a pesquisa sobre as vendas de dinamite estava esperando na sua escrivaninha. Mas, junto com ela, uma novidade que tornara o documento inútil. Ernest Farnum havia confessado ter plantado a dinamite na residência de Delmont Shayon.

A informação chegou a Holt sob a forma de um memorando garatujado por seu chefe, que concluía: "Como era previsível, tratou-se simplesmente de uma tentativa maldosa de desviar suspeitas. Quase funcionou, de fato. De qualquer modo, está acabado! JPA."

— Está acabado! — repetiu Holt para si mesmo com satisfação. A última ponta solta tinha sido amarrada e o caso do povo da Califórnia *versus* Ernest Farnum podia agora prosseguir para uma conclusão inevitável. Dali para a frente, tratava-se de um processo normal incluindo audiência preliminar, citação, seleção do júri... e assim por diante, direto rumo à sentença e aos recursos automáticos. Terreno familiar. E seria um prazer voltar a ele, depois dos últimos dias.

Holt pegou a pesquisa sobre venda de dinamite, já preparado para mandar arquivá-la. Era um grosso volume de papéis, o registro de todas as vendas de explosivos feitas no condado durante o ano anterior, com nome do comprador, quantidade comprada, o varejista ou atacadista que o tinha vendido e a data. Holt não queria lê-lo no momento, mas seus olhos acidentalmente passaram pelo topo da página e então deu-se conta de que estava perdido. Era uma de suas fraquezas — assim a considerava —, mas não conseguia deixar de lado um documento lido apenas pela metade, não importando mesmo quando era algo inútil para ele. Se iniciasse um livro, o leria até o final, mesmo que precisasse permanecer acordado toda a noite. Era por isso que evitava ler os jornais, tanto quanto possível. Era raro ter tempo de lê-los por inteiro e entretanto incomodava-o passar simplesmente a vista por cima. Certa vez, um psicólogo seu amigo lhe dissera que toda pessoa tinha uma ou mais dessas manias compulsivas e que isso não tinha a menor importância.

— É o que chamamos de reação psicastênica — explicou o psicólogo. — Uma defesa sua, peculiar, contra estados prolongados de tensão ansiosa. Na sua profissão, você provavelmente alimenta um medo secreto de não saber de todos os fatos. Então, desenvolve este hábito ritualístico para garantir a si mesmo que os conhece.

— Parece uma grande loucura.

— Claro... Mas tudo não é?

Lembrando-se da conversa, naquele instante, Holt sorriu — e mesmo assim continuou a ler. Examinando a lista de nomes que não lhe diziam nada, pôde avaliar o trabalho que dera montar todo aquele mapa, desde os homens que haviam levantado as informações, passando pelo datilógrafo que a havia compilado, os outros que a tinham checado. E tudo, afinal, a troco de nada porque... Subitamente, os olhos detiveram a sua descida rápida pela página e retornaram, focalizando um nome. Tornou a ler o registro, datado de cinco meses antes, a primeira semana de setembro. Durante um instante, Holt examinou aquela única linha datilografada, franzindo a testa. Depois, rapidamente, folheou o restante do documento. O registro não se repetira.

— Muito engraçado — murmurou, mas pela expressão de seu rosto não estava achando graça nenhuma. — Pode ser uma coincidência, é óbvio, mas... — Já intranqüilo, ele pegou de volta o bilhete de Adair e o releu: "*Farnum finalmente confessou... uma tentativa maldosa de desviar suspeitas... tudo acabado...*

Após certo tempo, Holt guardou o documento acerca de dinamite na gaveta da escrivaninha e pegou o chapéu. Seu primeiro pensamento foi conversar com Van Dusen, mas o investigador não estava na promotoria, de modo que Holt ficou vagando pela rua, em volta do Centro Cívico, e depois deu uma passeada no pátio, imerso em reflexões. Em determinado momento, retirou o automóvel do estacionamento e dirigiu-se à Central de Polícia.

Ele já estava se tornando familiar nos corredores da repartição, assim o carcereiro deixou-o entrar na ala de detenção sem hesitar.

— Está querendo ver nosso pensionista principal, não é? Bem, não se preocupe, ele ainda está aqui.

Holt perguntou quem estivera de plantão no setor, durante o final da semana, e descobriu que estava falando com o próprio. Cautelosamente, perguntou:

— Farnum deve estar recebendo um bocado de visitas, não é?

— Não para conversar. Ele não chamou ninguém, até aqui. Fica quase o tempo todo estirado no beliche.

— E o advogado dele?

— Pelo que sei, ainda não tem nenhum. Acho que o tribunal vai ter que indicar alguém. — O carcereiro conduziu-o lá para baixo até a fileira de celas, a maior parte delas vazia, depois da limpeza produzida pela sessão do tribunal de segunda de manhã. — Não, não consigo lembrar de ninguém que tenha vindo ver o sujeito. Só nossos próprios funcionários, claro. Quinlan esteve aqui no sábado. E também o capitão McCoy, mais tarde.

Pararam na última cela do corredor:

— Bem, olha ele aí, como prometi. Ei, Farnum! Acorde! Tem visita.

Farnum estava deitado de bruços no beliche. Ele ergueu a cabeça e fixou os olhos em Holt durante um instante sem dizer nada. O carcereiro abriu a porta da cela.

— É só gritar quando quiser sair — disse para Holt e depois acrescentou, bem-humorado: — Só você... Você, não. — Ele trancou a porta atrás de Holt e afastou-se, assoviando.

Holt hesitou um momento, esperando que Farnum dissesse alguma coisa. Quando ficou evidente que Farnum não tencionava iniciar a conversa, ele disse:

— Como você está, Farnum?

— Muito bem. — Farnum olhou zangado para ele. — O que você quer?

— Gostaria de conversar com você. — Não havia lugar para sentar e Farnum continuava ocupando todo o beliche. Assim, Holt permaneceu de pé.

— Já lhe disse tudo que tinha para dizer na outra noite.

— Foi o que eu pensei, também. Mas esta manhã ouvi dizer que você agora está admitindo que escondeu a dinamite no armário externo debaixo dos degraus da escada de Shayon. Gostaria de ouvir isso da sua boca.

— Não tenho mais nada a dizer. Li nos jornais que a filha tinha um namorado, o endereço dele e tudo, e decidi fazer a polícia ir atrás dele. Então, levei o resto da dinamite para a casa dele e a escondi lá.

Achei que não ia ter problema nenhum por causa disso. — Ele mastigava o próprio lábio, então acrescentou, com voz arrastada: — Foi isso o que fiz, pronto.

— Por que não me contou isso na outra noite?

— Acho que esqueci.

— Difícil de acreditar, considerando que lhe fiz uma pergunta direta a respeito. — Farnum não respondeu. Então, Holt disse: — Soube que recebeu algumas visitas no fim de semana.

— Não — retrucou Farnum imediatamente. — Ninguém veio me ver.

— O carcereiro disse que o capitão McCoy e o sargento Quinlan estiveram aqui para conversar com você.

Farnum hesitou.

— Ah, foi, é verdade. Mas e daí?

— O que eles queriam?

— Apenas falar umas coisas... Sei lá! Eles são policiais, não são? O que é que iam querer comigo?

— Nada, eu acho. — Holt retirou os cigarros e ofereceu o maço a Farnum. O prisioneiro aceitou um relutantemente. Seus olhos, quando encontraram os de Holt, estavam desconfiados. — Estou curioso sobre a sua perda de memória com relação à dinamite, Farnum. Você compreende que isso não vai fazer diferença nenhuma para você, não é?

— Já disse que esqueci, mais nada — resmungou Farnum. Ele precisou sentar-se para acender o cigarro e permaneceu nessa posição. Holt aproveitou para se sentar na outra extremidade do beliche, esperando com isso tornar a relação mais amistosa. De pé diante de Farnum, parecia muito mais numa atitude de promotor. No entanto, Farnum não se mostrou mais relaxado.

— Não quero que seja enganado — explicou Holt. — Você confessou um assassinato e será julgado por isso. Se alguém lhe deu a idéia de que é possível um acordo, ou que você pode se livrar mais facilmente se admitir também que plantou aquela dinamite, então essa pessoa agiu assim sem qualquer base. Entende isso?

— Acho que sim.

— Você ainda quer manter a sua história sobre a dinamite?

Farnum olhou fixamente para o teto da cela. Holt notou que os dedos que seguravam o cigarro estavam tremendo. Finalmente, Farnum grunhiu:

— Eu disse que fiz, não disse? O que mais você quer?

— A verdade, talvez.

— É a verdade. Pensei que pudesse enganar os policiais incriminando o Shayon. Foi por isso que escondi a dinamite na casa dele.

— Naquela noite — contestou Holt —, no seu quarto, você me confessou que tinha assassinado o Linneker porque, como você mesmo disse, não era decente deixar que outro homem levasse a culpa. Agora confessa que tentou incriminar esse mesmo homem. Então, numa das vezes, você mentiu para mim, Farnum.

— Na outra vez — murmurou Farnum. — Estou falando a verdade agora.

— Nesse caso, você não teria nada contra submeter-se a um detector de mentiras, não é?

— Não quero nenhuma dessas merdas para cima de mim! — berrou Farnum imediatamente e a sua voz estremeceu. — Você não pode me obrigar a fazer isso. Conheço os meus direitos e privilégios diante da lei. Sei que não sou obrigado a aceitar isso. Quero que saia daqui!

A expressão "direitos e privilégios diante da lei" soava estranha nos lábios de Farnum, como se ele estivesse reproduzindo alguma coisa que lhe haviam ensinado. E Holt perguntou-se quem teria sido o seu professor. Não fora o advogado de Farnum, obviamente, porque ele não tinha nenhum advogado. Holt replicou:

— Eu também quero, e muito, proteger os seus direitos e privilégios. Por que não me ajuda a fazer isso?

Sem se atrever a olhar para ele, Farnum insistiu:
— Não tenho nada a dizer.
Holt suspirou profundamente.
— Se mudar de idéia, mande me chamar.
Farnum não respondeu. Holt levantou-se e gritou chamando o carcereiro. Quando foi embora, Farnum continuava sentado na beira do beliche, fitando o teto.

CAPÍTULO 12

Adair deixara um recado dizendo que precisava falar com Holt no seu gabinete, o que para Holt vinha bem a propósito. Ele achava que já havia avançado no assunto tanto quanto podia, por conta própria. Adair estava de bom humor, ainda embalado pelo desfecho do caso Linneker.

— Só queria perguntar quando você está planejando partir. Se vai ser logo, vou começar as preliminares com o Burnett.

— Estava querendo viajar amanhã — respondeu Holt. — Mas isso foi antes dessa outra coisa aparecer.

— Bem, não queria tirar o caso de você, se vai estar por aqui para ir tocando. Afinal, é o seu bebê — prosseguiu Adair e só então franziu a testa, dando-se conta do que seu assistente dissera. — De que "outra coisa" está falando, Mitch?

Holt retirou o documento sobre venda de dinamite do bolso do paletó e deu tapinhas na folha de papel dobrada sobre o seu joelho durante um instante antes de responder:

— Isto aqui vai ser um choque para você. Mas tenho o dever de lhe contar, mesmo assim.

Adair esperou, o rosto assumindo a costumeira inescrutabilidade de pedra.

Holt continuou:

— É sobre a dinamite que McCoy e Quinlan encontraram no apartamento de Shayon.

— Achei que isso já estivesse completamente resolvido. Você não recebeu meu bilhete?

— Recebi, e também falei com o Farnum sobre o assunto. Mas a coisa ainda não faz sentido para mim. Deixe-me expor tudo para você. Primeiro, Farnum confessou o assassinato porque, segundo ele, não queria ver um inocente sofrer. Quando perguntei se fora ele quem plantara a dinamite na casa de Shayon, negou e disse mesmo que nunca estivera nem perto de lá. Dois dias depois, mudou a história pelo avesso. Por quê?

— Ora, não acho que isso seja um problema tão grande assim — retrucou Adair, relaxando. Obviamente, ele havia esperado algo muito pior pela maneira como Holt começara. — Não foi você mesmo quem disse que ele era paranóico? Não pode esperar que tenha um comportamento racional.

— Concordo com você... até certo ponto. Sugeri um detector de mentiras para Farnum hoje. Ele não teria nada a perder, não acha? Mas ele se negou, perdeu a calma, e começou a citar os seus direitos legais e coisas do gênero.

Adair balançava-se para diante e para trás na cadeira.

— Mitch, você não está fazendo tempestade em copo d'água? O que está tentando provar, na verdade?

Holt abriu o documento que tinha em mãos na página apropriada e empurrou-a por sobre a mesa para o promotor público.

— Leia onde assinalei.

Adair atendeu-o, franzindo a testa. "Loren McCoy, Whiteside, Califórnia, cinqüenta bastões de dinamite, marca Black Fox, com cápsulas de detonação, compradas de Heartland Hardware Company, em 5 de setembro..." Mas que diabo é isto aqui?

— É a listagem que a polícia levantou sobre todas as compras de dinamite feitas no ano passado. Interessante, não?

— Não sei se estou acompanhando o seu raciocínio.

— Vamos colocar deste modo: Black Fox foi a marca usada para explodir Linneker, cerca de dezoito bastões. Farnum comprou a dinamite Black Fox em dezembro. Três meses antes, o capitão McCoy também havia comprado dinamite da mesma marca. E foram McCoy e Quinlan que acharam a dinamite Black Fox no depósito de Shayon. Farnum negou que as tivesse colocado lá. Depois, mudou sua história, de forma não convincente. — Holt fez uma pausa. — McCoy e Quinlan, cada um em separado, visitaram Farnum no final da semana, apesar de Farnum ter se negado a admitir isso para mim.

Adair não conseguiu mais ficar sentado. Levantou-se e começou a andar para cima e para baixo até que, por fim, parou para encarar Holt fixamente:

— Sabe o que está sugerindo?

Holt balançou a cabeça com relutância:

— Eu avisei que ia ser um choque.

— Choque? É a farsa do ano!

— Suponha — disse Holt, massageando a testa — que as coisas aconteceram mais ou menos assim: McCoy e Quinlan estavam convencidos de que Shayon e Tara eram culpados. Intuição, como McCoy chamou, baseado na sua experiência. Só faltava uma prova, por menor que fosse, mas uma prova sólida. Acharam que iam conseguir uma identificação positiva de Shayon lá em Seacliff, do balconista que vendeu a dinamite para Farnum. Ora, claro que não conseguiram essa identificação. Mas isso não estremeceu a convicção na culpa de Shayon. Eles acreditavam piamente que estavam certos. E não esqueça de que a pressão estava sobre eles, uma pressão pesada, para resolver o caso

Linneker com rapidez. Todos esperavam isso deles, considerando a reputação de ambos. Será que não ficariam tentados a achar a prova de que precisavam... mesmo que para isso se vissem forçados a forjá-la... imaginando que faria Shayon abrir o jogo? Acho isso bem possível.

— Incrível — balbuciou Adair.

— Nem tanto. McCoy e Quinlan são humanos. E muito ciosos do orgulho que têm por suas reputações, uma coisa muito justa, por sinal. Assim, se estavam convencidos de que Shayon era culpado, que mal estariam fazendo? Claro que estou reconstituindo as coisas partindo do ponto de vista deles.

— Sinto não me sentir em condições de louvar esse tal ponto de vista.

— Bem, então deixe-me explorar um outro ângulo. Quem quer que plantou a dinamite no armário de Shayon sabia a marca certa a usar. Quando conversei com McCoy, na última sexta-feira, levantei esse ponto. Ele me disse que a marca, Black Fox, tinha sido noticiada pelos jornais. Ora, acabei de ler a pasta de recortes do nosso escritório sobre o caso e a marca da dinamite nunca foi mencionada, pelo menos não num momento que importasse, para este nosso problema. É evidente que a polícia não liberou essa informação para a imprensa até a prisão de Farnum. Assim, a dinamite tinha de ser plantada por alguém que estivesse inteirado do caso.

— Exatamente. Ernest Farnum.

— Mas, não sendo ele, é óbvio que não foi um biruta excêntrico de fora. McCoy sugeriu esta hipótese. Black Fox é uma marca comum, certo, mas há outras marcas, também muito usadas. A possibilidade de alguém estranho ao caso escolher a marca certa é tremendamente pequena.

Adair fez um gesto de negação como se afastasse teias de aranha. Holt continuou:

— É claro que a confissão de Farnum deixou McCoy e Quinlan em apuros. Aquela dinamite plantada tinha de ser explicada. Acho que foi por isso que procuraram Farnum. Provavelmente, o apavoraram, dizendo que, se ele não confessasse isso também, tudo de pior ia acontecer com ele. Farnum é do tipo impressionável, um sujeito infantil. Além disso, estar trancado numa gaiola, à mercê de outras pessoas, abala até um sujeito mais forte. Lembre-se do que aconteceu com nossos rapazes na Coréia, por exemplo.

— Deixe-me ter certeza se estou entendendo. É parte de sua teoria que McCoy e Quinlan tenham algum envolvimento pessoal no caso Linneker?

— Além das suas reputações em jogo, não.

Adair assentiu e sentou-se. A seguir, juntou as pontas dos dedos e ficou contemplando-os sobriamente. Holt aguardou, sem conseguir adivinhar que atitude Adair tencionava tomar. Tanto podia concordar inteiramente com ele como discordar por completo. Adair escolheu um meio-termo.

— Mitch, não estou dizendo que esteja errado, mas vamos considerar os fatos contrários também.

— Certamente. E, no caso, prefiro mesmo estar errado.

— Primeiro, a dinamite. McCoy tem um rancho e, sem dúvida, tem usos legítimos para explosivos por lá. Isso é óbvio, e já que a dinamite foi comprada muito antes do Linneker ser assassinado, não há prova nenhuma contra ele nesse aspecto.

— Exceto que o explosivo é da mesma marca e que estava disponível.

— Segundo, as visitas ao Farnum. Nem você nem eu sabemos o que foi dito naquela cela. Mas parece natural que McCoy e Quinlan tenham um interesse em Farnum, já que estiveram trabalhando no caso.

— É circunstancial, tanto encarado de um jeito quanto de outro.

— Na minha cabeça o que mais conta é o caráter dos homens. Não se trata aqui de dois policiais ordinários. McCoy e Quinlan são veteranos, chegaram ao topo. Acho difícil de engolir que homens com a reputação deles se rebaixassem a ponto de falsificar uma prova. — Adair balançou a cabeça. — Não se encaixa.

— Você não está dizendo nada que eu já não tenha dito para mim mesmo — admitiu Holt. — Mas, contra isso, temos as idas e vindas da confissão de Farnum.

— Repito o que disse antes: o homem é um psicopata.

Holt suspirou:

— É uma tremenda confusão, não é? Em quem você vai acreditar?

— Entenda, não estou afastando a possibilidade de você estar com a razão. Qualquer um pode tornar-se confiante demais e é possível que isso esteja acontecendo aqui. Mas sou extremamente contrário a agir com precipitação sobre alguma coisa e nos arrependermos mais tarde — considerou Adair.— Mitch, acho que seria melhor eu tratar disso pessoalmente. Vou dar uma passada no escritório do chefe Gould e sugerir a ele o seu ponto de vista sobre a coisa toda. Gould pode ter uma boa conversa com McCoy e Quinlan e... sabe como é, vamos tratar do assunto de uma forma tranqüila e sensata.

— Como você achar melhor — concordou Holt, nem um pouco relutante em passar o problema para outras mãos, agora que havia revelado as discrepâncias encontradas.

— Acho que é o que devemos fazer. Pode até aprimorar os procedimentos da força policial, no caso de terem mesmo feito uma besteira dessas. Às vezes os tiras esquecem de que não é função deles fazer justiça. — Adair levantou-se com um sorriso de alívio. — Seja lá o que a gente faça, ninguém quer empacar o caso Linneker, agora que ele está andando tão bem. E não podemos esquecer o principal... apanhamos o nosso homem.

— Concordo! — disse Holt, levantando-se também. — Essa é a única verdade neste mundo incerto.

CAPÍTULO 13

Ao sair do escritório ao meio-dia, Mitch Holt deixou suas responsabilidades igualmente para trás. Isso incluía toda e qualquer dúvida remanescente e as preocupações sobre as implicações do caso Linneker. Tinha cumprido o seu dever e o que não resolvera pessoalmente havia transferido para mãos igualmente eficientes. Tudo que levou para casa foi sua maleta, agora tranqüilizadoramente vazia. Depois de colocar Connie brevemente a par dos acontecimentos, declarou para ela que não desejava ouvir mais nada relacionado ao assunto nas próximas duas semanas. Ela ficou feliz em atender ao seu desejo.

Connie já estava com quase tudo empacotado.

— Sinceramente, Mitch, sair de férias é como movimentar um exército. — Havia deixado de fora apenas os rifles de caça para que ele fizesse uma inspeção final. Ela era uma boa atiradora e conhecia armas, talvez mesmo melhor que o marido, mas ultimamente preferia acreditar que providências desse tipo fossem da alçada masculina.

— Papa sempre me deixou atirar com os seus rifles — ela costumava dizer para Holt, mas ele insistia em assumir pessoalmente a responsabilidade pelas armas.

— Bem, ele é um verdadeiro profissional quando o assunto é caça — lembrava Holt, pensando na sala de troféus de Papa Mayatorena no rancho, um imenso saguão ornado com fileiras de cabeças de antílopes, carneiros-monteses, alguns pumas e mesmo ursos. Era uma coleção completa, para qualquer entusiasta de caça, e Holt sempre ficava maravilhado ao vê-la. Desconsolado, ele examinou o cano do rifle que estava empacotando. — Connie, você acha que serei um dia um caçador tão bom quanto o seu pai?

— Por que não? Papa sempre diz que você tem talento para a coisa.

— O que não tenho é tempo. Mas talvez seja mesmo melhor assim. — Holt fez um gesto com a mão, abarcando toda a sala. — Já imaginou como este lugar ia ficar, com uma coleção como a de seu pai olhando para nós o tempo todo?

Connie soltou uma gargalhada, com ar travesso.

— Mitch, se eu lhe contar um segredo de família, você promete não deixar escapar uma só palavra sobre isso? Especialmente para o Papa.

— Você conhece a ética profissional do advogado.

— Estou falando muito sério. Não quero que Papa saiba que lhe contei. Mas aquela sala de troféus, com todas aquelas cabeças penduradas na parede... na verdade, não são todas dele. Quero dizer, ele não caçou todos aqueles animais sozinho, como você acredita.

— Jura? — exclamou Holt, surpreso. — De onde vieram, então?

— Alguns ele matou de verdade. Pelo menos metade, eu acho. Mas o resto, ele comprou.

— Mas por quê?

— Ora, você conhece Papa — disse Connie do jeito indulgente com que crianças crescidas por vezes se referem às fraquezas dos pais. — Para algumas coisas, ele é um pouco vaidoso demais. É um bom caçador, mas gostaria que todo mundo acreditasse que é o melhor. Ninguém sabe disso, exceto a família, Mitch, e não se atreva a contar para mais ninguém.

— Raios me partam! — exclamou Holt, exultante. — O impostor cínico!

— Isso não prejudica ninguém — replicou Connie, tomando a defesa do pai. — A família vai deixando passar e acho que provavelmente até Papa já esqueceu que, na verdade, não caçou todos os seus troféus. É por isso que não quero que você diga nada, nunca. Ele ia ficar terrivelmente magoado.

— Ora, o segredo dele está seguro comigo. — E Holt balançou a cabeça, divertindo-se em admirar as sutilezas que o espírito humano esconde. A reputação de Papa Mayatorena como caçador era basicamente autêntica, e mesmo assim ele não resistira a ornamentá-la um pouco mais. De fato, todo ser humano deseja que os outros o considerem melhor do que realmente é, mesmo empregando uma pequena fraude. No caso de Papa Mayatorena, a fraude era inofensiva, consistia simplesmente em misturar alguns troféus falsificados entre os verdadeiros, até um ponto em que ele já não sabia se estava enganando os outros ou a si próprio. E os animais, antílopes, ursos e pumas, não iriam protestar, por certo, assim... E foi quando Holt se deteve para pensar em Papa Mayatorena que sua mente, de súbito, num desses saltos relâmpagos de que o cérebro humano é capaz, precipitou-se de um assunto para o outro, quase instantaneamente. Era um assunto tão extenso que não pôde abarcá-lo todo de uma vez, logo de início, e pressentiu que iria perdê-lo de vista, ou que ele conseguiria ocultar-se, como uma montanha por trás do nevoeiro. Mas e se... Era ali que fincara o pé... e se apegou a isso. Mas e se...

Connie indagou:

— Mitch, o que está acontecendo? Começou a passar mal de repente?

— É que eu... pensei numa coisa e... — murmurou ele.

— O seu rosto ficou tão estranho. Por um minuto, chegou a me assustar.

Eu também, pensou ele, morto de medo. E em voz alta, disse:

— Connie, vou ter de voltar ao escritório. Tem uma coisa que deixei passar. — Ela praguejou em espanhol. — Lamento, mas preciso cuidar disso.

— Não pode esperar? — perguntou ela aborrecida.

— Talvez já tenha esperado demais. — Holt beijou-a, fervorosamente, tentando abrandar a retirada abrupta. Funcionou. — Logo estarei de volta.

Ele dirigiu para o Centro, com uma expressão ainda assustada no rosto. Dissera a Connie que estava voltando para o escritório, mas não era estritamente a verdade. Holt com freqüência usava a palavra "escritório" como uma espécie de lençol capaz de cobrir todo o Centro Cívico, e o seu destino esta tarde era o Arquivo. Tratava-se de uma ampla e sombria câmara no subsolo. Assim que Holt entrou, a imensidão da tarefa que visualizava desabou sobre ele. Só recentemente o condado começara a microfilmar seus registros, e muitos deles ainda permaneciam na forma original. Fileiras de armários e prateleiras estendiam-se pelo que pareciam quilômetros de extensão. Holt quase deu meia-volta e fugiu, só de ver aquilo.

Só foi impedido porque encontrou uma funcionária que o conhecia:

— Olá, Sr. Holt — cumprimentou ela. — Em que poderemos ajudá-lo?

Decididamente, ele precisaria enfrentar a tarefa.

— Preciso examinar alguns dos velhos registros da Corte Superior. Homicídio.

— Mas é claro. O senhor deseja procurar sozinho? Se quiser me dar o nome, posso tentar encontrá-lo para o senhor.

— Acho melhor eu mesmo fazê-lo — disse Holt, precavido. Não queria admitir para a moça que não estava procurando por um caso particular ou um nome específico, e nem qualquer coisa em especial. Caminhou às cegas por entre as fileiras de armários até encontrar a seção que procurava. Os casos da Corte Suprema estavam ordenados pelos anos. Holt usou o sistema uni-duni-tê e escolheu 1940. Do fichário, retirou uma pilha de pastas e carregou-as para as mesas, dispostas estrategicamente. Sentou-se e começou a ler. Vez por outra, fazia uma pausa para anotar. Progredia lentamente de forma que, após uma hora, telefonou para o setor de estenografia e solicitou o auxílio de qualquer uma das moças disponíveis.

Chegaram três, pouco depois. Holt reuniu-as em torno de si como um treinador instruindo sua equipe de basquete:

— Anotei estes dois nomes, para que vocês não os esqueçam. Vamos começar com a gaveta de 1945 e prosseguir através do fichário até o presente. Retirem todos os casos de homicídio. Extraiam todas as provas e testemunhos dados por estes homens. Não importa qualquer outro material. Quero também as instruções do juiz para o júri que se apliquem a essa prova ou testemunha em particular. Está claro?

Elas começaram o trabalho. Obviamente, as moças estavam curiosas quanto ao propósito do que faziam, mas Holt nada lhes revelou. Ainda não estava confiante o suficiente para colocar a coisa em palavras. Enquanto trabalhava, perdeu a noção do tempo, os minutos passando a cada página virada. Terminou o expediente e as arquivistas pararam, porém Holt foi adiante, absorto, até notar que as estenógrafas lançavam olhares para seus relógios, evidenciando contrariedade.

Ele as reuniu para outra conferência.

— Como a coisa está andando?

Descobriu então que elas haviam apenas arranhado de leve a gigantesca tarefa.

— Alguém faz objeções a fazer hora extra hoje?

Não faziam, mas precisavam telefonar para dar explicações em casa. No entanto, uma delas fez uma pergunta prática:

— Em nome de quem devemos colocar esse serviço, Sr. Holt? Normalmente, temos de obter uma autorização do chefe do escritório para qualquer serviço extra.

— Podem deixar que eu cuido disso — prometeu ele. E o faria, mesmo que tivesse de pagar as moças com dinheiro do próprio bolso. Qualquer coisa, contanto que o trabalho avançasse um pouco.

Elas voltaram ao serviço. Um pouco mais tarde, quando uma das estenógrafas saiu para comprar sanduíches e café para todos, Holt abruptamente lembrou-se do jantar esperando por ele em casa. Deixara Connie, naquela tarde, com a promessa de retornar cedo. E agora — bom Deus, como o tempo correu tão depressa? — já eram quase nove horas! Sentindo-se culpado, telefonou para ela.

A reação de Connie foi a que previra. Depois das primeiras perguntas preocupadas, sobre a sua saúde e bem-estar, ela soltou sua irritação por ter sido esquecida:

— Mitch, o mínimo que você poderia ter feito era dar um telefonema.

— Eu sei. Mas é que me deixei envolver completamente neste trabalho.

— Nancy e eu o esperamos para jantar até às oito horas. Por fim, tive de mandá-la para a cama. — Connie suspirou profundamente. — Não que ainda me surpreenda. Sempre acontece. Mas seria tão bom ter um homem em casa.

— Tudo que posso alegar em minha defesa é que este assunto é importante.

— Eu quase preferia que você tivesse saído para beber ou qualquer outra coisa... pelo menos, para variar. Sinto-me horrível, cansada de competir com aquela sua maleta. — A voz de Connie amaciou. — Desculpe, Mitch, não foi bem o que quis dizer. Estou preocupada, só isso. Quando você vai chegar em casa?

— Daqui a pouco. — Ele decidiu que não era hora de falar com ela sobre dias, talvez semanas, de trabalho pela frente.

— Bem, se apresse, tá? Aposto que ainda não comeu nada. — Ele confessou que ela estava certa. — Vou guardar alguma coisa para você. Ah, a propósito, Mitch, apareceu um homem aqui esta noite querendo falar com você. Um tal de Sr. Quinlan. Não deixou nenhum recado.

— O quê? — disse Holt devagar. E, depois, sem de fato saber por que fazia isso, perguntou: — Você está bem, Connie?

— Claro — replicou ela, um pouco surpresa. — Chateada, mais nada. Venha para casa, sim, querido?

Holt voltou ao trabalho com energia renovada. Começou a notar que geralmente era McCoy quem prestava testemunho, não Quinlan. Refletindo, achou que fazia muito sentido. McCoy era mais desembaraçado, tinha o raciocínio mais rápido e impressionaria os jurados, como um especialista. Era necessário mais para tornar-se um bom detetive do que meramente saber farejar provas. O sujeito precisava ser capaz de convencer o júri do que havia encontrado. Essa parte do trabalho da equipe vinha obviamente sendo desempenhado pelo policial de patente mais alta, McCoy.

A seguir, ele percebeu que as estenógrafas estavam perdendo o ímpeto. O trabalho delas era mais estafante do que o dele, era meramente mecânico, já que não tinham a menor noção do seu objetivo. Ele as dispensou com um muito obrigado e prosseguiu sozinho, uma figura solitária na vastidão da sala. Mas, de tão concentrado no trabalho, Holt não se deu conta da sua solidão. Os faxineiros chegaram por volta das onze, porém Holt não lhes deu atenção e sequer percebeu quando foram embora.

Já passava da meia-noite quando, com os olhos ardendo, deu por terminada a jornada. Só então percebeu o quanto trabalhara e o quanto estava cansado. Mas, junto com sua fadiga, havia uma certa alegria. E também um pouco de medo.

Ele colocou o resultado do trabalho do dia dentro da pasta. Ao chegar naquele subsolo sua pasta estava vazia... Agora tinha dificuldades de fechar seu zíper. E carregava todo o peso de uma arma mortífera. Holt imaginou que era exatamente nisso que a papelada poderia se transformar. Lentamente, deixou a grande sala do arquivo e subiu de escada até o andar térreo, já que o elevador deixara de funcionar há horas. Na saída, comunicou ao vigia que já podia fechar o Setor de Arquivo.

— O senhor esticou um bocado o dia, Sr. Holt.

— Foi mesmo. Ainda bem que já terminou.

No entanto, não havia terminado de fato. Tão logo Holt enfiou o carro na entrada de automóveis da sua casa, observou um veículo desconhecido estacionado no meio-fio em frente. Seu estômago contraiu-se com uma forte intuição e, quando se voltou, após ter baixado a porta da garagem, não ficou absolutamente surpreso ao ver a figura corpulenta do sargento Quinlan mancando na sua direção.

Eles se encontraram entre a casa e a garagem. Não havia lua e Holt não podia distinguir a expressão do outro homem. Na verdade, não houve necessidade disso, já que a voz de Quinlan, áspera e amarga, dizia tudo:

— O que você andou inventando, Holt?

Holt resolveu enfrentá-lo no mesmo tom:

— Estou apenas procurando a verdade. — E, apontando para a pasta, disse ainda: — E acho que a encontrei.

— Está atrás de manchetes, é o que quer dizer. O chefe me chamou essa tarde. Sabe o que ele queria comigo?

— Posso calcular.

— Não vou aceitar sem reação essas suas táticas para me difamar, Holt. Não sei onde quer chegar, mas escolheu a vítima errada.

— Você está sozinho? — interrompeu Holt, dando uma olhada na direção do carro de Quinlan.

— Não preciso de nenhuma ajuda para acabar com você. Pode pensar que sou muito velho e que já estou chumbado demais também, mas vai aprender uma lição comigo.

Com todo cuidado, Holt disse:

— Só queria saber se o capitão McCoy estava com você. Mas, como não está, vou mandar um recado para vocês dois. Não estou brincando. Quero ouvir a versão de vocês a respeito, mas não tente me ameaçar.

— E eu tenho um recado para você — grunhiu Quinlan. Ele pegou a sua bengala como um taco de golfe e deu umas passadas à frente, não deixando dúvida quanto às suas intenções. Holt ergueu-se na ponta dos pés para enfrentar o ataque.

Foi impedido pelo brilho súbito das luzes do pátio que foram acesas, surpreendendo a ambos. Connie abriu a porta traseira e espiou para fora. Ela estava de roupão de banho e chinelos.

— É você, Mitch? Ouvi vozes e... Oh, Sr. Quinlan. Eu não sabia que o senhor estava aqui fora.

Lentamente, Quinlan baixou a bengala. Seu rosto estava ruborizado e os olhos atrás das lentes sem aro resplandeciam de ódio.

— Estávamos apenas conversando — murmurou ele. — Sinto muito tê-la perturbado, Sra. Holt.

— Ah, tudo bem. Eu estava acordada esperando o Mitch. — Connie saiu de casa para juntar-se a eles. Sorriu amavelmente para Quinlan. — Por que não entra? Tenho chocolate quente e sanduíches. Não vai dar nenhum trabalho colocar mais uma xícara. Está frio demais para ficarem aqui fora.

Quinlan voltou o olhar do sorriso de Connie para a expressão soturna de Holt e depois de volta para ela. Então, fez um gesto de raiva frustrada.

— Não, obrigado — disse e deu as costas. Por cima dos ombros, murmurou para Holt: — É melhor não esquecer o que eu disse. — E afastou-se, capengando pela grama até o seu carro.

— O que estava acontecendo aqui? — perguntou Connie, aproximando-se do marido.

Holt observou Quinlan afastar-se de carro. O motor do veículo roncou ferozmente, uma expressão mecânica do temperamento do seu dono.

— Não estou muito certo — replicou Holt, embora tivesse plena certeza do que estava em jogo. Ele pôs o braço em volta da cintura de Connie e conduziu-a de volta para casa.

— Connie, receio que vamos ter de adiar as nossas férias um pouco mais, afinal.

CAPÍTULO 14

Holt estava habituado a jogar sua pasta no armário da frente ou em qualquer outro lugar mais conveniente. Nessa noite, ele a deixou na mesa ao lado da cama enquanto dormia e, na manhã seguinte, às nove, a levava para o escritório de Adair, mal tirando os olhos dela.

Fazia menos de 24 horas que se sentara na cadeira no outro lado da escrivaninha do promotor público. Naquele momento, Holt julgava o seu trabalho quase terminado e as suas férias prestes a começar. Nesta manhã, ele entendeu que estava justamente iniciando o trabalho mais difícil de sua vida.

Também Adair estava encarando a questão de maneira diferente naquela manhã. Ele recebeu seu assistente com um cumprimento brusco e não havia a mínima hipótese de sorriso em seus lábios:

— Fico contente por encontrar você aqui, Mitch — disse, embora sua voz soasse como se ele estivesse sentindo justamente o contrário. — Queria mesmo falar com você.

— Então, é mútuo.

— Tive uma conversa com o chefe Gould ontem, durante o almoço, e francamente não estou muito satisfeito com o rumo que a coisa tomou. Terminei me sentindo como um asno, depois de contar a ele aquelas suas suspeitas ridículas sobre McCoy e Quinlan. Gould quase morreu de rir.

— Quinlan não achou tão engraçado assim — replicou Holt. — Ele apareceu na minha casa tarde da noite, ontem, querendo me dar uma surra.

Adair recebeu a notícia sem demonstrar nenhuma emoção e Holt concluiu que o seu chefe havia mudado radicalmente de posição de um dia para o outro. Não mantinha mais a atitude judiciosa do tipo você-pode-estar-certo-então-vamos-ver-como-fica, com a qual havia encerrado a conversa anterior. Hoje, Adair estava definitivamente do outro lado da cerca. Holt ficou apreensivo com a mudança, e imediatamente começou a perceber sinais de medo. Então o chefe ficara assustado. Bem, e por que não? Ele também estava um pouco assustado. As implicações de suas descobertas perdiam-se de vista.

— Não posso deixar de dar um pouco de razão ao Quinlan — comentou Adair quando Holt terminou de lhe relatar o tempestuoso encontro da meia-noite. — Compreenda, Mitch, não culpo nenhum de vocês. Na verdade, estou culpando a mim mesmo por ter deixado você ir tão fundo nessa história. — Em sua magnanimidade, Adair permitiu-se um sorriso. — Você consegue ser bastante persuasivo, sabe disso, não?

Foi um claro convite para Holt confessar o erro, mas ele não o aceitou:

— Não acho que o assunto esteja encerrado.

— Não? — Adair brincou com o seu abridor de cartas. — Gould sugeriu uma coisa bizarra ontem. Ele acha que talvez você tenha ambições políticas, agora que o seu retrato tem aparecido tanto nos jornais. Claro que rejeitei a insinuação, conhecendo você.

Holt sentou-se, atordoado. Ele não esperava por isso e agora começava a entender a mudança repentina de Adair. O principal medo de Adair não era o problema em si, mas que pudesse estar dando corda para um concorrente ao cargo de promotor público. Isso, apesar de sempre declarar que detestava política. Numa voz tensa, Holt protestou:

— Ridículo. Não vou me candidatar a nada. Mas parece que se o Gould está tentando criar uma divisão entre nós, é porque ficou realmente preocupado com o assunto.

— Ou apenas com a nossa sanidade, creio. Mas isso não tem mais a menor importância.

Holt começou a encarar o seu chefe sob uma nova luz, perguntando-se por que confiara tanto nele. Passou os olhos ao seu redor, detendo-se na decoração à Velho Oeste do escritório e, naquele instante, não via por que não acreditar que o único propósito de Adair com seu *hobby* fosse mesmo munir-se de um colorido político romântico, sólido, sugerindo os tempos lendários dos heróis da fronteira.

— Só estou pedindo que o que descobri seja investigado com seriedade. Não estou querendo conduzir a investigação pessoalmente.

Adair concentrou-se em pôr em ordem os objetos em cima de sua mesa, sinal de que a discussão estava terminada.

— A questão já foi levada em consideração e fim de conversa. Quando você sai de férias, Mitch?

— Não sei ainda. — Holt colocou a pasta sobre a mesa e abriu o zíper. — Gostaria que você examinasse estas anotações.

De má vontade, Adair avaliou rapidamente o tamanho da pesada pilha de papéis:

— Parece formidável — comentou desdenhosamente. — Mas há alguma coisa aí que não possa esperar um pouco? Tenho um compromisso no Conselho Municipal às dez.

— Então, deixe-me resumir para você — insistiu Holt. Ele sabia que estava sendo teimoso, mas, contra as táticas evasivas de Adair, não havia outra maneira de proceder. Holt estava determinado a fazer Adair encarar honestamente o problema. — Passei a tarde inteira e boa parte da noite de ontem no Arquivo, cavoucando os registros relativos a julgamentos levados à Corte Suprema, nos últimos dez anos. Não pude examinar todos, nem mesmo a maioria, mas acho que tenho aqui uma boa amostra dos casos de homicídio.

Adair recostou-se, seu rosto evidenciando que lhe custava muito manter a paciência:

— E por que diabos você fez isso?

— Fiz anotações sobre o que encontrei e cheguei mesmo a requisitar ajuda. Estava procurando todos os julgamentos em que a principal prova circunstancial foi fornecida por McCoy e Quinlan. Também registrei os casos em que as instruções do juiz indicavam que essa prova em particular teria tido peso fundamental na condenação. Como você pode constatar, isso aconteceu em inúmeras ocasiões. Em todos os casos, a defesa negou a autenticidade dessa prova... e em todos esses casos também houve apenas o testemunho do policial envolvido no caso validando a prova em questão. — Holt começou a folhear o maço de papéis. — Por exemplo, no caso Whitman, foi encontrado o batom da moça assassinada. No caso Mortimer, foi um alicate.

— Espere um pouco... — Adair interrompeu. — Deixe para lá esse seu levantamento. Onde exatamente quer chegar?

Holt tomou um fôlego profundo.

— McCoy e Quinlan plantaram a dinamite no apartamento de Shayon. Não há outra hipótese. E acredito que talvez não tenha sido a primeira vez que falsificaram uma prova, para poderem efetuar a prisão do suspeito.

Adair fixou nele o olhar como se Holt tivesse subitamente confessado ser Jack, o Estripador.

— Mitch — murmurou, quase piedosamente. — Pelo amor de Deus...

— Eu disse talvez — enfatizou Holt. — Mas se McCoy e Quinlan tentaram forjar uma prova no caso Linneker, e foi o que eles fizeram, por que já não o teriam feito em alguma ocasião, no ano passado? Ou há dez anos, ou há vinte anos? Acredito que estes dois homens tornaram-se, em algum momento, vítimas de sua reputação. É possível que nunca tenham sido tão bons quanto os jornais alardeavam. Mas, em vários momentos, se viram numa posição na qual tinham que apresentar resultados... se não... Era uma questão de amor-próprio. Além do mais, você mesmo disse ontem que há ocasiões em que os policiais esquecem que sua função não é fazer justiça. Eles se tornam juiz e júri também. McCoy e Quinlan se acreditam infalíveis. Não passa pela minha cabeça que tenham armado uma coisa dessas contra um inocente. Mas se estivessem convencidos de que o suspeito fosse culpado... da mesma maneira que estavam sobre Shayon... podiam muito bem sentir que estavam ajudando a justiça, assegurando que o culpado não fosse solto por falta de provas. E talvez eles estivessem certos, na maioria dos casos... talvez mesmo em noventa e nove por cento deles. No entanto, nenhum homem é infalível. Provamos isso com o caso Linneker. Odeio pensar o que podia ter acontecido a Shayon e Tara Linneker se Farnum não tivesse confessado. Aquela dinamite, uma prova forjada, ia parecer incontestável, aos olhos de qualquer júri.

Holt parou para respirar um instante, depois prosseguiu:

— É óbvio que não há como provar que McCoy e Quinlan tenham feito isso nos outros casos. Pode ser até que, em todos eles, a prova apresentada tenha sido autêntica. Eu não sei... Não tive tempo de checar as coisas mais a fundo. Mas, com certeza, temos aqui uma dúvida razoável levantada e uma sombra sobre todos os casos em que McCoy e Quinlan puseram as mãos. No interesse da justiça, não vejo outro caminho a não ser voltar a esses casos e investigá-los, todos eles!

Adair escutara-o em silêncio, mas agora tanto a fisionomia como a sua voz estavam impassíveis.

— Você construiu um belo edifício partindo apenas de conjeturas. Não posso concordar com tais conclusões, mas admiro sua imaginação. No entanto, gostaria de apontar uma falha. Tudo se apóia na sua alegação de que McCoy e Quinlan falsificaram a prova contra Shayon.

— Foi exatamente o que eles fizeram — replicou Holt, convicto.

— Creio que vai ser difícil prová-lo. Você não conseguiu provar para mim. Nem o resto das suas suspeitas.

— Mas e se eu conseguisse provar que McCoy e Quinlan plantaram a dinamite? — insistiu Holt. — Isso sugeriria alguma coisa, não é? Se Farnum aceitar submeter-se a um teste no detector de mentiras...

— Ele já se recusou. Além disso, o homem não é uma testemunha confiável.

— Farnum recusou porque foi intimidado. Se você o transferir para a cadeia do condado, onde ficará livre do alcance de McCoy e Quinlan...

— Não tenho nenhuma intenção de fazer isso — cortou Adair enfaticamente. — Não imagino onde você arrumou idéias tão melodramáticas, assim de repente. Isto aqui não é um circo. É evidente que não vou correr o risco de arruinar o nosso caso contra Farnum só porque você está com essa obsessão maluca de revolver cinzas mortas. Você não conseguiu um fiapo de prova em que se apoiar, e devia ser o primeiro a reconhecer isso.

— A mesma coisa poderia ter sido dita sobre o caso Buccio. Mas Emil Buccio agora está na prisão.

Adair ficou vermelho.

— Você falou alguma coisa sobre um homem poder se tornar vítima da sua própria reputação. Não deixe que aconteça com você.

— Tudo que desejo é uma chance para provar que estou certo... ou errado.

— O caso está encerrado — decretou Adair friamente e empurrou a pasta de Holt de volta para o outro lado da mesa. Com esforço, adotou um tom mais amigável. — Mitch, você está estressado e isso é compreensível. Tem trabalhado demais. O que tem de fazer agora é tirar as suas férias. Fique fora o tempo que quiser. Vou tomar conta de tudo por aqui e, quando você voltar, já vai ter compreendido como essa sua tese é absurda. — Ele parou para consultar o relógio. — Santo Deus, já estou atrasado!

Holt fechou sua pasta e levantou-se. Estava zangado, mas não deixou isso transparecer:

— Minhas férias podem esperar. Isto é mais importante.

— E se eu disser que não é? — inquiriu Adair gelidamente.

— Sugiro um novo encontro nosso para amanhã de manhã. Até lá, vai ter tempo suficiente para pensar mais sobre o assunto.

— Parece que você está me dando um ultimato — retrucou Adair, já sem tentar simular um tom amistoso. Eles se encararam por sobre a grande mesa como duelistas. — Não admito ultimatos de pessoas que teoricamente trabalham sob minhas ordens.

— Talvez seja esse o problema. — E dessa vez Holt não conseguiu segurar a irritação na sua voz. — Pensei que estava trabalhando para a Justiça.

Profundamente contrariado, Holt voltou para o Arquivo. Havia esperado cautela e ceticismo, mas não tanta oposição. A postura de Adair, recusando-se até mesmo a levar suas descobertas em consideração, o deixou amargurado e enraivecido. Se fosse outra pessoa, na mesma situação, poderia ter desistido. Entretanto, esse era o tipo de obstáculo que costumava torná-lo ainda mais determinado. Ou obstinado, ele admitia tristemente. Apenas o tempo diria.

Holt requisitou as mesmas três estenógrafas e retomaram a tarefa de onde haviam parado na noite anterior. Mas dessa vez permitiria que parassem no final do expediente normal.

Quando estavam saindo, uma das moças não conseguiu mais conter a curiosidade:

— Sabe, Sr. Holt, estávamos aqui trocando idéias... O senhor apenas nos deu dois nomes para procurar, dois homens e não um assunto específico. O senhor está trabalhando em algo que diz respeito ao júri de instrução?

Ele ainda não havia projetado os seus pensamentos tão longe assim. Na verdade, não tinha idéia de até onde a pesquisa iria conduzi-lo.

— Não — ele respondeu, com voz vagarosa. — Ainda não.

CAPÍTULO 15

Depois de alguns anos de casamento, um homem e uma mulher geralmente descobrem que compartilham mais do que a cama, casa, comida e conta bancária. Compartilham também coisas intangíveis, tais como estados de espírito. É raro um fechar a cara enquanto o outro ri e vice-versa, se bem que, se isso acontecesse, talvez tornasse a convivência mais equilibrada. Na prática, quando um homem está de mau humor, assim estará também a esposa. E acrescente-se a isso o misterioso capricho da vida de acumular aborrecimentos para os momentos em que o casal tem menos condições de lidar com eles; é raro um homem perder o emprego, ir para casa e escutar um relato animador sobre o desempenho de Júnior na escola. Na maioria das vezes, ele é recebido com a notícia de que o aquecedor de água explodiu.

De modo geral, Mitch Holt não era dado a variações radicais em seu humor. Era um homem bastante equilibrado, mas sua decepção com Adair lhe estragara o dia e ele carregou a irritação para o lar.

E, uma vez chegando lá, não recebeu nenhum consolo da parte de Connie:

— Eu me recuso terminantemente a telefonar a Papa e dizer a ele de novo que já não vamos fazer a viagem... — declarou ela, antes mesmo de Holt tirar o chapéu.

— Não vejo outro jeito.

— Mas eu sim. Desta vez, nós vamos. E amanhã de manhã, justamente como estava planejado. E fim de conversa.

A despeito de seu tom imperativo, Connie não era insensível a uma boa argumentação ou à lisonja, e em outra ocasião qualquer Holt teria tentado algum desses recursos. Mas não naquela noite. Ele não estava com disposição para tentar persuadir ninguém, e ainda mais com Connie usando o chavão predileto de Adair — "fim de conversa" — que apenas o encolerizou ainda mais.

— Não posso viajar amanhã. E se você insiste em ir, então vá sozinha.

— Quem sabe não é isso mesmo o que vou fazer? — Ela voltou-lhe as costas e precipitou-se para a cozinha a fim de preparar o jantar com uma boa dose de desnecessário barulho de panelas.

Nem Connie nem Holt queriam isso e ambos o sabiam. Seguiam apenas o padrão conjugal de desabafar suas irritações um contra o outro. Inevitavelmente, acabariam pedindo desculpas e, curada a zanga, tudo seria esquecido. Mas naquele momento havia entre os dois uma atmosfera de cortesia congelada. Durante o jantar, com a filha agindo de modo neutro e como intermediária, a tensão podia não ter sido notada por um estranho. Mas quando Nancy meteu-se debaixo dos lençóis e homem e mulher ficaram a sós na sala de estar não havia como negar a sua existência. Cada qual escondeu-se por trás de suas leituras, emergindo vez por outra para lançar sobre o outro um olhar interrogador do tipo você-ainda-está-zangado? Mas nenhum dos dois estava ainda em condições de fazer a abertura inicial e a discussão poderia ter se prolongado até a hora de dormir não fosse a interrupção.

Holt escutou o carro parar diante da casa, mas o som não despertou a curiosidade deles o suficiente para fazê-lo virar a cabeça para o quadrado da grande janela da frente. Carros paravam ali a todo momento e apenas uma em cada dez vezes tinha alguma coisa a ver com eles. Holt não esperava nenhuma visita para aquela noite — vejamos, ele pagara o entregador de jornais pelo mês inteiro e...

A explosão, especialmente impactante e surpreendente no silêncio da sala. O ambiente parecia reverberar e Holt sentiu-se como se trespassado por pequenos pedaços de vidro. Seu primeiro pensamento, natural para um morador do Sul da Califórnia, foi que se tratasse de um terremoto. Ele gritou para Connie alguma coisa ininteligível, algo como lhe dizer que precisavam pegar a filha e sair antes que um novo tremor fizesse a casa desabar em cima deles. Entretanto, antes que seguisse suas próprias instruções, o pânico dissipou-se e a razão retornou. Não fora um terremoto. Terremotos não produzem barulho como aquele, eles... À distância, Holt ouviu outro barulho, o guincho de pneus de automóvel, fazendo uma curva a toda velocidade.

Connie voltou correndo do quarto, meio carregando e meio arrastando a estonteada Nancy, que chorava com medo do que nem sabia o que era. Connie gritava:

— Mitch, depressa! Me ajude a carregá-la!

— Está tudo bem, agora. — Ele correu para elas e as envolveu com os braços. — Não precisamos correr.

— Mas o terremoto... quando o segundo...

— Não vai haver um segundo tremor. Não agora. Vamos levar a Nancy de volta para a cama. — Por cima da cabeça da filha, os olhos deles se encontraram. — Não foi um terremoto, Connie.

Connie olhou para o vidro estilhaçado da janela, com pontas de vidro penduradas loucamente na moldura. Depois, deu uma olhada em torno da sala e viu o reboco da parede oposta à janela esburacado e empipocado. Lentamente, ela murmurou:

— Parece mais...

— Isso mesmo. Ponha Nancy de novo na cama. Preciso fazer uma ligação.

Connie assentiu de cabeça. Ela não era do tipo de se apavorar numa emergência. Tudo que disse ao marido foi:

— Talvez seja melhor você apagar as luzes.

Depois, levou Nancy para fora, acalmando as perguntas assustadas da menina, dizendo apenas:

— Foi só um acidente, *chiquita*, não precisa ter medo. Mamãe e papai estão...

Holt não apagou as luzes da sala de estar. Não achou que fosse necessário agora. Quem quer que tivesse disparado através da grande janela — as marcas em bolsas indicavam que o disparo fora feito por uma espingarda — não pretendia matar. O ângulo do tiro provava isso — e onde Holt estivera sentado era um alvo perfeito para qualquer possível assassino. O tiro tinha a finalidade tática de impor medo, um aviso, nada mais. Holt telefonou para a Central.

Ficou impressionado com a rapidez da polícia. O primeiro carro chegou três minutos após seu telefonema, com a sirene ligada. Enquanto Holt saía para cumprimentar os policiais, avistou os vizinhos de ambos os lados da rua, espionando das suas varandas e umbrais das portas. Era uma zona residencial, muito tranqüila. Ninguém ali estava acostumado à violência.

Os policiais conheciam Holt de nome. Ouviram dele o breve resumo do que havia acontecido. Um dos guardas saiu para averiguar a área em torno, procurando alguma pista, enquanto o outro permaneceu no interior da casa para inspecionar os estragos. Ele confirmou a suposição de Holt de que um tiro de espingarda teria sido o responsável.

— Cápsula de chumbinhos... — comentou ele, examinando a extensão das marcas na parede. — Provavelmente, não teria matado o senhor, mesmo se o atirador tivesse melhor pontaria.

Já Holt avaliou que aquilo fora trabalho de um exímio atirador e que tinha provavelmente atingido o seu objetivo, mas não quis especular sobre isso em voz alta.

— Acho que tivemos sorte.

— O senhor tem alguma idéia da marca do carro? — O guarda perguntou, preenchendo o formulário do seu relatório.

— Eu não vi nada — admitiu Holt. — Tudo aconteceu de repente.

— Em geral, é assim mesmo. — O outro policial voltou com a informação de que sua primeira inspeção fora negativa. — Provavelmente, atirou de dentro do carro, e por isso não estamos encontrando a cápsula deflagrada. Ele tinha uma mira perfeita dali da frente do gramado. Onde está seu telefone, Sr. Holt?

Connie entrou na sala de estar, enquanto os policiais telefonavam para a Central. Holt afastou-se para o lado. Em voz baixa, ele lhe disse:

— Connie, quero que você e Nancy tomem o carro... graças a Deus que você já fez as malas. Vão para o rancho do seu pai. Agora mesmo, hoje à noite.

— Mas e você, Mitch? Se isso foi um tiro...

— Foi um tiro. E pode não ter sido o último. Posso cuidar de mim mesmo, mas quero você e Nancy longe daqui.

— Está tentando me amedrontar?

— Estou — disse Holt francamente. — E existe razão para ter medo. Não achei que fosse acontecer uma coisa dessas, mas agora não posso expor a vida de vocês. Na próxima vez, ele pode atirar em nós, não por cima de nós.

— Ele? Você sabe quem fez isso?

— Acho que sim. — Holt olhou por sobre os ombros, não querendo que os guardas o ouvissem. — Connie, não posso falar agora. Apenas confie em mim e faça o que digo.

Connie manteve a voz baixa, mas tremia de nervosismo.

— Esse caso no qual você está trabalhando... Você não me disse nada a respeito... Mas será tão importante assim, que ponha em risco a sua vida, Mitch?

— Sim, é — respondeu sem alarde. — Acho que esta noite acabou de provar isso.

— Então, se é tão importante assim para você, é importante também para mim. Não vou abandoná-lo.

Holt envolveu-a com os braços. Já haviam esquecido a briga que tiveram.

— Entendo perfeitamente como se sente, Connie. Mas é melhor seguir meu conselho. Vai me ajudar muito mais saber que está segura. E ainda temos que pensar na Nancy. Se alguma coisa acontecer a ela...

Connie fixou o olhar na direção do quarto da filha. Ele podia adivinhar a luta que se travava no seu íntimo. Quando sentiu os ombros dela se arriarem subitamente, teve certeza de que ela faria exatamente o que ele pedira.

— Tudo bem — sussurrou ela. — Se for pelo bem de Nancy.

Os detetives chegaram quando Connie aproveitava para guardar os últimos objetos de uso pessoal na mala e tentava despertar a filha pela segunda vez. Os policiais à paisana haviam sido seguidos pelos repórteres desde a Central, mas a imprensa foi mantida temporariamente a distância, enquanto os detetives conversavam com Holt.

— Casos como esse são quase impossíveis de resolver — admitiu um deles, após ouvir o relato de Holt. — Ainda mais se você sequer viu o carro. Mas, mesmo que tivesse visto, não bastaria. Bem, quem sabe um dos vizinhos possa nos ajudar? — Os policiais uniformizados saíram para tentar conseguir alguma informação. — Alguma idéia de quem possa ser responsável por isso, Sr. Holt?

— Não.

— Tiros de espingarda geralmente são coisa de quadrilhas. — O policial detêve-se nessa idéia. — Diga, não foi o senhor quem acabou de pôr o Velho Buccio fora de circulação? Talvez tenha sido uma vingança dos Buccios.

A tese pressupunha, é claro, que o tiro não encontrara o seu alvo verdadeiro, mas não era o que Holt acreditava. Também não conseguia seriamente imaginar que a família Buccio tivesse a intenção de iniciar uma guerra contra o escritório da promotoria. Mas como não pretendia explicitar o que de fato pensava a respeito, achou melhor não desencorajar o detetive, pelo menos por enquanto.

— Bem, acho que não seria má idéia checá-los.

— Claro que vamos fazer isso, a menos que o senhor tenha alguma idéia melhor. — O detetive encarou-o de maneira perspicaz. — O senhor está envolvido em algum caso agora, Sr. Holt?

— Estou, no caso Linneker — respondeu Holt, desviando-se do golpe. — Mais nada.

— Nada por esse lado, portanto. — O detetive encaminhou-se para a janela estilhaçada. — Bem, só espero que tenha seguro. Essas gracinhas são um bocado caras. Sei o que estou dizendo. Estou construindo uma casa fora do vale. — Da rua, os repórteres agrupados no gramado o chamaram. Ele sorriu para Holt. — Posso deixá-los entrar?

— Por favor, não faça isso — pediu Holt, que já se ressentia do peso dos acontecimentos da noite. Estava cansado demais para ficar respondendo perguntas, ainda mais quando não podia dizer o que realmente pensava. — Por que não vai até eles e simplesmente lhes conta os fatos?

— Eles não querem fatos. Querem uma história.

— Mas, bem... acho que posso cuidar disso. — Enquanto saía para conversar com os repórteres, Holt ouviu um dos guardas comentar para outro:

— Qual é o problema? É publicidade gratuita, não é?

Holt não podia recriminá-los. Nos últimos tempos vinha aparecendo tanto nas manchetes que a polícia provavelmente pensava que ele fosse sócio dos jornais.

Holt esforçou-se ao máximo, mas não foi bem-sucedido em agradar os jornalistas. Como o detetive dissera, eles desejavam mais do que fatos. "Por quê?" era parte integrante da notícia de qualquer jornal, tanto quanto "Quem?, Quando? e Onde?". E no que dizia respeito a essas perguntas cruciais, Holt não estava disposto a colaborar com os jornalistas, que por seu lado eram escolados o bastante na profissão para deixar que isso lhes escapasse. E ele não conquistou mais simpatia dos repórteres recusando-se a posar para fotografias ou a permitir que Connie o fizesse. Receando o que ela inadvertidamente pudesse revelar, Holt chegou mesmo a proibir os repórteres de fazer perguntas a ela. A entrevista terminou e, de maneira geral, foi insatisfatória. Holt desculpou-se e enfurnou-se no quarto, com os protestos dos repórteres seguindo-o.

Connie estava pronta para partir. Nancy, completamente vestida porém ainda muito sonolenta, estava deitada na cama.

— Eu a carrego se você puder trazer as malas — disse Holt. — Vamos escapulir pela porta dos fundos.

— Mitch! — Connie pôs a mão no braço dele. — Venha conosco.

— Não posso. Ainda não. — Ele suavizou a partida. — Talvez daqui a um dia ou dois.

— Acho que eu não deveria ir. Sinto como se o estivesse abandonando.

— Vou ficar bem. — Para encerrar a discussão, ele apanhou Nancy e fez Connie segui-lo através da cozinha, até lá fora, no jardim. Um dos guardas vinha atrás deles vasculhando tudo com uma lanterna, sem saber o que procurar. — Vá direto para o rancho do seu pai e fique lá. Não pare em lugar algum no caminho. Atravessando a fronteira estará bem.

Pararam na garagem para um beijo rápido e fervoroso de despedida. Connie murmurou um adeus sem nexo:

— Não vá ficar sem comer.

— Pode deixar.

— E cuide-se. Telefone para o rancho.

Ele assentiu e ergueu a porta da garagem. Então, despertado por um pensamento, disse abruptamente:

— Espere um momento — e voltou correndo para dentro da casa. Os repórteres partiam relutantes, mas ressurgiram quando Holt reapareceu. Holt não tinha mais o que conversar com eles. Em vez disso, aproximou-se dos homens à paisana, que terminavam de arruinar o reboco da parede cavoucando amostras de projéteis de chumbo com seus canivetes: — Posso pedir um favor a vocês?

— Tudo o que pudermos fazer.

— Estou preocupado com minha família e mandando minha mulher e minha filha para o rancho de meu sogro, no México. Elas já estão prontas para partir. Haveria alguma chance de vocês as escoltarem até a fronteira?

Os detetives trocaram um olhar. Por fim, um deles deu de ombros.

— Por que não? Já acabamos por aqui. Quer que a gente ponha um guarda vigiando a casa também?

— Não, a escolta será suficiente. Posso me arranjar por aqui.

— Tudo bem — disseram, mas na saída deram um conselho: — Não confunda tiro de espingarda com relâmpago, Sr. Holt. Um tiro de espingarda pode bater duas vezes no mesmo lugar.

Holt concordou, mas não em voz alta. O próximo movimento podia ser mais do que um aviso, claro que sim. Ele, porém, não ousaria dizer isso nem para Connie nem para os policiais, e foi com alívio que acompanhou os dois carros, com o conversível dirigido por Connie na frente, enquanto desapareciam rua abaixo. O próximo ataque poderia ser mais violento, mas, se pudesse enfrentá-lo sozinho, o faria sem receio. A família de um homem era o ponto fraco em sua armadura, e com Connie e Nancy seguras...

Os repórteres permaneceram por perto ainda por algum tempo, conversando com os vizinhos, mas acabaram indo embora. Logo partia também a radiopatrulha para atender a outro chamado, mas com a promessa de passar vez por outra em frente da casa para uma checagem até o final da noite. E Holt acabou sendo deixado sozinho.

Ficou sentado algum tempo na sala, pensando. A janela estilhaçada e a parede danificada faziam-no lembrar a cabana de Linneker, totalmente destruída. Somente o cheiro da morte estava ausente. Por quanto tempo, é o que ele se perguntava.

Finalmente, foi se deitar. Depois da meia-noite, ele se levantou e telefonou para o rancho Mayatorena para saber se Connie chegara sem problemas. Já encontrou-a lá, mas, mesmo assim, não conseguiu dormir. E ficou se perguntando se o mesmo estaria acontecendo com McCoy e Quinlan.

CAPÍTULO 16

Pela manhã, a sala danificada tinha um aspecto soturno como se ela também custasse a acreditar no que havia lhe acontecido. Holt sentia a casa inteira mergulhada numa luz cinzenta e turva; sem Connie e Nancy para lhe dar vida, o lugar mais parecia um mausoléu. A despeito do pedido de Connie, ele tomou apenas um café como desjejum. Antes de sair, telefonou para um vidraceiro a fim de encomendar uma nova vidraça para a janela da frente. A parede esburacada podia esperar.

Não dirigiu direto para o Centro Cívico. Em vez disso, parou numa loja de artigos esportivos do Centro e comprou uma pistola e munição. No serviço militar, Holt costumava usar uma automática .45 e chegou a se tornar muito hábil no seu manejo. Mas considerava a volumosa arma demasiado incômoda para suas necessidades atuais. Assim sendo, escolheu uma pequena calibre .32, uma pistola ao mesmo tempo cômoda e que impunha respeito. Quando assinou o registro do formulário de compra, o balconista preveniu-o de que precisava obter um porte de arma.

— A não ser que pretenda conservá-la em casa o tempo todo, Sr. Holt. Lei engraçada, não é?

— Muitíssimo engraçada — concordou Holt. — Acha que está tudo bem se eu levá-la comigo até à Central de Polícia?

— Bem, acho que sim — debochou o balconista. — A não ser que pretenda matar um tira ou alguma outra pessoa.

Holt não deu a resposta que tinha vontade de dar. Em vez disso, pôs a pistola, descarregada, no bolso do paletó e dirigiu o carro até a Central de Polícia. O sargento de plantão ouviu seu pedido e encaminhou-o à seção competente. Com um sorriso meio torcido, Holt descobriu que era uma das seções dirigidas pelo sargento Hank Quinlan.

Quinlan estava lá, sentado à mesa nos fundos, a perna defeituosa esticada para fora. Ele não cumprimentou Holt, nem com uma palavra nem com um aceno de cabeça, mas, impassível, ouviu-o fazendo sua solicitação a uma das funcionárias. Obviamente, havia um formulário para ser preenchido.

— Algum motivo para portar uma arma? — perguntou a funcionária, depois do preâmbulo usual anotando nome, endereço, profissão, marca e número de série da pistola.

— Proteção minha e da minha família — respondeu Holt, seu olhar passando dela para Quinlan. — Alguém atirou em nós a noite passada.

Quinlan levantou-se pesadamente, com o auxílio da bengala.

— Mas que interessante — comentou. — Não acha, Mac?

Holt virou-se rapidamente. O capitão McCoy estava em pé atrás dele, com um leve sorriso na face bronzeada. Holt não sabia há quanto tempo McCoy estava ali. O capitão aposentado andava silenciosamente, na ponta dos pés. Para os nervos sobressaltados de Holt, havia algo quase fantasmagórico na materialização de McCoy, já que o imaginava a quilômetros de distância, no rancho.

— Muito interessante, de fato — replicou McCoy. — Se é verdade o que ele está dizendo. Nunca se sabe. Que espécie de comédia está encenando agora, Holt?

— Encenar é algo mais próprio do senhor, capitão — Holt respondeu no mesmo tom irônico. — O que está fazendo por aqui? Pensei que estivesse aposentado.

— Na verdade, só passei aqui para tomar um café com o Hank. É difícil abandonar hábitos de uma vida inteira, sabe como é.

— Há bons hábitos e hábitos ruins. A qual tipo está se referindo?

— Se chegar a minha idade você vai entender.

— Tem alguma dúvida quanto a minha longevidade, capitão?

O assunto dúbio da conversação parecia divertir McCoy.

— Já vi homens como você trabalharem até morrer.

Durante a conversa a funcionária permaneceu de pé, a caneta estendida, estranhando o tom de cordial hostilidade entre os dois homens. Timidamente, ela perguntou:

— Gostaria de assinar seu pedido agora, Sr. Holt?

— Quando posso apanhar a permissão? — perguntou Holt, assinando o formulário.

Quinlan interpôs-se antes que ela pudesse responder.

— Estamos muito ocupados neste momento — disse concisamente. — O processo pode demorar bastante. Ligue-nos, amanhã.

Era uma desculpa tão óbvia que Holt ficou vermelho. Palavras de raiva quase afloraram aos seus lábios, mas ele se conteve. Não pretendia dar a eles a satisfação de vê-lo perder a calma. Além do mais, não iria adiantar nada, já que eles controlavam as coisas por ali.

— Perfeitamente — foi só o que disse. — Ligo para vocês amanhã.

A seguir, voltou as costas e saiu do escritório. Atrás dele, ouviu McCoy rir baixinho.

Mas Holt continuava zangado quando entrou no escritório do promotor público, quinze minutos mais tarde. Adair levantou-se para cumprimentá-lo, com uma expressão preocupada e surpresa.

— Mitch, estou contente em vê-lo. Soube do que aconteceu e é claro que não tinha certeza de que aparecesse por aqui hoje.

— Vou estar por aqui por muito tempo.

— Ora, me contaram que Connie e sua filha partiram para o México e pensei...

— Não pretendo fugir.

— Não foi isso que eu quis dizer. — Adair era o retrato da solidariedade. — Mas, se fosse eu, não iria me expor gratuitamente e servir de alvo para os Buccios. Isso não é covardia, Mitch, é apenas bom senso.

Holt sentou-se. A exagerada demonstração de amizade de Adair e óbvia disposição de acreditar que os Buccios fossem responsáveis pelo atentado diziam-lhe que a conversa seria longa e tediosa.

— Não foram os Buccios que atiraram em nós. Foi McCoy.

Adair enrijeceu-se de repente:

— O que o faz acreditar nisso?

— Porque Quinlan teria usado os punhos.

— Não é isso o que quero dizer e sei que você está me entendendo. — Adair retraiu-se por trás da mesa e sua cordialidade retraiu-se juntamente com ele. — Quero saber é por que você persiste nesta sua ridícula teoria. Tenho pensado seriamente nesse assunto e esperava que tivesse feito o mesmo. Você simplesmente não conseguiu formar um caso.

— O que é preciso fazer para convencê-lo?

— Uma prova! Nesse assunto, sou um sujeito à moda antiga.

— Então, me dê uma chance para desencavar essa prova. Não me importo com o que possa acontecer, desde que tudo passe por uma completa investigação. Mas você parece que está tentando me parar antes que eu possa começar. — Holt inclinou-se à frente. — Olhe, tudo que peço é que conserve a mente aberta. Deixe que eu trabalhe nisso durante uma semana ou duas, até poder chegar ao fundo...

Adair interrompeu-o:

— Se existe uma pessoa neste escritório que não tem a mente aberta, não está sentada no meu lado da mesa. A única conclusão a que posso chegar é que você se meteu num buraco e tem a cabeça dura demais para admitir. Ou isso, ou é algum rancor pessoal contra McCoy e Quinlan que não está querendo confessar.

— Se acredita mesmo nisso — disse Holt, atenuando o tom —, então aceite o meu pedido de demissão.

— Eu não disse que acreditava nisso. Eu *não* acredito nisto. — A voz de Adair tornou-se paternal como se, de repente, percebesse ter ido longe demais. — Conheço-o muito bem, Mitch. Trabalhamos juntos há tempo demais. Mas realmente acredito que você não refletiu o bastante sobre esse assunto. Já pensou nas conseqüências que uma coisa dessas pode trazer? Você está determinado a destruir dois homens nos quais o povo confia. Estando certo ou errado... e sei que está errado... se isso se espalhar, sem dúvida vai pôr em dúvida todos os casos em que McCoy e Quinlan estiveram envolvidos. E temos aí trinta anos, Mitch! Será que não pode enxergar o que uma coisa dessas representa para o povo? As pessoas vão passar a duvidar de todo o Departamento de Polícia, e mais ainda, de toda a autoridade do sistema de justiça. É isso o que você quer?

— Mas qual é a alternativa? — inquiriu Holt. — Vamos supor que eu esteja com a razão, e mesmo assim vamos sepultar isso por conta da opinião pública. Mas e os homens que estão na cadeia hoje e que podem ser inocentes? E os parentes desses homens, e suas famílias, obrigadas a conviver com a vergonha e a humilhação de ter um filho ou um marido ou um pai encarcerado? É possível mesmo que alguns homens inocentes tenham sido executados por causa de provas forjadas. Essas pessoas também não fazem parte desse mesmo povo?

— O que propõe? — cortou Adair. — Abrir as prisões e deixar uma legião de criminosos soltos na sociedade? É uma irresponsabilidade falar em reinvestigar esses velhos casos. Mas você faz a mínima idéia do que isso significa em dólares e centavos? Estaríamos deixando o condado vulnerável a processos por dano que vão lhe custar milhões. Os casos teriam de ser reabertos e reparados. E atualmente a maioria deles não poderia mais ser reparada. Muitas testemunhas já terão falecido, outras nem teríamos como encontrar outra vez. A única alternativa seria decretar uma anistia geral e esvaziar as cadeias. Deseja ser responsável por isso?

— Ainda assim, eu diria que seria melhor do que deixar um inocente preso na cadeia. — Holt abaixou a sua pasta. — Eu entendo, parece atordoante. Mas não vai ser essa catástrofe que você quer fazer parecer. Um bom número dos casos em que McCoy e Quinlan estão comprometidos não se articulam apenas com o testemunho deles. Alguns dos acusados foram considerados culpados a partir de outras provas, inclusive por conta de suas próprias confissões. Não é uma questão de anistia geral, nada disso.

— No final, vai ser algo parecido, sim. Mas, mesmo que esteja avaliando corretamente, estaria queimando uma casa inteira apenas para se ver livre de um rato.

— De uma dupla de ratos — corrigiu Holt, sem sorrir.

Adair suspirou profundamente.

— Bem, Mitch, vou lhe propor outra coisa. Ainda não acredito na sua teoria, mas vamos fazer um acordo. Posso arranjar para que McCoy e Quinlan nunca mais assumam outro caso. Isso é o suficiente para satisfazê-lo?

É sempre mais difícil resistir a um acordo do que a uma oposição ferrenha e Holt precisou resistir muito para não aceitar a proposta de Adair. Seria tão fácil, enquanto a outra alternativa só lhe prometia problemas. Mas a pasta repousava pesadamente sobre os seus joelhos, como se fosse o peso de sua consciência.

— Não — disse ele com voz vagarosa. — Não é o bastante.

Adair comprimiu os lábios numa linha esguia.

— Compreendo — concluiu friamente, mas o que havia compreendido não ficou claro, porque foram interrompidos por uma leve batida na porta. A secretária do promotor público enfiou a cabeça dentro da sala:

— O chefe Gould está aqui, querendo falar com o senhor — anunciou e ficou esperando a resposta.

— Como? — exclamou Adair, obviamente surpreso. — Ora, deixe-o entrar. — Ele se levantou, olhando para Holt para indicar que a conversa havia terminado. No entanto, Holt não aceitou a deixa. Permaneceu sentado, recusando-se teimosamente a ser dispensado com o problema ainda sem solução. E antes que Adair acrescentasse mais alguma coisa, o chefe Gould entrou.

O enorme chefe de polícia pareceu surpreso ao ver Holt.

— Perdão, não sabia que estava interrompendo uma reunião.

— Está tudo bem — disse Adair. — Mitch e eu já tínhamos terminado.

Mas como Holt permanecia sentado, Gould acrescentou, incomodado:

— Eu queria ter uma conversinha particular com você, Jim, mas creio que posso esperar.

— Se for algum assunto pessoal — replicou Holt — eu sairei. Mas se vão falar sobre o que estou pensando, então também quero estar presente para ouvir.

Houve um silêncio desconfortável, quebrado por um riso desajeitado de Gould.

— Ora, talvez você pense que se trata de assunto pessoal, Holt, mas se quer escutar, não faço a menor objeção. Não estou tentando esconder nada. Quanto a mim, tudo bem.

Adair encarava gelidamente o seu assistente.

— Por favor, sente-se, chefe.

Gould sentou-se de modo a ficar de frente para o promotor público, com o seu belo e rude perfil voltado para Holt. Depois de uma pausa, ele começou:

— É sobre o que aconteceu a noite passada. O tiro contra a casa de Holt. Examinei os relatórios e conversei com os detetives. Não estou totalmente convencido de que as coisas correram como nos contaram.

Holt não pronunciou uma palavra sequer. Adair apenas murmurou:

— O que está pensando a respeito?

— Normalmente consigo farejar uma fraude, e estou sentindo o cheiro de algo assim aqui. Não acredito neste pretenso atentado a espingarda. Acho que foi coisa encenada.

— Quem lhe disse isso? — perguntou Holt calmamente. — McCoy ou Quinlan?

Gould girou a cabeça para olhar para ele.

— Para sua informação, eu costumo tirar minhas próprias conclusões. Temos apenas a sua palavra sobre o que aconteceu, Holt. Não há qualquer outra evidência a apoiá-lo.

— Minha palavra... e a da minha esposa — contestou Holt.

— Sua mulher — repetiu Gould. — Que fugiu para algum lugar no México, creio, muito convenientemente. Os funcionários da alfândega mexicana disseram-me que ela estava carregando algumas armas quando atravessou a fronteira. Uma delas era uma espingarda de caça?

— Contaram isso a você também?

— Eles não tinham certeza. Mas acho estranho que você não possa dar nenhuma descrição do carro, que nenhuma cápsula deflagrada tenha sido achada no local e que não tenha parecido preocupado o bastante para requerer uma investigação policial da sua residência, depois do ocorrido. Nem sequer pode apresentar um motivo para o atentado.

— Ah, eu posso, sim — disse Holt. — Mas não creio que o senhor acreditasse.

— Eu tenho um motivo também. Um motivo que se casa exatamente com o seu comportamento dos últimos dias. O que acho é que você é um jovem brilhante que pretende atingir o topo depressa, e passando sobre o cadáver do Departamento de Polícia.

Adair, que ouvia a conversa com muito desconforto, enquanto as acusações iam se tornando cada vez mais graves, interrompeu:

— Bem, nada de precipitações por aqui. E isso vale para todos nós.

Gould insistiu:

— Encare a coisa por esse ângulo, Jim. Aqui está o Holt, um jovem advogado cujo retrato saiu algumas vezes na primeira página dos jornais. Estamos num ano de eleição e ainda há tempo de sobra para se registrar para as primárias. Ele tem uma esposa mexicana para açambarcar esse voto e é provavelmente respaldado pelo dinheiro Linneker. Tudo de que precisa é de uma cruzada. A coisa toda se encaixa, para mim.

Era tudo tão absurdo que Holt não conseguia sequer ficar irritado diante das acusações. Ele meramente sorriu, não considerando que necessitava de fato defender-se. No entanto, a postura de Adair foi diferente. Ainda muito pouco à vontade, ele disse:

— Acredito que esteja julgando o Mitch equivocadamente. Ele às vezes é um pouco cabeça-dura e pode cometer um equívoco, como qualquer outra pessoa... Na verdade, estávamos justamente conversando sobre isso, quando você entrou... Mas ele é também o sujeito menos inclinado para a política que conheço. Mesmo que tivesse ambições políticas, estou certo de que seria bastante honrado para não se apoiar nas minhas costas. — Fora uma declaração de confiança, mas para Holt soou mais como uma indagação. — Todos estamos um pouco exaltados esta manhã. É só isso.

— Não tenho nada a ver com política — declarou Gould de modo um tanto beligerante, do jeito como conseguira o cargo que ocupava. — Mas pretendo proteger o meu departamento de ataques difamatórios.

Adair forçou um sorriso de tranqüilidade que pareceu ainda mais falso.

— Você deve levar muito a sério o ditado "Cuidado com o jovem com um livro", não é? Mas não precisa se preocupar com Mitch. — Adair lançou para Holt um olhar que não deixava dúvidas. — Ele está saindo de férias hoje... férias vencidas há tempos... E, quando voltar, tudo vai parecer diferente. — Adair tentou novamente fazer piada para mudar o clima: — Até mesmo o escritório dele. Vou mandar pintá-lo ainda hoje, para que ele seja obrigado a tirar suas férias, já que não vai ter sequer onde trabalhar.

Foi a deixa para Holt voltar a afinar-se com seu chefe e deixar todo o problema de lado de uma vez por todas. Mais uma vez sentiu-se tentado, e mais uma vez rejeitou a hipótese:

— Isso significa que estou recebendo a ordem de ficar calado e voltar a ser um bom menino?

Adair firmou as palmas das mãos sobre a mesa.

— Já que me força a dizer a coisa dessa maneira, é isso mesmo. Você deve abandonar esse assunto que estamos discutindo agora e fazer isso completamente. Tem de se afastar de Farnum. Não pode usar o pessoal do escritório para perseguir suas fantasias. As suas férias começam neste minuto. Vá para o México e esqueça essas idéias idiotas que andou tendo. Fim de conversa.

Holt levantou-se e correu o olhar da expressão irritada de Adair para o sorriso desdenhoso de Gould.

— Muito bem — disse devagar. — Então estou de férias. Mas não vou para o México. Posso fazer o que quiser com o meu tempo de folga. E isso inclui perseguir minhas fantasias.

Ele saiu sem bater a porta, mesmo tendo isso lhe custado algum esforço. Gould não havia conseguido exasperá-lo, mas Adair, sim. Ele questionou-se por ter imaginado que houvesse um centímetro sequer de ousadia em seu chefe. Naquele momento não conseguia lembrar-se de um simples caso em que Adair tivesse tomado uma atitude firme sobre qualquer coisa, exceto para proteger ou perpetuar seu emprego.

E Gould demonstrara a seu chefe, se Adair já não tivesse isso em seu subconsciente, que Holt constituía uma ameaça em potencial à sua segurança.

Quando passou pela mesa da secretária, ouviu a voz de Adair no intercomunicador:

— Quero falar com o Sr. Rackmill. Faça a ligação imediatamente.

Adair não estava perdendo tempo. Rackmill era presidente local do comitê central do partido.

CAPÍTULO 17

Nos mapas da cidade, a via de tráfego mais intenso era chamada de Plaza Boulevard, mas conhecida como Glass Alley. Era difícil saber qual o nome de maior aceitação pelo público em geral. Por motivos desconhecidos, a rua se tornara a maior concentração de bares e de clubes noturnos da cidade; nos três quarteirões em que o Plaza Boulevard atravessava o centro comercial, era raro qualquer outro tipo de estabelecimento. Ninguém sabia ao certo se o aglomerado de bares devia-se à tentativa de extrair maior lucro ou proteção mútua. Mas, à noite, os quarteirões que compunham a Glass Alley ganhavam uma atmosfera impressionante, uma pulsação crescente de túneis de néon, espelhos e barulho frenético.

Durante o dia, Glass Alley parecia-se com a maioria dos seus *habitués* na ressaca da manhã seguinte. Com o seu néon e toda a animação extintos, Glass Alley tinha uma aparência surrada e furtiva às onze horas da manhã. Alguns dos bares ficavam abertos, mas isso apenas provava que seus proprietários não tinham nada melhor para fazer, já que não havia fregueses para atender.

Durante a investigação do caso em que estivera trabalhando até alguns dias atrás, Holt tomou conhecimento de quais bares eram controlados pelos Buccios. Eram quase a maioria. Holt estacionou o carro em uma das extremidades da Glass Alley, trancou-o e meteu dois níqueis no medidor de estacionamento. Ele não sabia quanto tempo ia demorar.

Com a deposição de Emil Buccio do trono, o manto da liderança caíra sobre os ombros do seu irmão, Dan. Holt percorreu três bares antes de encontrá-lo e, a essa altura, tinha a certeza de que Dan Buccio sabia que ele estava a caminho. O boca-a-boca de Glass Alley funcionava bem, como devia sempre acontecer quando interessava a homens que operavam próximos ao limiar da lei e, algumas vezes, opostos a ela.

Dan Buccio estava esperando por ele no Hi-Lo Club, um bar estrategicamente situado no centro da zona de boates. Buccio estava entretido num jogo de malha de mesa, com um homem mais jovem. A não ser pelo *barman*, picando o gelo de que iria precisar mais à noite, eles se encontravam sozinhos no salão escuro. Buccio não deu a menor atenção à chegada de Holt durante um certo tempo, completamente absorvido em fazer deslizar um dos discos de metal sobre a madeira lisa a fim de colidir com a peça do oponente e mandá-la para dentro da calha.

— Jogue logo! — exclamou Buccio em voz gutural. Era um indivíduo baixo e atarracado, cujo colete quadriculado berrante o fazia parecer um barril ornamentado. Estava sem paletó e com as mangas da camisa presas com uma jarreteira de babados. Mas, apesar dos adereços, ele não tinha nada de afetado. Holt o conhecia, das longas horas passadas no banco de testemunha, como um homem rude e determinado.

— Bem, Holt, qual o problema agora?

— Nenhum. Quero apenas falar com você.

— Sei... — Buccio observou o jovem do lado oposto da mesa lançar o disco com borda azul em sua direção. O disco parou próximo à beirada da mesa.

— Nada mal, Junior. Certo, Holt. Vá em frente, fale!

Holt sentou-se numa das banquetas do bar e balançou a cabeça negativamente, como resposta ao olhar inquiridor do *barman*.

— Leu os jornais desta manhã?

— Não tive como. Os seus amigos tiras estiveram aqui atrás de mim ontem à noite. Alguém atirou em você, não foi?

— Isso o surpreende?

— Nada mais me surpreende. Inclusive o fato dos Buccios levarem a culpa de tudo o que acontece nesta cidade. — Dan Buccio inclinou-se sobre a mesa para executar sua jogada. Por cima do ombro, acrescentou: — Veio bater no endereço errado, Holt. Procure outro bode expiatório, desta vez. Até mais!

Holt aproximou-se da mesa. Quando Buccio fez deslizar seu disco de borda vermelha, ele agarrou a peça.

— Foi você, Dan? — perguntou.

O homem mais jovem deu um passo à frente, zangado.

— Olhe aqui, cara...

Mas Dan Buccio empurrou-o para trás com uma cotovelada. A seguir, lentamente, caminhou ao longo da mesa e, quando chegou junto a Holt, começou a rir.

— Você está louco, não está, Holt? Não gosta de ser o alvo, não é? Bem, talvez eu também não goste.

— Foi você? — repetiu Holt.

— Eu não desperdiçaria chumbo com você — disse Buccio, com toda a calma. — Que tramóia é essa que vocês estão aprontando, lá na prefeitura? Não foi o bastante para você colocar a coleira no Emil? Agora precisa me pegar, pegar o Junior, Mama e todos nós, para ficar satisfeito de vez?

— Preciso ter certeza — afirmou Holt. — Não posso correr o risco de estar enganado.

Buccio fitou-o, intrigado.

— Não sei aonde está querendo chegar, me apertando desse jeito. Mas vou lhe dizer apenas o que disse aos tiras ontem à noite. Os Buccios não tiveram nada a ver com o que lhe aconteceu. E podemos provar. Estávamos tendo um grande jantar de família no Fisherman's Wharf a noite passada, todos nós. — Ele riu, desdenhoso e contente. — É um álibi, Holt, o que acha disso?

— Você poderia ter contratado alguém. Essas coisas acontecem.

— Rapaz, você tem um bocado de imaginação! Para que eu ia gastar essa grana? Olhe aqui, Holt, não se superestime. Você não é nada para mim, nada mesmo. Certo, você pegou o Emil. Mas não vou pôr o meu pescoço no laço por ele ou por qualquer outra pessoa. Agora, caia fora.

Holt acreditava nele, mas queria ter certeza, antes de arriscar o próprio pescoço. Ele colocou o disco de metal de volta na mesa e disse:

— Eu só queria ouvir você dizer isso. Obrigado.

Buccio o mandara embora, mas agora levantava a mão para detê-lo. Ele perguntou, curioso:

— Não estou entendendo. Você está me acusando ou não?

— Não desta vez. Mas mantenha-se na linha, Dan.

— É o que sempre faço. Vocês, reformadores, é que criam problemas. Sou apenas um homem de negócios tentando tocar a vida. Certo, meu negócio é bebida, mas isso é legal neste estado. Não sou nenhum marginal, então pare de me encarar dessa maneira, certo?

— Não fui eu que pedi à polícia para procurá-lo. Eu sabia que não havia sido você.

— Ótimo, agora conte isso a eles. Essa má reputação atrapalha os negócios. Sempre que acontece alguma coisa, me botam logo para prestar depoimento diante de um desses comitês nojentos, só porque isso rende manchetes.

— Minha família só quer ficar em paz — afirmou o jovem chamado Junior. Ele era filho ou sobrinho de Dan Buccio. As pessoas da família eram tão parecidas que não havia como Holt ter certeza.

— É o que todos nós desejamos — concordou Holt. — Mas algumas vezes isso não é possível.

— Olhe, Holt, sei como se sente. Se alguém atirasse em mim e em minha mulher, eu ia virar uma fera também. Mas talvez eu possa ajudar.

— Já ajudou.

— Estou tão ansioso para esclarecer essa coisa quanto você. Bem, quase tão ansioso, na verdade. Como disse, tenho que zelar pela minha reputação. E tenho meus contatos aí pela cidade. Posso passar um recado, e talvez, se ouvir alguma coisa a respeito...

— Não — cortou-o Holt com voz estridente. — Vamos nos entender, Dan. Não pretendo acusá-lo de nada, mas isso não quer dizer que estamos do mesmo lado. Talvez você não seja um gângster, mas está próximo demais disso para poder fazer qualquer coisa por mim. Também tenho uma reputação a zelar. Neste momento, na verdade, é só o que tenho. Portanto, fique longe de mim.

— Estou tentando apenas ser seu amigo.

— Não preciso disso. Dê graças a Deus por este caso não ter nada a ver com você. Mas, se acaso se intrometer, prometo que vai se arrepender.

— Então faça do seu jeito, durão — murmurou Buccio. — E quem sabe não vou ter mais notícias suas pelos jornais? Não estou me importando nem um pouco. — Ele retornou à mesa de malha. — Vamos, Junior, vamos acabar com este massacre.

Holt retornou pela Glass Alley até o local onde havia estacionado o carro. Ainda estava zangado, mas não contra os Buccios. Sua raiva era direcionada contra seus inimigos reais, contra McCoy e Quinlan, e os homens assustados e estúpidos determinados a protegê-los. Já tinha a confirmação que viera buscar em Glass Alley e, agora, podia prosseguir em linha reta em direção ao seu alvo, sem relances de dúvidas para trás.

— Estranho — murmurou depois de enfiar a chave na porta do automóvel. — Acho que tranquei a porta e... — Ele não achava. Sabia que a havia trancado. E isso porque havia deixado a pasta no assento e...

A pasta! Rapidamente, Holt escancarou a porta e mergulhou dentro do carro, apesar de já poder enxergar, através da janela, que não havia absolutamente nada sobre o assento dianteiro. O quebra-vento balançou frouxamente com o movimento da porta da qual se soltara, quando o pino foi arrancado.

A sua pasta — e todo o material laboriosamente compilado que continha, extraídos de uma infinidade de julgamentos de casos de assassinato — havia desaparecido!

CAPÍTULO 18

Já que a pasta não continha nenhum material original, nada que já não tivesse sido matéria de registro público, o furto fora inútil. No entanto, o ladrão não sabia o que havia dentro ao roubá-la. Holt sentou-se durante alguns minutos no seu carro estacionado, suando frio. O roubo pouco importava; as garotas tinham feito cópias a carbono e arquivado em algum lugar. O que realmente importava era o fato assustador de que não estava sozinho. Estava sendo vigiado. Passou os olhos pelos arredores instintivamente, mas viu apenas carros comuns na rua e cidadãos inocentes passando pela calçada.

Nenhum sinal de McCoy ou de Quinlan. O que lhe restava de sua lógica lhe disse que, fosse como fosse, Quinlan não poderia segui-lo à luz do dia. O sargento manco tinha um expediente a cumprir na Central de Polícia. Não, fora McCoy quem o seguira. McCoy estava aposentado e dispunha de todo o tempo no mundo.

Holt enxugou a testa e a boca e deu partida no carro. Se estavam tentando intimidá-lo, certamente haviam sido bem-sucedidos. Com aquele sol brilhando, era sinistro pensar que estava sendo vigiado sem que percebesse, ou imaginar que cada um dos seus movimentos fosse controlado. Não tinha esperança de pegar McCoy em flagrante. Seu perseguidor tinha trinta anos de prática como caçador de homens. Holt enfrentava um indivíduo esperto, um homem que nunca deixara alguém escapar. Ele se sentiu imobilizado, como se já tivesse sido ferroado pela aranha e nada mais pudesse fazer a não ser esperar para ser devorado.

Então, xingou a si mesmo e deu uma guinada com o carro para a rua. Decidiu fazer um itinerário que considerou tão meticulosamente inútil quanto o próprio roubo. Dirigiu até a Central e deu queixa do incidente ao sargento da recepção, que assegurou que uma investigação seria conduzida. Holt não duvidou. Ficou imaginando o que o chefe Gould tentaria interpretar desse último acontecimento.

Era quase meio-dia. O ladrão da pasta conseguiu atrasá-lo um pouco, mas ele não alterou seus planos por causa disso. Da Central, seguiu até a estrada, contornando a curva da enseada até as docas e a área dos armazéns. O depósito de suprimento naval era o maior edifício à vista, mas Young & Fenn, atacadista de gêneros alimentícios, ficava bem próximo, em segundo lugar. Holt não tinha nenhum assunto a tratar com a marinha. No entanto, Douglas Fenn era o primeiro jurado do tribunal do condado.

A secretária de Fenn lançou-lhe um olhar do tipo não-sabe-que-estamos-na-hora-do-almoço?, mas entrou levando o seu nome para o patrão. Quando voltou, mostrava-se polida mas fria.

— Sinto muito, Sr. Holt, mas o Sr. Fenn tem um compromisso marcado e não vai ser possível atendê-lo imediatamente. Gostaria de marcar uma entrevista...

— Voltarei depois do almoço.

Foi o que fez, mas recebeu a mesma acolhida. A essa altura, teve razoável certeza de que o primeiro jurado tinha sido notificado do seu *status* de franco-atirador e não tinha intenção de envolver-se. Mesmo assim, já que podia estar enganado, Holt aguardou a tarde inteira. Mas não estava enganado. Não conseguiu sequer um vislumbre do homem.

Fenn, finalmente, saiu usando outra porta por volta das quatro horas. Às quatro e meia, a secretária de Fenn veio lhe dar a notícia.

— Escute, Sr. Holt — disse ela com entediada candura —, acho melhor o senhor se fazer de bom entendedor.

Holt considerou o conselho, antes de responder:

— Acho que sou mesmo um teimoso.

Como se para provar suas palavras, voltou à Central, que funcionava durante as 24 horas do dia. Ele não esperava que a sua licença de porte de arma estivesse pronta, e não estava. A funcionária com quem falara não parecia se lembrar dele e sequer conseguiu encontrar o seu pedido. O sargento Quinlan estava ausente.

— Vou perguntar ao sargento, logo cedo pela manhã — ela prometeu. — Mas o senhor sabe como são essas coisas.

Holt sabia. Inexoravelmente, toda aquela pressão anônima do dia inteiro estava começando a agarrá-lo como um alicate fechando-se lentamente, e sentia-se sozinho e pequeno. Ao sair, foi chamado pelo sargento da recepção, que o avisou de que o chefe Gould desejava vê-lo. Já esperando ser preso por alguma violação desconhecida de uma lei qualquer obscura, Holt entrou no escritório do chefe de polícia.

No entanto, foi cumprimentado efusivamente. A razão logo tornou-se evidente. Gould queria cantar vitória:

— Ouvi dizer que roubaram a sua pasta de dentro do carro esta manhã, Holt.

— É verdade.

— Bem, sei que você acha que este departamento não serve para porcaria nenhuma, mas aqui está. — Do chão junto à lateral de sua cadeira, Gould levantou uma pasta de couro gasta e familiar e entregou-a a Holt por sobre a mesa. — É esta? Foi entregue aqui menos de uma hora depois de você dar queixa do furto. Tentei encontrá-lo durante a tarde inteira mas não consegui. O que acha da nossa eficiência?

— Quem a trouxe? McCoy ou Quinlan?

— Do que é que está falando? Um guarda de rua encontrou-a enfiada num bueiro, na esquina do Plaza com a Broadway. Está meio suja, é claro.

A pasta estava mais do que suja; estava arruinada. A capa de couro fora cortada e retalhada pelo que parecia ter sido uma faca afiada e agora só servia para ser atirada no lixo. Obviamente, não havia mais nada dentro dela. Holt examinou a pasta em silêncio, virando-a nas mãos e sentindo-se nauseado. Perceber que alguém estivesse tão cheio de ódio a ponto de descarregá-lo numa vingança sem sentido contra um objeto inanimado assustou Holt muito mais do que o tiro da noite anterior.

Gould leu os seus pensamentos, mas apenas parcialmente.

— Faz você imaginar coisas estranhas, não é? Mas esbarramos com isso o tempo todo, vandalismo adolescente, coisas sem pé nem cabeça, sem explicação.

— Isso não foi serviço de um adolescente.

Gould emitiu um som contrariado.

— Oh, quanta choradeira. Cresça, Holt! Pensei que tivéssemos resolvido tudo esta manhã. O que deu em você? Um complexo ou alguma coisa? Eu estava querendo esquecer o que aconteceu, mas você vai acabar se metendo num enorme problema se não tiver cuidado.

— E se eu pedir ajuda à polícia? — indagou Holt, sarcástico.

— Talvez não tenha que ir muito longe para isso. — Gould fitou-o sombriamente. — De acordo com o relatório, a sua pasta foi roubada... se é que realmente foi... em frente a um dos bares dos Buccios. O que estava fazendo lá, Holt? Está arrumando algum acordo com os Buccios, ou pagando a eles pelo serviço de dar aquele tiro na noite passada?

— Eles me ofereceram auxílio. É mais do que recebi de vocês. Talvez eu devesse ter aceitado.

— Tem certeza de que não aceitou?

— Tenho. Tanto quanto tenho certeza de outras coisas também.
— Holt controlou seu amor-próprio, decidido a fazer mais uma tentativa. — Chefe, essa coisa toda é ridícula. Devíamos estar trabalhando juntos, não lutando um contra o outro. É claro que é do seu interesse e do interesse do seu departamento deixar que eu prove se estou certo ou errado, e não tentar matar a investigação.

— Não preciso que diga qual é o meu dever — replicou Gould, inflexível. — Mas posso lhe fazer um favor... marcar para você uma consulta com um dos médicos do hospital psiquiátrico do condado. Acredite-me, Holt, você precisa disso.

Holt levantou-se e recolheu os restos da sua pasta.

— Pelo menos sabemos em que pé estamos. Só mais uma outra coisa. Requeri uma licença para porte de arma. Vou consegui-la? E quando?

Gould deu de ombros.

— Vai consegui-la, sim, se puder justificar o pedido. Não estou perseguindo você, Holt, não importa o que possa pensar. No que diz respeito a quando, bem, isso pode depender de quanto tempo vai demorar para que tudo seja processado. Fale com o sargento Quinlan. É a seção dele.

— Certo — assentiu Holt com amargura. — Já ouviu falar de um rato pedindo ao gato uma ratoeira?

Do lado de fora, as ruas estavam lotadas de funcionários da prefeitura que, com o expediente terminado, retornavam para casa. Foi o que Holt fez também, mesmo sem sentir vontade. Não conseguia pensar em outro lugar para onde pudesse ir. Mas estava retornando para uma casa silenciosa e privada de alegria. Os vidraceiros haviam feito seu trabalho na janela da frente durante sua ausência. Holt baixou as persianas antes de acender qualquer das luzes.

Foi para o telefone. Queria loucamente ligar para Connie no rancho do pai, mas, olhando sombriamente para o buraco de bala na parede da sala de estar, decidiu que não deveria fazê-lo. Tinha a obrigação de tranqüilizá-la, de evitar que se preocupasse demais, mas, na presente situação, sabia que não conseguiria fingir. Com o seu instinto aguçado, pronta a ouvir mais do que as palavras dele, Connie acabaria mais perturbada do que antes. Ele ligaria para ela pela manhã. Talvez uma noite de sono fizesse a situação parecer melhor. Talvez pudesse pensar no que fazer a seguir.

No momento, sentia-se preso numa armadilha sem ter quem o ajudasse. "Prova A", murmurou para a parede danificada. Depois, baixou a vista para a pasta arruinada na sua mão: "Prova B". Havia ainda todo o resto do alfabeto pela frente.

"Um homem jovem com um livro", foi assim que Adair o chamara. Holt não se sentia como um homem a quem se deveria temer. Um livro podia ser uma arma civilizada e refinada, quando o oponente também luta servindo-se de livros; mas, naquela noite, ele sentia-se completamente desprotegido.

CAPÍTULO 19

Holt jantou o que encontrou na geladeira, comida fria e sem atrativos, e depois ficou na cozinha, tomando café e remoendo os pensamentos. Não sentia vontade de acomodar-se na poltrona, em meio à sala danificada. Tinha consciência de que o inimigo o vigiava do lado de fora, o inimigo que ele não seria capaz de pegar em flagrante, mesmo que saísse de casa rastejando e procurasse por ele.

Ficou se perguntando se, nesta noite, seria a vez de Quinlan assumir o posto. Ou talvez McCoy nunca dormisse; talvez não tivesse pálpebras, como uma serpente. Ou talvez o capitão não confiasse no seu sargento para um trabalho tão delicado. O Quinlan de hoje seria uma sombra demasiadamente visível e claudicante, com aquele seu joelho defeituoso.

Assim, se havia alguém lá fora espiando das sombras, só podia ser McCoy. McCoy e mais ninguém.

Abruptamente, Holt espigou-se na cadeira. O pensamento que lhe acudiu era novo e sólido. McCoy sozinho! E se o tempo todo tivesse sido McCoy, agindo sozinho? Holt começou a juntar as coisas. Essa mesma idéia já lhe havia ocorrido, ou um fragmento dela, quando afirmou a Adair que fora McCoy quem fizera o disparo de aviso contra sua casa, porque Quinlan teria usado os próprios punhos. Outro fragmento aparecera no Setor de Arquivo, quando verificara que McCoy atuara como testemunha em julgamentos muito mais vezes do que Quinlan. Nesse momento, Holt se dava conta de que não teria sido necessário que ambos os membros da legendária equipe de detetives fossem culpados.

Se tivesse de ser apenas um deles, seria McCoy. Ele tinha cérebro suficiente para isso, a quieta sutileza necessária para executar seus truques durante anos. Um único monomaníaco — pois era justamente disso que se tratava — era mais fácil de aceitar do que dois. Era também mais fácil acreditar que um homem tivesse iludido o público e o seu devotado parceiro por todo esse tempo do que acreditar que dois policiais tivessem entrado em acordo sobre uma perfídia dessas sem que nenhum deles, até agora, tivesse cometido um único engano. E se apenas McCoy fosse culpado, isso explicaria por que os dois detetives tinham feito visitas em separado a Farnum em sua cela. A visita de McCoy tinha um propósito definido, a de Quinlan, fora uma simples questão de curiosidade.

Holt tremia de excitação. O quadro estava se simplificando, as sombras assumiam contornos mais definidos. Ele não superestimava sua psicologia de amador, mas como um promotor bem-sucedido tinha de ter mais do que certo faro para fatos; precisava igualmente de faro para as pessoas. E essa nova maneira de encarar os dois parecia correta. McCoy, o conspirador, o onipresente, a extensão do braço da lei. Quinlan, o assistente laborioso, fiel, sem imaginação, suscetível a ser ludibriado por seu superior.

Mas se McCoy pudesse ser desmascarado diante de Quinlan... Holt sacudiu a cabeça. Sua imaginação corria à solta, mas não conseguia ver Quinlan virando-se contra McCoy. Seria improvável que existisse qualquer cunha afiada o bastante para rachar aquela velha e rija amizade, ou com capacidade de convencimento rápido o bastante para deter o ódio beligerante dos punhos de Quinlan.

No momento, a nova maneira de ver levava a um beco sem saída, mas, pelo menos, toda aquela reflexão teve o mérito de ressuscitar o desejo de ação de Holt. Ele queria mover-se em alguma direção, não importando que fosse obscura e sem esperança. Começou consultando a lista à procura do endereço de Douglas Fenn.

O primeiro jurado do júri de instrução do condado vivia num dos bairros residenciais mais antigos e mais elegantes da cidade. Sua mansão de dois andares, estilo georgiano, era protegida da rua por uma fileira de altos abetos na frente e nos outros três lados por uma parede de tijolos coberta de hera. Havia vários automóveis estacionados no caminho para carros que fazia uma curva diante da porta principal. Holt estacionou o seu veículo na rua.

Uma criada com uniforme preto com babados atendeu a campainha e informou-o de que o Sr. e a Sra. Fenn estavam recebendo amigos. Holt insistiu e ela aceitou comunicar sua presença a Fenn.

— Que nome devo anunciar, senhor?

— Adair — respondeu Holt sem hesitação, já que dizer a verdade de nada lhe servira anteriormente. Ele foi deixado esperando no *hall*, uma sala de teto elevado cuja escada em espiral conduzia aos quartos no andar de cima. Só naquele *hall* caberia quase a casa inteira de Holt.

O dono da mansão chegou em passadas largas quase imediatamente. Era corpulento, a face avermelhada, careca lustrosa e bochechas cobertas de diminutas veias. Seu sorriso arreganhado desapareceu tão logo deparou com a figura de Holt.

— Pensei que o Adair estivesse querendo me ver — disse, procurando irritado ao seu redor pela criada que lhe transmitira a informação errada. — Onde ele está?

— Receio ter me expressado mal para sua criada — explicou Holt. — Trabalho no escritório de Adair. Meu nome é Mitchell Holt.

— Ah! — Pela expressão de Fenn, Holt viu que o nome lhe era familiar, desagradavelmente familiar. — Bem, sinto muito, mas neste momento estou ocupado, Sr. Holt. Estou recebendo alguns convidados. — Fenn segurava um maço considerável de cédulas, dinheiro de mentira, e Holt imaginou que tinha interrompido sua partida de Monopólio ou algo semelhante. — Sugiro que me procure no meu escritório.

— Tentei isso. Mas o senhor negou-se a me receber.

— Compreendo — replicou Fenn friamente. — E assim o senhor decidiu forçar a sua entrada aqui e dar a Esther um nome falso. Não adianta, Sr. Holt. Não pretendo falar com o senhor.

— Do que o senhor tem medo? Eu não mordo.

— Não estou com medo de nada. Mas não quero perder o meu tempo com birutas ou me envolver nas suas intrigas. O Sr. Rackmill já me informou tudo a seu respeito.

Holt mordeu o lábio:

— Como primeiro jurado do tribunal do condado, o senhor tem o dever de dar ouvidos mesmo a birutas.

— Não na minha própria casa. Boa noite, Sr. Holt. Meus convidados me esperam.

— Muita gente está esperando, Sr. Fenn, inclusive alguns homens que podem estar na prisão injustamente. — Fenn fez um gesto impaciente com a mão que segurava as cédulas e voltou as costas para Holt, que ainda tentou detê-lo: — O senhor não está me dando muita escolha. Terá de considerar o que descobri se enviar tudo para o senhor por carta registrada.

— É um privilégio seu. Mas não pense que isso signifique que vá colher qualquer resultado... e muito menos publicidade gratuita.

Antes que Holt pudesse formular uma resposta à altura, Fenn já o havia deixado. Da reunião, em uma sala distante, veio uma fraca explosão de gargalhadas. Alguém havia ganhado alguma coisa.

Ninguém precisou dizer a Holt que ele é que não ganhara nada vindo ali. A criada apareceu discretamente para acompanhá-lo à porta da rua e ele caminhou vagarosamente de volta a seu carro. A sorte vinha jogando contra ele de maneira tão consistente que não teria se surpreendido se encontrasse um pneu furado. Mas o carro parecia em boas condições, em melhores condições do que ele, Holt considerou morosamente.

— E agora? — murmurou alto. Parecia não haver resposta exceto ir para casa, e Holt aceitou-a. Dirigiu devagar, como se esperasse encontrar alguma solução para o seu dilema dobrando a esquina seguinte, mas quando finalmente entrou na entrada de carros de sua casa, a tal solução ainda se esquivava dele.

A porta da garagem estava abaixada e Holt sentia-se tão esgotado que não teve ânimo para erguê-la. Fosse como fosse, garagens eram apêndices inúteis no clima moderado do sul da Califórnia, portanto ele deixou o carro onde havia parado. Mecanicamente, esticou o braço para apanhar a pasta que já estava na lata do lixo. Mas isso o fez lembrar-se de outra coisa. Assim, abriu o porta-luvas e pegou a pistola que mantinha ao seu alcance, mesmo violando a lei. Enfiou-a no bolso e arrastou-se desanimado para a porta dos fundos.

Estava atravessando a passagem da garagem para o interior da residência, nitidamente delineado contra o céu noturno, quando o tiro foi disparado.

CAPÍTULO 20

Dessa vez, o tiro foi disparado com intenção de matar. Ao passar, a bala repuxou a lapela do paletó de Holt e a seguir prosseguiu seu caminho, com um gemido de queixa por ter errado o alvo. Holt deu um mergulho à frente, aterrissando no concreto do pátio, trêmulo. Mas não havia sido ferido. Apanhou a pistola e, então, amaldiçoando sua estupidez, deu-se conta de que havia deixado de carregá-la. Então, ficou quieto, torcendo para que o assassino acreditasse que o primeiro tiro houvesse feito o serviço, dispensando um segundo disparo.

Holt não escutou nenhum ruído, mas isso não lhe assegurava nada, já que conhecia a capacidade de McCoy de se movimentar tão silenciosamente quanto um gato. Começou a ouvir sons onde não havia nenhum e o seu corpo recusava-se a obedecer à lógica. Holt engatinhou rapidamente para a proteção da porta dos fundos.

Estava quase alcançando-a quando escutou um barulho, e agora não era imaginação sua. Por um momento, foi tomado de puro pânico, mas então verificou que o atacante não estava atrás dele, como supunha, mas à sua frente — entre ele e a segurança da porta. Não havia escapatória. Fora pego numa tocaia, como um animal acuado. Holt aguardou o tiro que iria matá-lo.

O tiro não veio. Em vez disso, ouviu uma voz feminina sussurrando:
— Mitch! É você?

Foi tão delicioso o alívio que nem mesmo ocorreu a Holt ficar surpreso de Connie estar ali, em vez de a quilômetros de distância, no México. Ele se levantou de chofre e agarrou-a num forte abraço. A quina da casa os protegia do atirador que ainda poderia estar na rua:

— Connie, minha querida — ele disse. — Meu Deus, você quase me mata de susto!

Ele pensou consigo mesmo que não fora assim tão estúpido, afinal de contas, deixar de carregar a pistola. Se não, poderia ter alvejado a própria esposa, cego pelo pânico. Mas o pensamento serviu para lembrá-lo de que ela agora compartilhava o perigo com ele e Holt empurrou-a para trás da porta.

— O que está fazendo aqui, afinal? Disse a você...

Ele interrompeu abruptamente tanto seus movimentos quanto o que dizia, ao perceber que não estavam sozinhos. Um homem barrou os dois na varanda.

— Oscar me trouxe de volta — disse Connie.

Holt e o irmão de Connie apertaram-se as mãos. Ambos tiveram de passar suas pistolas para a mão esquerda para tanto, e nenhum dos dois achou graça nenhuma. Era uma noite para o bizarro.

Holt empurrou-os para a cozinha, mas não quis acender as luzes. Ele deslizou pela casa escura com a mulher e o cunhado seguindo-o, tentando enxergar através das janelas da frente. Não via nada a não ser sombras. Duvidou que McCoy tivesse permanecido no local depois de ter disparado nele. Provavelmente correra a pé até onde havia deixado seu automóvel e, agora, estaria a um quilômetro de distância da cena da tentativa de assassinato. Mesmo assim, Holt não se sentia encorajado a correr riscos. E explicou brevemente aos outros o que estava acontecendo.

— Tem certeza de que não está ferido? — Connie continuava a perguntar-lhe, acrescentando sem conseguir fazer nexo: — Você me diria, não diria?

— Eu me machuquei um pouco quando me joguei no chão, mas acho que foi apenas isso. Só não sei o que a bala fez no meu paletó. — Holt abraçou a esposa, tranqüilizando-a. — Agora, fale-me de você. Por que voltou, Connie? Eu não queria que você se metesse nessa confusão.

— Estava realmente pensando que eu ia ficar longe? Logo que deixei Nancy em segurança, voltei. Meu lugar é junto de você.

Holt estava tão feliz com a presença dela, e o apoio que isso lhe proporcionava, que não conseguiu arranjar nenhum argumento convincente. E mesmo que tivesse arranjado, o mais provável é que não adiantasse nada em relação à Connie, que afirmou categoricamente, encerrando a discussão:

— O lugar de uma mulher é ao lado do marido, e é aqui que vou ficar.

— Você sabe que ela tem toda razão? — grunhiu Oscar Mayatorena. Ele era apenas um rapaz, o mais novo da família, um belo jovem esguio com os cabelos escuros encrespados e nariz proeminente. Era um tanto americanizado, já que sua vida social se estendia a ambos os lados da fronteira, mas não tanto quanto a irmã. — E vim aqui para ajudar você, Mitch.

Oscar ainda segurava a pistola, agitando-a no ar com floreios. Holt olhava para a arma com reservas.

— Está tudo bem, mas como pretende nos ajudar?

— Armas devem ser enfrentadas com armas, balas com balas — proclamou Oscar, melodramático. — Eles atiraram em você. Agora atiraremos neles. Virou uma questão de família. Nossos inimigos vão se arrepender, depois da lição que vamos lhes dar.

Em circunstâncias diferentes, Holt teria rido da bravata do rapaz.

Mas, no momento, isso o deixava assustado. A última coisa que desejava era ter ao seu lado um gatilho-solto irresponsável, mesmo do tipo bem-intencionado. Não importava o que seus adversários fizessem, Holt sabia que precisava se manter dentro da lei. Essa era a sua força e sua única esperança de vitória.

— Agradeço sua solidariedade, Oscar, mas prefiro que volte para o México.

Irmão e irmã protestaram com veemência.

— Mitch, por quê? — indagou Connie. — Numa situação como esta, com você precisando tanto de ajuda...

— Sem querer ofender o Oscar, mas ele acaba de envolver a si e a todos nós em um problema. Essa arma que ele está carregando é o bastante para mandá-lo para a cadeia, mesmo que nunca a tenha usado.

— Não preciso de um revólver — respondeu Oscar orgulhosamente, enfiando-o por debaixo do paletó. — Tenho duas mãos muito boas.

— Você é um cidadão mexicano — Holt lembrou-o. — Isso o coloca *hors de combat* neste lado da fronteira. Sinto muito, mas é assim que as coisas são. Você vai me ajudar muito mais indo para casa.

Oscar deu de ombros, exasperado:

— Tem vezes que não entendo vocês, americanos. Um homem atira em você... duas vezes... e você só se preocupa com a lei.

— É justamente essa a questão — replicou Holt. — Se eu não agir assim, então não serei melhor do que ele.

Oscar também não entendeu esse argumento. E Holt não tinha certeza se mesmo Connie o havia entendido. Mesmo assim, ele saiu vencedor da discussão, porque não havia alternativa. Connie e o irmão haviam chegado até ali no conversível dela, que estava agora no interior da garagem — foi por isso que Holt não o vira ao chegar. Holt recuou seu carro até a rua, para que o cunhado pudesse sair no conversível de volta ao México. Oscar partiu relutante. Holt amansou a sua amargurada truculência ao delegar-lhe a missão de guarda-costas pessoal de Nancy.

Depois da partida de Oscar, Connie, preocupada, indagou do marido:

— Você acha que Nancy está correndo perigo também, Mitch?

— Não, não enquanto estiver lá no rancho. McCoy não é nenhum assassino sem controle. Mas precisava dizer ao Oscar uma coisa qualquer.

— Que tal dizer a mim alguma coisa? — sugeriu Connie, puxando-o para o sofá. — Não quero bancar a intrometida, mas acho que tenho o direito de saber o que está acontecendo.

Ele concordou. E assim, sentado tranqüilamente ao lado dela na sala ainda às escuras, contou-lhe toda a história, desde o princípio, desde a sua primeira leve suspeita, todo o desenvolvimento passo a passo, até a briga com Adair, culminando com o atentado daquela noite. Foi uma narrativa desolada, cheia de reveses e frustrações e, quando terminou, disse fatigado:

— Agora você já sabe de tudo. Pode até me perguntar do que adianta tudo isso e por que estou batendo com a cabeça contra uma parede de pedra.

Connie ficou em silêncio por um momento. Finalmente, disse:

— Não preciso lhe perguntar nada, Mitch. Está fazendo isso porque você é o que é, e não creio que já tenha me sentido mais orgulhosa de você do que estou sentindo neste momento.

Ele apertou a mão dela:

— Obrigado por não pensar que sou um louco.

— Não é você o maluco, são os outros. Que situação horrível. Como uma coisa dessas pôde ter acontecido?

— Bem, posso apenas dar um palpite. Não acredito que McCoy tenha começado deliberadamente a falsificar provas. Mas, em algum momento, nesses trinta anos, ele enfrentou uma situação na qual sabia que um suspeito era culpado, mas lhe faltava uma pequena prova para fechar o caso. E foi aí que McCoy e a lei se separaram. Ele falsificou a prova e a coisa funcionou. Na vez seguinte, foi um pouco mais fácil, e mais fácil ainda na terceira vez. E é assim que as coisas acontecem... começam aos poucos e gradualmente produzem algo monstruoso. É bem possível que agora McCoy, em seu íntimo, tenha perdido a capacidade de distinguir o que é verdade e o que é falso. Como o seu pai e aqueles seus troféus de caça, que foi o que me fez começar a me dar conta disso tudo. Mesmo que McCoy o desejasse... e incrível mesmo é ver que ele nunca desejou isso... mas, já não seria capaz de nos dizer a verdade.

Holt tomou fôlego antes de prosseguir:

— Agora, McCoy está dando o passo seguinte, na lógica do caminho que vem seguindo. Chegou a um ponto em que não quer apenas se encarregar da condenação do acusado. Está assumindo também a execução. Ele está tentando cometer um assassinato, mas duvido que veja as coisas por esse ângulo. Não tenho dúvidas de que ele vai ser pego por isso. Essa sujeira toda virá à tona, de alguma forma, e quando isso acontecer vai ser um terrível escândalo para todos ligados à justiça. McCoy vai carregar para o fundo do poço uma porção de homens bons e honrados. Essa é a verdadeira tragédia desta história.

— Você fala somente do McCoy — estranhou Connie —, mas e aquele outro homem, aquele que veio aqui em casa? O Sr. Quinlan.

— O sargento Quinlan... — Holt então explicou por que acreditava que McCoy havia feito tudo sozinho. — No início, supus que eles estivessem nisso juntos. Mas era difícil demais acreditar numa conspiração dessas. Eles são homens diferentes, tipos diferentes. Além do mais, se fosse uma dupla de mentirosos, um acabaria contradizendo o outro. Mas, se for somente um, sem duas histórias para serem acareadas... Seja como for, estou convencido de que Quinlan era apenas marionete nas mãos de McCoy.

— Então, se você pudesse falar com ele sozinho, e talvez tentar convencê-lo...

Holt riu-se amargamente:

— Não consegui convencer nem mesmo Adair. Ainda que Quinlan não tivesse nada a ver com a falsificação de provas, por que ele deveria acreditar em mim e não no seu amigo de trinta anos? Ainda mais se isso fosse se refletir terrivelmente nele próprio?

— Parece sem saída, não é? — murmurou Connie.

— Não completamente. Tenho de agradecer ao McCoy por uma coisa. Ele provou que estou certo. Se ele não tivesse entrado em pânico, provavelmente eu já teria deixado a coisa toda de lado. Mas McCoy extrapolou. Ele estilhaçou nossa janela da frente com uma espingarda para me dar um aviso. Depois, roubou minha pasta para descobrir o que eu sabia. Quando descobriu que não eram as provas que deveria temer, já que não havia nada nas pastas que não estivesse nos arquivos da promotoria, decidiu que era apenas a minha persistência que representava ameaça. Assim, resolveu livrar-se de mim, esta noite. — Holt passou os dedos pela lapela sombriamente. Ainda no escuro, imaginou que a bala tivesse pelo menos chamuscado o tecido. — Sorte minha que ele seja um homem velho. Provavelmente não deve enxergar muito bem no escuro.

— Não é sempre que está escuro — lembrou-o Connie.— Mitch, estou com medo. O que é que vamos fazer?

— Bem, sem dúvida não podemos revidar os tiros. É por isso que mandei o Oscar embora. Preciso manter minhas mãos limpas, mesmo enfrentando alguém que age fora da lei.

— E a polícia? Teoricamente ela está aí para proteger as pessoas.

— Policiais são seres humanos também. Gould me chamou de político oportunista esta manhã e de doente mental esta tarde. Ele não acredita em coisa nenhuma da minha história, nem mesmo que o tiro de espingarda tenha sido um atentado de verdade. Então, do que adianta dar queixa sobre o que aconteceu esta noite? Eu não tenho como provar. Isso é que é o diabo, Connie. Ainda não estou pronto para provar nada. Pondo as cartas na mesa, são apenas as minhas suspeitas contra a palavra de McCoy. Se você fosse Gould, em quem acreditaria? É contra isso que estou lutando. Não tenho um único aliado no mundo.

— Você tem a mim — disse Connie gentilmente. — E vou levá-lo para a cama agora mesmo. Você parece estar precisando muito de uma boa noite de sono.

— Preciso mais do que isso. — Mas ele a deixou puxá-lo para os seus pés. — Muito mais.

— Mas já é um começo. Pela manhã, você terá alguma boa idéia. Eu sei. — Ela pôs o braço em volta da cintura dele. — Lembre-se de uma coisa, Mitch. Você está apenas fazendo o que acredita que é certo.

— É... — confirmou ele, fatigado. — Mas o McCoy acha a mesma coisa.

CAPÍTULO 21

Holt estava mais cansado do que supunha e assim dormiu profundamente, embora, na manhã seguinte, Connie tenha lhe contado que ele havia tossido e se revirado a noite toda, como se lutasse contra demônios. Talvez tivesse razão, pois quando acordou a resposta já estava em sua mente, madura e entrincheirada, sem que tivesse conscientemente de convocá-la. Não a resposta que queria, mas a única ao seu alcance.

No café da manhã — sua primeira refeição decente nos últimos dois dias, apesar de não ter dito isso a Connie — Holt revelou seus planos.

— Na noite passada, eu disse que não tinha nenhum aliado, mas isso não é rigorosamente verdade. Pelo menos, acredito que sei onde posso encontrar um.

— Muito bom. Onde, Mitch? — Como resposta, ele levantou o jornal matutino, fazendo Connie exclamar, surpresa: — Está falando sério?

— Estou. Sei que estou certo sobre o que descobri a respeito de McCoy. Até a noite passada, eu estava tentando prosseguir através dos canais apropriados, mesmo que isso significasse lutar com todos de cima a baixo. No entanto, agora estou preocupado. E se alguma coisa acontecer comigo?

— Mitch, nem me fale nisso!

— Bem, é uma possibilidade e precisamos encará-la também. Suponhamos que, da próxima vez, McCoy não erre o alvo... isso se houver uma próxima vez. Se eu morrer, a verdade pode nunca aparecer, ou pelo menos não a tempo de isso fazer alguma diferença para alguém. Mas se eu revelar a história agora...

— Você mesmo disse que seria apenas a sua palavra contra a de McCoy — ressaltou Connie. — Isso não faz o seu gênero, Mitch.

— É verdade que não posso provar nada até agora. Mas se alguém de fora tomar conhecimento, quero dizer, alguém que não tenha motivo algum para acobertar a história, como estão fazendo Gould e Adair, então, estarei protegido... até certo ponto.

— Adair jamais o perdoará se agir pelas costas dele. Você sabe disso.

— É, sei. — Holt sorriu. — Que diabo, Connie. Eu não gosto nem um pouco da idéia. É traição, nem mais nem menos. E se me demitisse, Adair estaria agindo de maneira estritamente correta. Enquanto me barbeava, decidi pedir demissão. Já estava até mesmo pensando no que ia escrever na carta. Mas então mudei de idéia. Vou deixar que Adair me demita. Talvez isso torne o negócio dramático o suficiente para iniciar a festa. E então McCoy vai estar acabado.

— Não entendo tanto de lei quanto você, mas você não vai correr o risco de ser processado?

— Qualquer pessoa pode processar qualquer pessoa a respeito de qualquer coisa em qualquer situação. É uma das primeiras coisas que se aprende na faculdade de direito. Isso não me preocupa, porque um processo judicial seria um caminho para conseguir com que as acusações sejam honestamente investigadas. E investigadas a fundo. — Holt sorriu suavemente. — Eu e Émile Zola. Mas é isso precisamente o que estou querendo, uma investigação honesta. Meu objetivo não é acabar com McCoy nem vê-lo morto.

— Mas não ia dar no mesmo?

— Ora, melhor ele do que eu. Se eu contar essa história para os jornais, então McCoy não vai mais se atrever a atirar em mim. Vai ser uma espécie de seguro de vida, se quiser chamar assim. Eu não sou um herói.

— Essa foi a primeira estupidez que você disse — replicou Connie. — Agora, tome o seu café, querido.

Havia três jornais na cidade, dois matutinos e um vespertino. No entanto, eram apenas dois na verdade, já que dois deles pertenciam à mesma empresa e defendiam idênticos pontos de vista. E acontecia que esse ponto de vista era favorável à administração municipal, portanto, extremamente conservador. Holt considerou inútil tentar passar a eles a sua história. Dizer que esses jornais — o *Sentinel* e o *Evening News* — fossem controlados por um partido político não era estritamente correto. Não eram controlados pela administração municipal, tanto quanto a administração municipal não era controlada por eles. No entanto, os editores do *News* e do *Sentinel* e os políticos a cargo da administração compartilhavam filosofia idêntica, os mesmos interesses e preconceitos. Apresentar a eles uma *cause célèbre*, que inevitavelmente iria jogar toda essa administração em descrédito, seria uma tentativa beirando a ingenuidade.

O terceiro jornal, um dos periódicos matutinos, era o *Press-Examiner*, chamado pelo governo municipal de "o jornal da oposição", entre apelidos menos generosos. Holt não lia o *Press-Examiner* com freqüência suficiente para saber se essa postura oposicionista originava-se de convicções ou meramente do desejo de vender jornais. Particularmente, não se importava com essa questão, já que sabia que a história que tinha a oferecer agradaria ao *Press-Examiner* pelos dois motivos.

Ele marcou um encontro por telefone com o chefe de redação do *Press-Examiner*. Holt não sabia nada a respeito da hierarquia de um jornal, mas chefe de redação soava como se o titular do cargo tivesse considerável autoridade.

E ele tinha, de fato, mas não o bastante para o que Holt planejava. O chefe de redação — seu nome era Underwood, homem magro, erudito, portando óculos de chifre e um bigode britânico — escutou a história com uma fascinação óbvia, mas também com certo grau de cautela.

— É a notícia mais excitante que tivemos nesta cidade desde a guerra — admitiu Underwood quando Holt terminou. — Potencialmente, quer dizer...

— Por que potencialmente?

— Bem, Holt, você sabe tanto quanto eu que está me trazendo mais do que um furo, muito mais do que isso. Essa coisa vai repercutir em todo o estado, talvez direto até Sacramento. Santo Deus, o governador já foi promotor público aqui. Ele fez sua reputação atuando em alguns desses casos que você quer desencavar.

— Pelo que conheço da política do *Press-Examiner*, não achei que se importariam com isso.

— Temos também nossa responsabilidade com a verdade, apesar de esta ser uma senhora mais do que prostituída nos dias de hoje. Fico aqui pensando por que você veio nos procurar com essa história. Lá fora — e ele fez um gesto que ultrapassava a vidraça do pequeno escritório no qual estavam sentados —, nosso pessoal que trabalha junto aos órgãos do governo o chama de O Emburrado. Dizem que você nunca colaborou com os jornais. Por que a mudança súbita?

— Acho que mereço o apelido — admitiu Holt. — É verdade que nunca dei muita atenção aos repórteres... Mas isso porque nunca quis publicidade pessoal. E não é o que estou querendo agora. Procurei você porque não pude pensar em outra forma de tratar o assunto.

Underwood estava contemplativo:

— Pode ser a maior história do ano. Ou nosso maior tombo. Algo me diz que eu deveria esquecer que ouvi qualquer coisa a respeito. Mas agüente sentado aí alguns minutos, Holt. Não demoro. — Ele deixou o pequeno escritório e Holt o viu subir no elevador.

Quando Underwood voltou, a boca abaixo do vasto bigode estava encurvada num sorriso desengonçado.

— Tome nota, Holt. Nós, os jornalistas, somos os sujeitos mais otimistas do mundo. Engolimos qualquer coisa, é de nascença. E é provavelmente por isso que permanecemos no ofício.

Holt sentiu uma vaga esperança.

— Está querendo dizer que vai publicar a história?

— Não exatamente. Segui o procedimento recomendado aos subalternos e passei a coisa para o pessoal lá de cima. Marcamos uma reunião com o Sr. Ingram e o resto do conselho para depois do almoço. À uma hora está bom para você?

— Qualquer hora está ótima para mim. Teoricamente, estou em férias.

Naquela tarde, à uma hora, ele enfrentou uma sala repleta de fisionomias sóbrias e curiosas. Underwood apresentou-o brevemente às pessoas em volta da mesa de reunião, mas os cumprimentos que recebeu foram formais. Parecia que todo o escalão executivo do *Press-Examiner* estava presente, com Underwood no ponto mais baixo da hierarquia. O editor-chefe, editor executivo, gerente administrativo, consultor jurídico, diretor de circulação, gerente de publicidade... Holt tratou de gravar seus títulos, para o caso de não conseguir decorar os nomes.

Com uma exceção. Não haveria dificuldade para lembrar-se tanto do título como do nome de Jonathan Ingram, dono e Editor. Ingram era do tempo em que um editor punha sua marca pessoal no jornal e, além disso, era sem questionamento uma personalidade do jornalismo.

Ingram era um homenzinho napoleônico que quase sozinho construíra o *Press-Examiner*, desde o tempo em que era um semanário sem importância até sua posição atual. Certa vez, havia concorrido para o Senado sem chance de eleger-se, mas apenas, assim se contava, para forçar o *Sentinel* e o *Evening News* a mencionar o seu nome (estritamente proibido em todas as demais ocasiões). Verdadeira ou não, a história era compatível com a personalidade excêntrica de Ingram, que também o levava a usar camisa esporte em todas as ocasiões, incluindo banquetes formais.

Era uma camisa esporte que Ingram vestia naquele momento, uma cara tecelagem de fibras grossas de lã branca com suas iniciais bordadas em vermelho no bolso do peito. Ele parecia deslocado entre seus sóbrios associados em roupas de trabalho, mas a naturalidade com que assumia o comando não deixava nenhuma dúvida de que ali era o seu lugar. Da cabeceira da mesa de conferência, ele observava Holt, que estava de pé na outra ponta, com o mesmo interesse ameno com que um garoto olharia para uma borboleta pregada numa prancha.

Como responsável pela sua presença ali, Underwood fez uma pequena abertura apresentando Holt e passou-lhe a palavra logo a seguir. Pela segunda vez, naquele dia, Holt contou a sua história. Desta vez, porém, fez uma abordagem mais detalhada, desenvolvendo-a com lógica, como se o fizesse diante de um júri. E, num certo sentido, era assim que se comportavam os seus ouvintes. Com a experiência adquirida nos tribunais, Holt, geralmente, era capaz de sentir a impressão que exercia, mas, ali, na silenciosa mesa-redonda, acima da sede de um jornal, sua intuição o abandonara. Os homens escutavam atentamente mas sem demonstrar nenhuma reação, e Jonathan Ingram era o mais impassível do grupo. Ele brincava com uma caneta esferográfica, fazendo a ponta entrar e sair metodicamente com o ritmo perfeito de um metrônomo.

Quando terminou, Holt sentou-se e ninguém disse coisa alguma. Então, pela maneira como todas as cabeças voltaram-se para a outra extremidade da mesa, ele compreendeu por que aquilo não era como um júri, afinal de contas. Jurados formam suas opiniões de modo independente, pelo menos até certo ponto, mas ali todo mundo estava esperando a deixa de Ingram.

Finalmente, Ingram abandonou a ponta da esferográfica.

— Em primeiro lugar, muito obrigado por nos procurar, Sr. Holt — murmurou ele e uma onda de relaxamento quase visível percorreu a mesa. Sem poder evitar, Holt compartilhou dela.

Imediatamente, começaram a surgir perguntas dos demais presentes. Até onde ele pretendia seguir com isso? Quanto ele poderia provar de imediato? O que ele esperava que o *Press-Examiner* fizesse? O que achava de possíveis processos por calúnia? Holt respondeu a todas, tanto quanto foi capaz.

— Há ainda uma coisa que não nos disse — interrompeu Ingram, quebrando o seu próprio silêncio. — O que espera obter com isso? Conseguiremos uma história, a cidade viverá uma comoção e alguns homens podem possivelmente receber justiça. Mas e o senhor, pessoalmente?

Holt respondeu com voz vagarosa:

— Não estou me importando com isso. Estou apenas fazendo o meu trabalho.

— Mas me parece que o senhor não vai mais poder continuar nesse trabalho — ressaltou Ingram. — Claro que há outros cargos que pode conseguir. O de Adair, por exemplo. Gostaria de tornar-se promotor público?

— Não acho que seja bom para política.

— Eu discordo. Mas isso pode esperar. — Ingram olhou em volta com um ligeiro sorriso. — Bem, senhores, a matéria já foi apresentada a nós. Agora, o que vamos fazer com ela? Estou aberto a sugestões

Eles se pronunciaram, pela ordem em que estavam sentados à volta da mesa e o veredicto pareceu confuso. Circulação e Redação opinaram pela publicação da história. Administração e Jurídico estavam inclinados à precaução. Comercial ficou em cima do muro. A discussão correu livre e por vezes acalorada, porém Holt descobriu que tinha pouco a ver com os méritos do caso, pelo menos da maneira como os compreendia. As idéias abstratas de justiça e responsabilidade não foram mencionadas. A discussão girou unicamente sobre até onde o *Press-Examiner* se atreveria a ir e quais as conseqüências possíveis sobre o jornal. Holt estava fora dessa linha de raciocínio.

Ingram sintetizou o que ia na mente de todos, quando pareceu que a discussão havia percorrido todo o seu caminho e retornado ao ponto inicial.

— Da maneira como vejo a coisa, o problema crucial é que todos aqui gostaram da história, como era de se esperar, pois trata-se de uma história infernal. Entretanto, estamos todos apavorados. A questão é, estamos apavorados até que ponto?

Ninguém ali tentou definir os limites de sua covardia. Então, Ingram prosseguiu:

— Eu creio que o Sr. Holt tem muito mais motivos para estar apavorado do que qualquer um de nós. Atiraram duas vezes contra ele. E no entanto, ele ainda está aqui. Não me agrada pensar que o Sr. Holt seja mais homem do que eu.

Editorial e Circulação sorriram; os demais mantiveram-se cautelosamente sem expressão. Ingram indagou:

— Underwood, se decidirmos publicar essa história, o bebê será seu. Como você proporia fazê-lo? E eu disse *se*.

— Há um único caminho a seguir, estritamente objetivo. Dar notícias diretas, nada de opinião. Citar Holt de cabo a rabo. — Underwood torceu o seu vasto bigode, refletindo. — Para começar, eu me concentraria no presente, no caso Linneker. Por que Farnum negou ter sido ele que plantou a dinamite no apartamento de Shayon? E por que resolveu desdizer-se mais tarde? Por que motivo ele se recusa a submeter-se ao detector de mentiras? Por que Holt está proibido de vê-lo agora? Tudo isso pela boca de Holt, naturalmente. Eles vão ter de responder essas perguntas e, quando o fizerem, vamos ganhar uma alavanca para abrir a coisa toda. Essa seria a minha maneira de agir.

Cabeças balançaram, aprovando. Ingram refletiu um pouco e disse:

— Parece lógico. E nos deixa uma saída, caso seja necessário. — Ele se levantou abruptamente. — Deixe-me ver a primeira página antes de mandar para a gráfica.

Ele fez um aceno de cabeça para Holt e saiu pela porta de trás. A reunião estava terminada.

Underwood desceu no elevador com Holt.

— Bem, conseguiu o que queria?

— Acho que sim. E você?

— Uma história é apenas uma história para mim. E para o *Press-Examiner* também. Você ouviu o Sr. Ingram dizer que deixamos aberta uma saída de emergência? Podemos pular fora do barco a qualquer momento, se for conveniente. Mas você pode?

— É isso o que querem dizer com imprensa livre? — perguntou Holt, aborrecido.

— Se está à procura de uma instituição pública, procure uma biblioteca. Um jornal é uma empresa, como você deve ter entendido lá na mesa-redonda. — O elevador parou na redação e Underwood saiu. — É melhor torcer para que a empresa esteja satisfeita, amanhã.

Holt desceu ao térreo sozinho. Underwood deixara bem clara a posição do *Press-Examiner*, se já não estava clara anteriormente. O jornal caminharia ao seu lado enquanto estivesse ganhando com isso. Até este ponto, e nunca além dele.

Bem, pensou Holt, pelo menos é mais do que eu tinha quando entrei e devia agradecer por isso. E apesar da longa reunião ter sido bastante fatigante — ele notou surpreso que já eram quase quatro horas —, melhorara seu estado de ânimo. Sentia um certo alívio por ter se colocado em ação, mesmo que essa ação acabasse meramente destruindo as pontes de que ainda dispunha.

Holt voltou para casa e para junto da sua mulher. Connie não tinha notícias que combinassem com as dele, mas havia chegado um envelope pelo correio à tarde. Dentro, havia um cartão de pergaminho duro, imaculadamente branco, que anunciava o casamento no final da semana anterior da Srta. Tara Linneker com o Sr. Delmont Shayon. A cerimônia tivera lugar em Las Vegas, porém o carimbo era local. No verso do cartão, Tara tinha escrito: "Seremos eternamente gratos pelo que o senhor fez por nós." E Shayon acrescentara: "Meloso demais, mas é verdade. P.S. Não tente me procurar na sapataria!"

— Não é bonito? — comentou Connie. — Você devia se sentir orgulhoso, Mitch.

E ele se sentia orgulhoso, de fato. Era bom saber que tivera êxito em fazer alguém feliz. Isso era mais do que McCoy podia dizer.

CAPÍTULO 22

O serviço de meteorologia anunciava um dia ensolarado para aquela sexta-feira, com noite e manhã de nevoeiro baixo ao longo da costa, e, para o final da tarde, ventos variando de leves a moderados, com temperatura praticamente estável. No decorrer do dia, a previsão mostrou-se correta. Do homem que iria provocar uma tempestade sobre a cidade inteira, nada se dizia.

O *Press-Examiner* era, por definição, um jornal matutino, porém Ingram batia os concorrentes tirando várias edições ao longo do dia. A edição matutina saía às ruas às cinco da manhã; e a edição final aproximadamente à uma da tarde. Basicamente, tratava-se do mesmo jornal, nas cinco edições, variando apenas a primeira página. Naquele dia, havia ainda menos alterações do que o habitual. A mesma matéria ganhara posição de destaque em todas as edições.

POLICIAL ACUSADO DE FORJAR PROVAS EM CASO DE ASSASSINATO.

A história era a mesma, mas enfocada de maneiras diferentes.

O capitão Loren McCoy foi um dos primeiros a lê-la, embora não assinasse nem lesse o *Press-Examiner*. Incapaz de quebrar seu hábito de trinta anos, continuava a levantar-se pontualmente às cinco da manhã para tomar a sua xícara de café descafeinado. Enquanto sorvia o café, ligou o rádio para ouvir o noticiário da manhã.

Escutava-o impassivelmente e apenas um observador muito perspicaz seria capaz de perceber que o que ele ouvia lhe despertava mais do que interesse casual. Mas quando o noticiário foi concluído, McCoy deixou sua rotina de lado. Levantou-se da mesa sem tomar as suas pílulas de vitaminas. Elas permaneceram sobre a toalha enfileiradas em ordem — a vermelha, a marrom, a verde —, porém ficariam ali intocadas durante o resto do dia.

McCoy foi para o banheiro e começou a barbear-se. Ele usava uma navalha de corte afiado, mas tinha a mão firme. Não se cortou.

Entretanto, quando estava quase terminando, parou, abriu o armário de remédios e tomou um calmante. Era algo fora do habitual, porque ele não era homem de interromper qualquer trabalho, uma vez iniciado.

Voltara a barbear-se quando o telefone começou a tocar. Continuou tocando, mas sem resposta.

Os repórteres foram mais bem-sucedidos com Adair. Eles despertaram o promotor público de um sono profundo. As notícias o pegaram completamente de surpresa, mas, embora ainda zonzo de sono, Adair era um político experiente demais para levar um tombo com a primeira rasteira.

— Terei uma declaração a fazer para vocês mais tarde, esta manhã mesmo — prometeu e desligou. "Que filho da puta!", pensou, "Traidor sujo! Cachorro!" Fitando friamente o despertador, verificou que eram apenas cinco e trinta, praticamente no meio da noite. No entanto, Adair tinha certeza de que não conseguiria mais dormir, nem naquela manhã nem, talvez, por muito tempo ainda no futuro.

Ernest Farnum escutou as notícias em sua cela durante o café da manhã. O carcereiro que conduzia o carrinho de refeições passou a informação para ele juntamente com a bandeja.

— Não o invejo, companheiro. O assistente do promotor público levantou a tampa do caso Linneker e agora a coisa vai pegar fogo.

— O que isso tem a ver comigo? Eu já confessei.

— Você nunca viu dois cachorros brigando por um osso? Não importa nem um pouco o que o osso tem a dizer.

Quando o carcereiro retornou, ficou surpreso ao verificar que Farnum não tocara no seu desjejum. Isso não era comum. Para um prisioneiro, Farnum era um notório comilão.

Uma reunião foi convocada para a primeira hora da manhã nos escritórios dos editores do *Sentinel* e do *Evening News*. Foi realizada no mesmo clima, dela participaram a mesma espécie de homens, e trataram do mesmo assunto que dominara a reunião do dia anterior no *Press-Examiner*. Um exemplar do *Press-Examiner* foi colocado diante de cada cadeira, se bem que a maioria dos presentes já tivesse lido a notícia.

— Bem, o que vamos fazer a respeito disso? — perguntou o editor. Ele não era nenhum Jonathan Ingram, mas meramente o representante local da cadeia de jornais à qual o *Sentinel* e o *Evening News* pertenciam. O proprietário residia no Illinois.

— Talvez, se ignorarmos tudo, a coisa simplesmente desapareça — alguém sugeriu de bom humor.

— Claro, junto com a nossa vendagem. Temos de tomar alguma posição. Não vou comprar a história de Holt, é claro, mas no caso de ela alcançar alguma repercussão...

— Acha que existe essa possibilidade?

— Para dizer a verdade, não sei. Nem o Ingram, com certeza, mas ele pode se dar o luxo de explodir a administração municipal. Nós não podemos. Ao mesmo tempo, também não podemos nos dar o luxo de perder o bonde. — O editor correu os olhos em volta da mesa e viu que não havia discordância. — Por enquanto, vamos ficar em cima do muro e observar a direção para a qual o vento vai soprar. Nesse meio tempo, descavamos o que pudermos sobre o Holt... Deve haver muita coisa para se descobrir... E vamos ver se não conseguimos fazer o gato pular para o nosso lado.

Dan Buccio leu o *Press Examiner* no seu escritório nos fundos do Hi-Lo Club e não gostou do que leu. "Então, é isso", pensou, "uma briga entre Holt e os tiras. Danem-se todos eles, mas alguém pode ficar no fogo cruzado. Por que será que o Holt veio meter o bedelho por aqui? Só para me fazer correr o risco de ser envolvido nessa encrenca?"

Buccio telefonou para a esposa e lhe disse que estivesse pronta para partir para Phoenix dentro de uma hora. A razão que apresentou foi querer mudar de ares, o que não deixava de ser verdade, dado o rumo que as coisas tomavam. Dan Buccio tinha o palpite de que a cidade ficaria quente demais para o seu gosto.

O chefe Russell Gould estava fora da cidade, num encontro da Força Aérea em Los Angeles. Um repórter do *Evening News* alcançou-o pelo telefone a tempo de fazer com que um pronunciamento seu saísse na edição do meio-dia.

Era um desmentido categórico. Gould defendeu McCoy e o Departamento de Polícia nos termos mais enfáticos possíveis e caracterizou Holt como um aventureiro político irresponsável. Ele salientou que o primeiro atentado sofrido por Holt ainda estava sendo investigado, por possíveis inconsistências, e que o segundo atentado — "se é que houve algum" — nem mesmo fora comunicado às autoridades.

Gould omitira a palavra mentiroso, ao caracterizar Holt, mas na verdade só faltou mesmo pronunciá-la.

Mitch Holt foi um dos últimos a ver o *Press Examiner*, se bem que a história tivesse sido lida para ele pelo telefone na noite anterior, antes da publicação. Mas o primeiro relance no jornal em si dera-se pelas mãos do seu primeiro visitante, o precursor do que viria a se transformar numa invasão.

Esperava receber repórteres e eles não o desapontaram. O que não esperava foi o enxame de cidadãos que despencou sobre sua residência, antes mesmo de ele ter terminado o desjejum. Sua primeira visita, uma mulher que trazia o *Press Examiner* agarrado entre as mãos, era um exemplo típico. Era mãe de um jovem no momento preso em San Quentin.

— Sr. Holt, o senhor precisa ajudar o meu Jimmy. Eu nunca acreditei que ele tivesse roubado todos aqueles carros e, agora, tenho a certeza absoluta de que não foi ele. Se o senhor pudesse fazer com que lhe dessem um novo julgamento...

— Eu me solidarizo com a senhora — respondeu Holt —, mas não posso ajudá-la. Este é um assunto completamente diferente, a senhora entende? Não tenho o poder de obrigar ninguém a fazer coisa nenhuma.

A mulher não acreditou nele, nem as demais pessoas que a seguiram. Chegavam aos bandos, esposas lacrimosas carregando criancinhas, pais e mães, até irmãos e irmãs. Pouco tinham em comum, a não ser um parente na prisão e uma esperança ardente de que Holt os pudesse ajudar. A princípio, ele tentou raciocinar com cada um, mas era inútil. Eles não davam o menor sinal de poder compreendê-lo.

— O que posso dizer a eles? — Holt queixou para a esposa durante uma trégua. — Não sou o Messias e isso é o que eles estão procurando.

— Não pode culpá-los, Mitch. Estão desesperados, agarrando-se com unhas e dentes a uma esperança.

— Mas ainda não apareceu nenhum caso no qual McCoy estivesse envolvido. Será que pensam que posso abrir as prisões para todo mundo?

Aparentemente, era de fato o que esperavam, e por isso continuaram chegando ao longo de todo o dia até que, finalmente, Holt viu-se forçado a recusar-se a atender a porta e retirou o fone do gancho. Mesmo assim, não afugentou os suplicantes. Eles se aglomeravam no seu gramado e reuniam-se em pequenos grupos no meio-fio, cada um repetindo a sua história particular, vezes e vezes seguidas, a qualquer um que se dispusesse a escutar. Um verdadeiro estado de sítio.

F. Milton Carstairs almoçava com um colega advogado no Rowing Club.

— Leu os jornais da manhã?

— Quem não leu? Parece que Holt chegou ao fundo do poço. A gente sempre deve ter cuidado com esses tipos quietos.

— Espero que tenha razão. Aquele policial... McCoy... passou a maior parte da manhã no nosso escritório. Estou elaborando o maior pedido de indenização que esta cidade já viu. Um milhão de dólares.

O seu companheiro de almoço assoviou:

— Holt não tem todo esse dinheiro.

— Não, mas talvez o *Press Examiner* tenha. Estamos jogando parte da responsabilidade sobre eles.

À uma hora, uma radiopatrulha de um xerife surpreendeu uma mulher jogando grãos de cereal envenenados por sobre a cerca de criação de perus do rancho de McCoy, em Whiteside. Era a viúva de um homem que fora executado pelo estado na câmara de gás. Os assistentes do xerife levaram-na para o hospital psiquiátrico do condado, onde ficou em observação. O *Evening News* explorou o fato, vislumbrando uma oportunidade de conquistar a simpatia do público, sempre mais inclinado a condenar a crueldade praticada contra animais do que contra o próprio ser humano.

Douglas Fenn recusou-se a fazer comentários. A sua secretária informou que o primeiro jurado estava adoentado.

Logo no início da tarde, o promotor público finalmente convocou sua já adiada reunião com a imprensa. Adair encaminhou um relatório mimeografado cujos termos denunciavam o extremo cuidado com que fora redigido.

O relatório dizia: "O meu gabinete tomou conhecimento de certas acusações feitas hoje por meu assistente, Sr. Mitchell Holt. É necessário que seja levado em consideração o fato de que, ao fazer tais acusações, o Sr. Holt estava falando apenas no nome de sua própria pessoa e de ninguém mais pertencente a este gabinete. O Sr. Holt é um homem capaz que, entretanto, ultimamente, vem dando mostras de achar-se sob extremo estresse causado por sobrecarga de trabalho. Assim, ordenei que as obrigações a que ele estava vinculado fossem suspensas e submetidas a investigação."

Perguntas que se seguiram.

— Esta suspensão significa que Holt está despedido?

— Suspensão significa precisamente o que diz a palavra, nada mais.

— O senhor acredita que as acusações de Holt têm algum fundamento?

— Não tenho nenhum comentário conclusivo a fazer sobre o assunto até que a investigação solicitada seja concluída. Contudo, até o momento, não vejo nenhuma base para as acusações feitas pelo Sr. Holt contra o capitão McCoy e o Departamento de Polícia.

— Com isso o senhor dá a impressão de já ter decidido o que a investigação vai mostrar.

A insinuação partiu, é claro, de um repórter do *Press-Examiner*. Adair corou.

— Absolutamente. Minha única preocupação é com o interesse público. Não pretendo assumir posições tomando como base indivíduos. Isto é tudo o que tenho a dizer no momento, senhores. Boa tarde.

— Acho que arranjamos um novo nome para Dois-Revólveres — murmurou o repórter do *Press-Examiner* para outro ao saírem. — Pôncio Pilatos.

Ao retardar o anúncio da suspensão de Holt até a tarde, Adair esperara poder fornecer furos aos jornais favoráveis à Administração. Mas o *Press-Examiner* burlou-o. Ingram soltou uma edição extra.

HOLT AMORDAÇADO SOB INVESTIGAÇÃO PELA PROMOTORIA.

O Sr. e a Sra. Delmont Shayon foram encontrados por um repórter no meio da tarde. Fora promovida uma verdadeira caçada aos recém-casados, sem que fosse possível localizá-los até que alguém teve a lembrança de tentar o apartamento de Shayon que, como se descobriu, prefeririam à mansão Linneker como refúgio.

— O Sr. Holt é um dos homens mais gentis e mais honrados que já conheci — declarou Tara. — Eu o apóio cem por cento.

Shayon expressou-se em termos mais enfáticos.

— Se há alguém mentindo nessa história, não é o Holt. Dito isto, quem sobra?

Estas foram, provavelmente, as palavras mais favoráveis pronunciadas em defesa de Holt e ele teria ficado bastante grato ao lê-las. Porém jamais foram publicadas. O repórter era do *Evening News* e a história foi cancelada pelo editor da cidade. Ele gostava do seu emprego e queria conservá-lo.

Van Dusen foi abordado numa máquina de refrigerantes por uma das secretárias do escritório da promotoria. Ela estava com um problema.

— Ontem, o Sr. Holt me pediu para colocar todas as cópias em carbono das anotações em que tinha estado trabalhando num arquivo trancado, e para não entregá-las a mais ninguém. Mas agora, com ele suspenso e tudo mais, será que deveria entregá-las ao Sr. Adair?

Van Dusen pensou um pouco antes de responder.

— Que tal você me entregar a chave? Deixe que eu mesmo falo com Adair.

Ela ficou aliviada, e mesmo agradecida:

— Ah, o senhor faria isso? Não quero me meter em confusão.

Van Dusen guardou no bolso a chave do arquivo. Mas, quando terminou seu refrigerante, não se dirigiu ao escritório de Adair. Em vez disso, deixou o Centro Cívico e desapareceu dentro do restaurante no outro lado da rua.

— Não está um pouco cedo demais? — cumprimentou-o o *barman*.

— Tem razão —Van Dusen concordou. — Me dê um duplo.

Jonathan Ingram convocou seu chefe de redação por volta das três horas.

— Como está indo a história do Holt?

— Não sei — admitiu Underwood. — Está causando o maior tumulto. Isso é evidente. Mas todo mundo está se escondendo. Até agora só temos a palavra de Holt contra todos.

— Nenhum reforço ainda?

— Só desmentidos categóricos. Meu pessoal não conseguiu encontrar McCoy, que obviamente não quer aparecer agora.

— Bem, não podemos continuar batendo sempre na mesma tecla — ponderou Ingram. — Ou engrossamos o caldo ou deixamos derramar. Alguma idéia?

— Acredito que Farnum seja a chave. Se conseguirmos fazer com que ele admita que foi pressionado a mudar sua história... — Underwood deu de ombros. — Venho tentando encontrar um homem que consiga esse milagre, mas os policiais o mantêm mais vigiado do que o Forte Knox. Gould sumiu da cidade... muito conveniente... e o resto do pessoal dele não faz um só movimento sem o sinal verde do chefe. Sem Farnum, estamos mortos. É isso!

— Então, precisamos falar com Farnum de qualquer jeito.

— Ou despejar Holt — Underwood concordou.

— Ainda existe uma coisa chamada *habeas-corpus*. — Ingram pegou o seu telefone. — Ponha-me em contato com o departamento jurídico.

Rackmill, o presidente do comitê central do partido no condado, tinha passado a maior parte do dia no telefone e algumas de suas chamadas eram para a sede do governo estadual, em Sacramento. Era um daqueles dias em que ele se perguntava por que não ia para o negócio de seguros.

"Que droga para acontecer logo agora", pensou, "com as primárias daqui a apenas dois meses." A campanha já estava se mostrando difícil, com altos e baixos, e uma coisa dessas só podia tornar tudo ainda pior, desse no que desse. Rackmill culpava Adair pelo que acontecera; se Adair tivesse conduzido a situação de maneira diferente, sem voltar as costas para o jovem Holt, pelo menos conseguiria cozinhar o problema até as primárias terem sido ultrapassadas... Ele namorava a idéia de livrar-se de Adair e encontrar um novo nome para concorrer ao cargo. Mas isso não ia resolver nada. Serviria apenas para admitir que as coisas não eram o que deveriam ser. Não, o partido não tinha escolha a não ser se unir como uma muralha, administrar as perdas e não dar nenhum espaço para Holt.

"Não há realmente nada com que se preocupar", disse Rackmill para si mesmo, como repetiria inúmeras vezes durante o dia. E não havia. Holt não podia chegar a lugar algum sozinho, estava dando murros em ponta de faca. Lamentável, de fato, já que Holt era um jovem brilhante que poderia crescer. Precisamente o sangue novo de que precisavam. Porém, não adiantava ser um franco-atirador. Ninguém podia conseguir nada sem uma organização por trás, e Holt acabaria descobrindo isso. Rackmill permitia-se sentir alguma pena de Holt.

O sargento Hank Quinlan continuava sentado à sua mesa, apesar de seu expediente já ter terminado. Estava sozinho. Havia sido procurado pelos repórteres, mas o seu inflexível rosnado — "Sem comentários" — finalmente os havia desencorajado.

Talvez pela qüinquagésima vez naquele dia, Quinlan tentou telefonar para McCoy no rancho. Porém, pela qüinquagésima vez também, ninguém atendeu. Onde diabos o Mac se metera? Por que não aparecia, como Quinlan esperava, para obrigar Holt a engolir sua mentira? E por que, após trinta anos de parceria, ele se sentia tão só?

Remoendo os pensamentos, Quinlan observava a perna. Ela pulsava dolorosamente, o antigo ferimento, a bala que o atingira em vez de atingir a Mac. Nenhuma palavra da parte de Mac, a sua perna doendo — e tudo por causa de um cafajeste ambicioso chamado Holt. Com uma súbita contração de suas enormes mãos, ele agarrou a bengala e quebrou-a golpeando selvagemente o tampo da mesa.

— Eles ainda estão aí? — perguntou Holt, fatigado.

Connie voltou-se depois de uma olhadela por entre a veneziana.

— Acho que foram embora. Quer que vá lá fora me certificar?

— Não — falou, tornando a caminhar pela sala. — Por que não ouvimos nenhuma notícia? Algo deve ter acontecido hoje.

— Mitch, sente-se e tente relaxar. Você vai ficar tão cansado que não vai servir para mais nada. Sabe tanto quanto eu que alguma coisa está para acontecer. Já fez tudo que podia. Logo você, que está acostumado a aguardar a decisão de júris?

— Não comigo sendo julgado. Mas você tem razão, Connie. Algo está para acontecer.

A notícia estourou às seis da tarde, mas não foi nada do que Holt esperava. Ernest Farnum havia se enforcado em sua cela na cadeia da cidade, cinco minutos antes que os advogados de Ingram chegassem com um *habeas-corpus*.

CAPÍTULO 23

A campainha da porta tocou por volta das oito da noite. Quando Holt foi olhar, verificou que era Underwood. Holt abriu a porta e o deixou entrar. A fisionomia do chefe de redação do *Press-Examiner* era grave.

— Venho tentando telefonar para você há uma hora e só dava ocupado — disse ele. — Então, achei melhor dar um pulo até aqui. Você merece saber da notícia em primeira mão.

Holt sentiu o estômago contrair-se. O tom de voz de Underwood não indicava que estivesse trazendo boas notícias. Mecanicamente, ele apresentou Connie e o convidou a sentar-se. Underwood sentou-se na beirada da cadeira, como se não tivesse a intenção de demorar-se. Houve uma pausa silenciosa.

— Bem, pode dizer — sugeriu Holt, acalmando-se. — Tudo o que posso fazer é escutar.

— Farnum cometeu suicídio esta noite, em sua cela. Enforcou-se com uma corda que fez com tiras do lençol.

Connie produziu um som vibrante, chocada com a surpresa, e Holt murmurou:

— Pobre coitado. Mas... você tem alguma coisa mais para me contar, não tem?

— Tenho... O *Press-Examiner* está caindo fora. Estamos abandonando a história.

Connie protestou:

— Mas vocês não podem fazer isso! Não entendem? O Mitch vai ficar completamente abandonado, pior do que antes.

— Sinto muito, Sra. Holt. Mas avisei a seu marido no começo que isso podia acontecer. Ele sabia que era um jogo.

— Mas se ele está dizendo a verdade — protestou Connie, indignada —, que diferença isso...

Holt a interrompeu:

— Connie, espere um instante. Eu gostaria de saber uma coisa. Vocês estão me largando porque Farnum cometeu suicídio... ou existem outras razões?

Underwood remexeu em seu bigode, com desconforto.

— Entenda, no fundo, não foi uma decisão minha. Acabamos de ter uma reunião rápida com o Sr. Ingram e foi assim que a coisa ficou definida. Ontem, já sabíamos que estávamos correndo um grande risco, publicando a sua história, mas era um risco calculado e que estávamos querendo correr. Você estava lá, Holt, viu como tudo aconteceu. No entanto, Farnum era a sua testemunha-chave. De fato, a sua única testemunha. Sem ele para confirmar a história, você não consegue se manter de pé.

— Mas se vocês me derem um pouco mais de tempo... Pelo menos, deixem as coisas correrem por um dia ou dois...

— Sinto muito — respondeu Underwood pesaroso. — Como eu disse, realmente não cabe a mim decidir. Sou apenas um garoto de recados. Mas achei que o mínimo que devia fazer seria lhe contar pessoalmente.

— Agradecemos sua gentileza — replicou Connie gelidamente. — E sua grande coragem.

— Vocês vão publicar uma retratação? — perguntou Holt. — É isso que quer dizer?

— Pela forma como a história foi dada, não precisamos nos retratar. Vamos apenas deixar a coisa de lado. — Underwood levantou-se. — Falando só por mim, sinto muitíssimo que tenha terminado desse jeito. Você levantou um bocado de poeira. E a pressão sobre o Sr. Ingram, durante todo o dia, foi terrível. Seu nome está sendo mencionado daqui até Washington. Podíamos agüentar, se achássemos que você tinha uma chance, mas... — Ele deu de ombros. — Bem, melhor sorte na próxima vez.

— Sorte? — repetiu Connie amargamente. — Isto não é uma partida de futebol, em que todo mundo se cumprimenta no fim. Mitch está lutando por sua vida, Sr. Underwood. Ele tem sido ameaçado, alvejado... o rádio anunciou que ele foi até suspenso do seu emprego. É muito fácil para o senhor e seu patrão. Amanhã o senhor terá uma nova manchete para vender seus jornais. Mas e o Mitch? — Holt nunca pensou de vê-la assim tão zangada.

— Tem razão, Sra. Holt, e acho até que tem o direito de me usar como bode expiatório. Se o seu marido arranjar alguma coisa mais sólida, qualquer coisa em que possamos enfiar os dentes, posso prometer que estaremos de novo com ele, e com todo empenho. — Underwood suspirou fundo. — Isso é tudo que posso dizer. E que sinto muito. Não se levante. Sei onde é a porta.

A irritação de Connie não cedeu com a partida de Underwood.

— Por que não disse nada a ele? — cobrou do marido. — Nem sequer uma palavra de recriminação!

— Para quê? — respondeu Holt, abatido. — Não posso obrigá-los a publicar nada, se não quiserem.

— Podia pelo menos ter dito o que pensa deles.

— Não ia mudar nada. Você ouviu o Underwood. Ele era apenas um garoto de recados. Além disso, ainda posso precisar deles.

— Claro! Quem sabe eles oferecem a você um emprego para vender jornais? — Connie ajoelhou-se ao lado dele e sua voz perdeu a amargura. — Ah, Mitch, Mitch, o que é que vamos fazer agora?

— Não sei — respondeu ele, confirmando o óbvio. A situação parecia tão desesperadora que ele sequer tinha ânimo de pensar a respeito. Mas isso só serviria para apressar o desastre. Ele sacudiu a cabeça para afugentar o atordoamento que o deprimia. — Bem, não vou chegar a lugar algum se ficar aqui sentado, isso é mais do que certo. Já desperdicei o dia inteiro esperando. Agora, chegou a hora de fazer algum movimento.

— Mas o quê? — perguntou Connie, desconsolada. — Você está completamente só.

— Ainda tenho você — Holt lembrou-a, sorrindo com certo esforço. — E talvez arranje mais algum amigo. Mas acho melhor ir procurar.

— Leve-me com você.

Holt pensou um pouco, depois sacudiu a cabeça.

— Não. Bem que eu gostaria, mas acho que posso ir mais longe se não tiver nenhuma testemunha comigo.

Quando explicou o que pretendia fazer, Connie concordou. Eles chegaram a discutir quem deveria ficar com a pistola, mas Holt insistiu em deixá-la em casa.

— Sem contar a questão legal, não acredito que ainda esteja em risco de vida. A pior besteira que McCoy poderia fazer a esta altura seria atirar em mim, porque isso provaria para o mundo que estou certo. Mas e se aparecer por aqui um biruta, ou... quem pode saber?

Ele venceu a discussão e saiu de casa sem a arma, após dar instruções a Connie para não deixar ninguém entrar. E, antes de sair, Holt recolocou o receptor do telefone no gancho.

Van Dusen morava num apart-hotel no extremo do grande parque da cidade. Mas não estava em casa e o ascensorista não o via desde cedo. Holt aguardou um pouco no saguão, sem resultado, e depois, frustrado, voltou para casa. O seu trajeto levou-o a passar pelo Centro Cívico. Seguindo um impulso, parou e entrou no restaurante no lado oposto da rua.

Van Dusen estava sentado num reservado dos fundos. Sozinho e embriagado.

— Ora, veja quem está aqui — ele saudou Holt enfaticamente. — Como vai o escoteiro?

— Procurando por você, Van.

— Sente-se e tome alguma coisa. — Van Dusen gritou para o *barman*: — Ei, Joe, traga logo a garrafa e um copo para o meu amigo. Acho que ainda posso chamar você de amigo, não posso, Holt? Contanto que ninguém escute, é claro.

O *barman* atendeu o pedido, com um olhar de preocupação para Van Dusen:

— Vai querer também? — perguntou a Holt, que não respondeu. O *barman* serviu duas doses de uísque sem gelo. Van Dusen virou o seu drinque de um só gole. Um tanto admirado, o *barman* falou para Holt: — Ele está bebendo desde as quatro horas.

— Quero ficar bêbado — replicou Van Dusen. — E se o seu uísque não fosse noventa por cento água, eu já estaria chumbado. O que acha disso, Holt? Vamos tomar um porre juntos?

Holt nunca vira Van Dusen naquele estado.

— Não seria nenhum sacrifício para mim, considerando a situação. Qual é a sua desculpa?

— Você — disse Van Dusen tristemente. — Creio que sou um coração de manteiga, mas detesto ver um idiota ser pulverizado. Por que resolveu se ferrar de vez, Holt?

— Você já disse tudo. Sou um idiota.

— Você devia ter conversado comigo antes. Eu teria avisado o que estava a sua espera. Mas agora... — Van Dusen balançou a cabeça lamentando. — Uma pena.

— Bem, estou conversando com você agora. E quero lhe pedir um favor.

— Não, absolutamente não. Não vou dar um tiro no Adair, nem mesmo para fazer um favor a você. — Mas Van Dusen acrescentou, pensativo: — Se bem que não seja uma idéia tão má assim.

— Não estou querendo que você mate ninguém. Escute. — Holt debruçou-se sobre a mesa avidamente. — Estou enganado, ou existe um daqueles gravadores de ondas curtas portáteis entre os nossos equipamentos? Sabe do que estou falando, aquela engenhoca que tem um microfone sem fio que transmite o que a gente fala a curta distância, para um gravador.

— Se é um brinquedinho bonito, não temos.

— Preciso dele, Van.

— Então, faça um requerimento. Mas não me aborreça com isso. Pretendo ficar aqui vários dias, brindando a sua memória.

— Não posso fazer requerimento nenhum. Estou suspenso. Mas você não está.

— Ah! — Van Dusen inclinou-se para trás e olhou-o prudentemente. — Qual é o problema, Mitch? Está se sentindo solitário, no frio aí de fora? Por que deveria fazer isso para você?

— Nenhuma razão. Apenas porque somos amigos. — Holt sustentou o olhar dele com firmeza. — Estou desesperado, Van. Você pode imaginar. Farnum enforcou-se esta noite. Se eu não conseguir alguma prova de que estou com a razão... e uma prova das boas... estou perdido. Preciso desse gravador, e muito.

— A quem você quer pegar nessa?

— McCoy.

Van Dusen engasgou e começou a rir. Holt continuou:

— Não me pergunte como vou conseguir, porque não sei ainda. Mas, com Farnum fora, existe apenas uma coisa que pode me ajudar, uma confissão do próprio McCoy.

Van Dusen tinha os olhos fechados e havia uma expressão dolorosa no seu rosto.

— Mitch, está acabando com minhas últimas ilusões sobre você. Acho que está com um parafuso solto. Acredita mesmo que McCoy vai lhe dar essa chance?

— Já disse que não sei como vou conseguir. Mas vale a pena tentar. Não há nada que possa piorar minha situação.

— Louco! Totalmente louco — murmurou Van Dusen. — Tenho vontade de chorar.

— Se houver necessidade de pôr as cartas na mesa, declaro que fui eu que roubei a coisa. Você não precisa se preocupar.

— E eu não preciso de um escoteiro para me proteger — Van Dusen declarou, abrindo os olhos. — Se sou imbecil o bastante para ajudar outro imbecil que está metido numa merda, então também sou imbecil o bastante para assumir isso. — Ele balançou a cabeça pensativamente. — A única questão é... eu sou um imbecil?

Holt esperou em silêncio.

— Bem, vá pra casa — disse Van Dusen, irritado. — Sou um homem bêbado e este não é lugar para escoteiros. Eu me comunico com você.

Apesar da despedida hostil, Holt acreditava que o investigador rechonchudo o atenderia e dirigiu o carro para casa ligeiramente mais animado. No entanto, continuava sem saber como iria utilizar o equipamento. Mas jurou que iria pensar em alguma coisa.

Holt tocou a buzina quando embicou na entrada de carros da casa. Ao baixar a porta da garagem, fez mais barulho do que o necessário, para que Connie soubesse que era ele e não ficasse alarmada. Entretanto, seu excesso de cuidado foi desnecessário. Quando entrou pela porta da frente, ninguém respondeu ao seu chamado. Um apressado percurso pela casa revelou que estava vazia.

— Engraçado — murmurou. E sentiu uma angústia que logo se transformou em medo, mas rapidamente se refez. Considerou que Connie deveria ter se ausentado por poucos instantes, que talvez tivesse dado um pulo no vizinho do lado e que logo estaria de volta. Acendeu um cigarro e sentou-se para esperar, pronto para abrir-lhe a porta.

Mas Connie não retornou. Após alguns momentos, Holt levantou-se e passou a casa em revista mais vagarosamente. Teria escrito algum bilhete que ele não encontrara ainda? Não. A casa estava exatamente como a deixara, exceto pela ausência da mulher. Com toda preocupação estampada no rosto, Holt examinou a sala de estar, procurando possíveis sinais de luta. Não havia nenhum.

Seu terceiro percurso de um cômodo para outro revelou outro fato inquietante. Não era apenas Connie que estava faltando. A pistola e a caixa de munição também tinham desaparecido.

— Onde ela poderia ter ido? — disse, agora em voz alta. Nenhuma resposta. Connie sabia que estavam correndo perigo e dificilmente teria deixado a casa sem uma razão importante. E ela estava sem carro, já que Holt o levara. O que a faria sair nessas condições? A única possibilidade que ocorria a Holt seria ter acontecido algo com Nancy. Ele correu ao telefone e discou para o rancho Mayatorena.

Demorou um tempo angustiante para que o pai de Connie se levantasse da cama. Nancy estava bem, dormindo profundamente. Não, eles não tinham falado com Connie pelo telefone naquela noite. Holt desligou sem contar ao *señor* Mayatorena o motivo da sua preocupação.

Uma preocupação que agora já se consolidara, de fato. Os dedos dele tremiam. "Tente controlar-se", ele se repreendeu. "Provavelmente, deve haver uma explicação simples para o sumiço dela." Pensou em várias e, embora todas fossem simples, eram também apavorantes. Seqüestro? Jogo sujo? Mas por que não havia nenhum sinal de luta? E por que Connie teria levado a pistola?

Arrastando-se, Holt retornou ao telefone. Dessa vez, não houve demora para se completar a ligação. Da recepção da Central, o sargento informou que não havia sido comunicado qualquer acidente, nem qualquer ocorrência vitimando Connie.

— O senhor quer que eu a inclua na lista de pessoas desaparecidas? — perguntou o policial. Ele parecia curioso e talvez soubesse com quem estava falando.

Holt hesitou.

— Acho que não. Pelo menos, por enquanto. Mas, por favor, me comunique caso fique sabendo de qualquer coisa.

Depois disso não havia nada mais a fazer senão ficar andando pela sala, acendendo um cigarro após outro. Era quase irresistível o impulso de fazer qualquer coisa que fosse, talvez sair correndo pela noite à procura da esposa. Mas controlou-se, sabendo que de nada adiantaria e que Connie talvez ligasse para ele...

Ou talvez McCoy telefonasse. Enquanto uma hora sucedia à outra com precisão incansável, Holt chegou a acreditar que era isso que estava esperando. Um toque do telefone e a voz macia de McCoy oferecendo-lhe Connie em troca do seu silêncio. E o que responderia? "Faça o que quiser com ela. Não vou desistir"? Dificilmente... Entretanto, Holt também não conseguia imaginar-se rendendo-se humilhantemente. Ele não sabia o que fazer.

Holt ainda não se decidira, quando o telefone finalmente quebrou o silêncio. Eram quatro horas da madrugada e ele estivera esperando por quase seis horas. Mesmo assim, hesitou antes de responder.

— Alô, Holt falando.

A voz no outro lado da linha não era de McCoy, afinal. Era do sargento da recepção da Central e ele parecia estranhamente austero e formal.

— Sr. Holt, é sobre sua esposa.

— Ela...? — A mão de Holt apertava fortemente o fone. — Onde ela está?

— Estamos com ela aqui, detida. — O sargento fez uma pausa, depois acrescentou friamente: — Sua esposa foi autuada por porte e uso de narcóticos.

CAPÍTULO 24

Era um percurso de vinte minutos de carro da residência de Holt até a Central de Polícia. Holt fez o trajeto em pouco mais de dez. Mesmo assim, os repórteres haviam chegado antes dele e ficaram satisfeitos quando o avistaram, particularmente os que trabalhavam para o *Sentinel* e o *Evening News*. Preocupado com Connie, Holt mal tomou conhecimento deles, exceto como obstáculos a ser removidos aos empurrões no caminho até onde ela estava presa.

— Faça uma declaração, Holt — exigiram, enquanto os *flashes* espocavam, inundando de luz prateada o negrume da manhã. — Há quanto tempo sua esposa usa drogas? Sabia que ela é uma viciada? O senhor pretende tomar a defesa dela?

Holt sacudiu a cabeça, obstinado.

– Não tenho nada a declarar até tomar conhecimentos de todos os fatos.

Ele repetiu a mesma frase insistentemente, mas os repórteres continuaram a persegui-lo, nem um pouco desencorajados. Estavam pendurados nos seus cotovelos quando ele se apresentou na mesa do sargento e o seguiram apressados quando foi à Divisão de Narcóticos. E teriam seguido Holt para dentro do escritório da Divisão, se não fossem barrados à porta pelo sargento de plantão.

O nome do sargento era Zook, um policial troncudo, uniformizado, de meia-idade, queixo largo e olhos cansados.

— Um bando de abutres — comentou ele ao fechar a porta. — O senhor é o marido?

— Eu sou Holt. Onde está minha esposa?

— No setor de mulheres. O senhor pode sentar-se, se desejar. Não pode vê-la, agora. O médico ainda não terminou.

Holt deu um profundo suspiro de ansiedade.

— Ela está bem?

— Depende do que quer dizer. Ela estava completamente grogue quando foi trazida lá do Cloud Seven. — Zook balançou a cabeça tristemente. — Uma vergonha, tão nova ainda! Como ela foi se envolver com erva, pode me dizer?

— Maconha — compreendeu Holt devagar. — É disso que está falando?

— A própria. Reconheço de longe. Tem de montão lá perto da fronteira.

— Minha esposa não é viciada em maconha — afirmou Holt. — Ela nunca consumiu drogas na vida. Sou marido dela e sei disso muito bem.

O sargento deu de ombros; não estava interessado em discutir. Entregou o relatório da prisão para Holt.

— Leia o senhor mesmo.

Holt leu. Era um documento sóbrio, redigido em linguagem oficial concisa. Era a descrição habitual sobre uma prisão efetuada pela polícia, contendo a declaração do empregado noturno de um hotel na parte baixa da Fathom Streets, uma área decadente da cidade. Pouco antes da meia-noite, uma mulher, mais tarde identificada como Sra. Consuelo Holt, entrara no Frontier Hotel e perguntara onde ficava um determinado quarto. O encarregado da noite encaminhou-a para lá. Aproximadamente às duas da madrugada, ocupantes do quarto vizinho queixaram-se de que não conseguiam dormir por causa de um rádio ligado a todo volume. O encarregado foi averiguar e, não sendo atendido ao bater, teve de usar a sua chave-mestra para entrar. A Sra. Holt estava deitada atravessada na cama em estado de inconsciência, vestida só de combinação. O quarto mostrava evidência de uma grande e agitada festa, garrafas de bebidas, copos, assim como várias peças de roupas, masculinas e femininas. O empregado noturno chamou a polícia, que constatou cheiro de maconha no hálito e na indumentária da Sra. Holt. Encontraram no quarto meia dúzia de guimbas, algumas com marcas de batom, outras não, e também três cigarros de maconha ainda inteiros na bolsa dela. A polícia decidiu deter a Sra. Holt por porte e suspeita de ser viciada em drogas.

Holt não conseguia acreditar que era sobre a sua esposa que estava lendo tudo aquilo. Ele perguntou:

— Tem certeza de que não é um engano? É mesmo a Connie?

— A descrição dela combina com a da carteira de motorista.

— Pode me mostrar suas coisas?

— Foi tudo apreendido como prova. — Zook deu-lhe outra folha de papel. — Mas aqui está a lista do que foi recolhido.

O inventário não lhe adiantou muito. Como a maioria dos maridos, Holt dificilmente seria capaz de reconhecer os pertences da esposa, mesmo vendo-os, quanto mais lendo a relação deles numa folha datilografada. Mas percebeu a ausência de um item. Sua pistola calibre .32 e a munição não estavam com Connie quando foi presa. Holt já ia mencionar isso, mas foi interrompido pela porta que se abriu, e mais um homem entrou na sala. Era o médico-cirurgião da polícia, um jovem magro e de maneiras impetuosas, carregando a habitual maleta preta.

— Estou indo para casa — disse ele ao sargento. — Amanhã de manhã a examino de novo.

— Ele é o marido — informou Zook, indicando Holt.

— Ah? — O cirurgião da polícia encarou Holt com curiosidade. — Como vai o senhor?

— Como está minha esposa, doutor?

— Dormindo. Não havia muito o que eu pudesse fazer por ela, a não ser verificar se ia sofrer complicações. O pulso e a respiração estão satisfatórios. Provavelmente, vai acordar bem. Como o senhor sem dúvida deve saber, a maconha age de forma muito semelhante ao álcool. Causa agitação e depois deprime. Quer dizer, pode deixar a pessoa inconsciente se a absorção da droga for grande. Obviamente, foi o caso da sua esposa.

— Connie não usa drogas — afirmou Holt. — No seu exame, por acaso observou alguma marca que pudesse ter sido feita por agulha hipodérmica?

— Maconha não é injetável. — O médico franziu a testa. — O que está querendo sugerir, Sr. Holt?

— Que Connie foi vítima de uma armadilha. Que alguém a dopou contra sua vontade. Duvido que a droga tenha sido maconha, mas sim outra coisa com a mesma aparência e que possa ser injetada. Demerol ou pentotal sódio produziriam efeito semelhante, não é? Quero um exame completo, com coleta de sangue para análise.

O médico suspirou.

— Na posição de marido, creio que o senhor esteja inclinado sempre a acreditar na inocência dela. Mas é um caso característico de maconha, inclusive o odor adocicado. E foram encontrados baseados na bolsa dela.

— Não estou falando como marido — afirmou Holt, implacável. — Estou falando como advogado dela. Exijo que o exame seja feito. Se o senhor recusar, então chamarei um médico de fora para fazê-lo.

O médico trocou olhares com o sargento da divisão, que encolheu os ombros. O médico respondeu zangado:

— Não estou entendendo o que o senhor espera provar. Mesmo que não tenha sido maconha, mas outra droga, ela ainda poderia tê-la administrado em si mesma.

— Nenhuma agulha hipodérmica foi encontrada com ela, apenas os cigarros, e isso pode ser uma armação — ressaltou Holt. E o tempo todo sabia que não estava se amparando em nada substancial, já que a polícia poderia facilmente argumentar que a agulha teria sido removida pelos presumíveis companheiros de Connie. Mas ele não podia se dar o luxo de deixar passar nenhum ângulo. McCoy não tinha se permitido isso. — Quanto ao odor na sua respiração, o clorofórmio também tem um cheiro adocicado, não tem? Olhe, doutor, se o senhor estivesse inconsciente, eu podia fazer com que cheirasse tão mal quanto um viciado. Bastaria soprar a fumaça de maconha nas suas roupas e até mesmo na sua boca. O senhor sabe como o cheiro de maconha se fixa com facilidade.

O médico limitou-se a balançar a cabeça, resignado diante de seus argumentos. Mas Holt não estava interessado no que o médico podia pensar, desde que fizesse o que ele pedia. E ele conseguiu, mas não sem uma luta que envolveu, entre outras coisas, um telefonema para o oficial de serviço e — pelo que Holt percebeu — uma consulta ao próprio chefe Gould. Finalmente, o médico da polícia saiu resmungando com ordens de fazer o exame. Holt aguardou.

— Você gosta de agitar as coisas, hem? — comentou Zook de passagem. Holt não respondeu e o sargento acomodou-se para cuidar de uma pilha de papelada. Nada daquilo importava de fato a Zook; era apenas mais uma noite rotineira.

O médico não retornou, mas por fim apareceu uma policial para informar que o exame fora concluído e que Holt poderia ver a sua mulher, se quisesse. Aparentemente, o médico acreditava que ver Connie podia convencer Holt da sua tolice.

Não convenceu. Em vez disso, ele teve vontade de chorar. Holt olhou-a através das barras da pequena cela e sentiu as lágrimas queimarem-lhe os olhos. Connie estava deitada no catre retrátil, totalmente inconsciente da sua presença. Holt mal a reconheceu; e duvidava que Connie reconhecesse a si própria naquele momento. Ela costumava ser o epítome da limpeza e da boa apresentação, mesmo quando lidava com as tarefas domésticas, mas agora o cabelo estava desgrenhado selvagemente e a boca delicada lambuzada de batom vermelho. Estava usando apenas a camisola de renda com que foi encontrada e tinha um lençol marrom do exército para lhe cobrir as pernas. A respiração era fraca mas regular e, mesmo à distância, Holt sentia o cheiro da maconha.

— Gostaria de entrar e ficar com ela? — perguntou a policial, solidária.

Holt surpreendeu-a ao recusar o oferecimento. Ele estava ansioso para apertá-la nos braços, confortá-la tanto quanto a ele também, mas temia entrar em colapso se fizesse isso. Não era ocasião para perder o controle.

— Vou esperar até ela acordar.

— Uma jovem tão bonitinha — murmurou a policial. — Por que eles fizeram isso?

— Para me obrigar a calar a boca — disse Holt. Mas não estavam falando da mesma coisa. Ele se voltou para afastar-se da cela. — Estarei aí em frente. Pode me chamar quando ela acordar.

— Se o senhor precisar de um responsável por assumir a fiança, o sargento pode lhe mostrar uma lista deles — informou a policial.

— Não vou precisar — disse Holt. — Minha esposa vai ficar na cadeia.

CAPÍTULO 25

Como se obedecesse a uma pulsação oculta, a noite latejava lentamente até se encerrar para a chegada do dia. Mitch Holt, sentado em um banco e exposto à ventania do corredor da Central de Polícia, observava o brilho do sol da manhã insinuar-se através da grande arcada e sentia-se agradecido. Fora uma noite comprida, cheia de preocupações e medo e uma espera interminável. E o dia — o que quer que estivesse reservando — só poderia trazer alguma melhora na situação.

Ele não retornara à Divisão de narcóticos. Mantivera a vigília no corredor, preferindo a própria companhia à dos outros, ainda que fosse a do taciturno sargento Zook. Ninguém o incomodou. O pessoal do turno da noite ficou ocupado com seus próprios afazeres e os repórteres há muito tinham partido.

Logo após o amanhecer, um dos repórteres que tinha visto mais cedo passou por ele a caminho da sala de imprensa. Ele estava lendo a edição matutina do *Sentinel* e, quando avistou Holt, deteve-se por um instante com a intenção de dizer qualquer coisa. Mas não o fez. Em vez disso, dobrou o jornal e apressadamente meteu-o no bolso antes de acelerar os passos. Holt agradeceu-lhe intimamente por isso. Não tinha a menor vontade de ler as manchetes do dia.

Eram oito horas quando a policial veio chamá-lo. Connie havia acordado e chamava por ele. Além disso, a policial também lhe trazia uma fumegante xícara de café.

— Acho que precisa disso, Sr. Holt.

— Obrigado, acho que sim — disse ele, sensibilizado com a gentileza; enquanto se remoía, era fácil acreditar que o mundo inteiro estava contra ele. Não era verdade, claro que não. Mesmo ali, no que poderia ser considerado o campo do inimigo, ainda se podia encontrar solidariedade.

— Posso vê-la, agora?

A policial escoltou-o até a seção das mulheres da cadeia. As normas a proibiam de deixá-lo sozinho com uma prisioneira, mas ela discretamente permaneceu a uma distância em que não poderia escutar o que conversavam, enquanto Holt foi para junto da esposa.

Connie estava sentada na beirada do beliche, o lençol marrom jogado sobre os ombros como um xale. Ela lhe lançou um sorriso enfermo e sussurrou o nome dele. Holt sentou-se ao seu lado e colocou o braço em volta dos ombros dela. Connie se apoiou debilmente nele e, por um momento, os dois ali ficaram sem dizer uma única palavra.

Finalmente, Connie levantou a cabeça.

— Mitch, o que aconteceu comigo? Estou me sentindo tão estranha. Que lugar é este?

Da forma mais gentil que lhe foi possível, Holt lhe expôs a situação. Connie escutou-o, piscando os olhos vez por outra para clarear a vista. Mesmo consciente, ainda não tinha se livrado por completo dos efeitos da droga. Holt ofereceu-lhe um gole do seu café e ela sorveu o líquido preto lentamente. Ela tinha de segurar a xícara com ambas as mãos para evitar entornar o conteúdo.

— Estou na cadeia — disse ela admirada quando Holt terminou.

— E não foi você quem me ligou, então?

— Foi assim que ele fez? Uma chamada telefônica?

Connie contou a história tropegamente, o café ajudando a memória a clarear. Na noite anterior, depois de Holt estar ausente havia quase duas horas, Connie recebera um telefonema. Na hora, pensou que fosse o marido. O pseudo-Holt disse-lhe para ir encontrar-se com ele num certo quarto no Frontier Hotel na Fathom Street. Nenhuma razão lhe fora dada, ele dissera apenas que era importante para o caso. Connie obedeceu, chegando ao hotel de táxi. Quando alcançou o quarto designado, uma voz de homem mandou-a entrar. Ela foi agarrada pelas costas, lutara inutilmente...

— E isso é tudo que lembro, até a hora em que acordei aqui.

— Essa voz no telefone... por que você pensou que fosse eu?

— Eu não sei — respondeu Connie franzindo a testa —, acho que era porque esperava que fosse você. E ele me chamou de Connie, lembro isso. Tinha dificuldade de ouvi-lo, a ligação parecia estar com interferência... e ele falou tão gentilmente. Depois, você... quero dizer, ele... disse algo sobre não querer ser ouvido. Acho que eu estava nervosa demais para pensar direito. Tudo soava tão misterioso, como se algo importante estivesse para acontecer.

— Não é culpa sua — consolou-a Holt. — Eu facilitei a coisa para ele. Devia ter levado você comigo.

— Estou com tanta dor de cabeça — queixou-se Connie. Correu os dedos pelos seus cabelos desgrenhados. — E devo estar com uma aparência horrível. Queria ter um espelho.

Para o próprio bem dela, Holt ficou satisfeito que não tivesse espelho nenhum.

— Isso não importa, agora. Devemos agradecer por nada de pior ter acontecido.

Ele estava agradecido, profundamente agradecido. Não acreditava que a intenção de McCoy fosse matá-la, apenas destruir a imagem de Holt perante a opinião pública. Mas McCoy era um tira, não um médico, e a droga que havia levado Connie à inconsciência poderia facilmente tê-la matado. A reputação de Connie tinha sido manchada, mas uma mancha podia ser apagada. Já a morte não teria remédio.

— Connie, mais uma coisa. Você levou a pistola com você?

— Sim, enfiei-a na minha bolsa antes de sair de casa. E as balas também. Acho que ainda estão lá.

Não estavam, como Holt já sabia. Isso significava que a sua pistola, da qual ele era o dono registrado, estava agora em poder de McCoy.

Holt não tinha idéia do uso que McCoy poderia fazer da arma, mas não desejava sequer pensar a respeito. No entanto, não disse nada a Connie sobre isso — ela já tinha bastante com o que se preocupar.

— Bem, isso também não importa. Pelo menos, você está em segurança.

— Mitch, e a Nancy? — perguntou Connie, ansiosa. — Ela está bem?

— Está ótima. Telefonei para o rancho na noite passada. Ela estava fazendo uma festa com o seu pônei.

Connie sorriu debilmente.

— Estou com saudades dela, Mitch, leve-me para casa.

Holt hesitou.

— Connie, ainda não.

— Por quê? — Os olhos dela arregalaram-se de surpresa. — Quer dizer que não vão me soltar? Eu não fiz nada!

— Não é isso que quero dizer. Eu podia tirá-la daqui sob fiança. Mas não vou fazê-lo.

— Não quero ficar aqui!

— Nas próximas horas é o lugar mais seguro para você. — Ele apertou-a pela cintura; ela não conseguia acreditar, a surpresa a deixara rígida.

— Sei que é difícil, Connie, mas não sei o que vai acontecer. A terrível verdade é que não posso protegê-la. Esta é a única maneira de eu estar seguro de que você vai ficar bem.

— Mas aqui? Na cadeia?... — protestou ela. — Vou ficar bem, Mitch, eu garanto. Posso cuidar de mim mesma. — Connie baixou os olhos lentamente para seus joelhos nus que o lençol descobrira. — Acho que estou dizendo uma besteira, não é? É óbvio que não soube cuidar bem de mim na noite passada.

— Não foi culpa sua, foi minha. Mas na próxima vez pode ser pior. Basta me prometer que vai ficar aqui... durante algumas horas, pelo menos.

Lentamente, ela começou a relaxar, encostada nele. Até mesmo tentou um sorriso.

— Bem, na verdade não tenho escolha, tenho? Preciso aceitar o conselho do meu advogado.

— O conselho do seu marido. Isso é o que conta.

— Tudo bem, querido. Mas vai ter de me prometer uma coisa. Estarei bem se você estiver. Não quero que vá fazer nenhuma besteira sem mim para ajudá-lo.

Holt prometeu, mas apreensivo. Cada opção que conseguia imaginar parecia para ele, no mínimo, apenas uma temeridade idiota.

— Vou tentar não cometer mais enganos do que tenho cometido ultimamente.

Isso satisfez Connie. A seguir, eles permaneceram sentados, colados um ao outro, por mais alguns instantes, com a conversa resumida a palavras de carinho e renovada confiança. Depois, Holt fez um sinal para a policial de guarda. Ao sair, Connie pediu artigos de toalete e algo com que pudesse se cobrir.

Ele desceu o corredor a passos largos, com uma idéia importuna ecoando a cada passo. A arma, a arma... McCoy tinha roubado sua arma. Havia alguma coisa importante no fato, mas Holt não conseguia perceber o que era.

Abruptamente, se deu conta de que vinha pensando na questão pelo seu lado negativo. Estava se preocupando com o que McCoy podia fazer com sua pistola registrada. O que ele deveria estar examinando era qual o uso que ele, Holt, podia fazer do fato de McCoy estar com sua arma.

A arma em poder de McCoy demonstraria que McCoy havia dopado Connie no quarto do hotel na noite anterior. Era uma prova sólida, de aço, com números de registro gravados nela!

Ele não dormira nem comera nada, mas não parou para repousar ou para tomar o café da manhã. O dia de trabalho começara em toda a cidade e o dele junto. Foi de carro para o Centro Cívico e dirigiu-se para o escritório de Van Dusen. Ele estava desapontado. O investigador não aparecera naquela manhã e ninguém o vira. Holt saiu, consciente das curiosas olhadelas dos membros da equipe da promotoria, seus antigos colaboradores. Todos tinham lido os jornais da manhã.

Ele se encontrou com Adair na porta do elevador. O promotor público também havia lido os jornais; na verdade, estava vasculhando o *Sentinel*, quando deparou com Holt. Foi um encontro que ambos foram incapazes de evitar.

Durante um momento, se olharam sem dizer nada. Adair obviamente embaraçado. Finalmente, ele pigarreou:

— Bom dia, Mitch. Eu... bem... sinto muito sobre o que aconteceu.

— Sente? — Holt friamente pegou o *Sentinel* da mão de Adair. ESPOSA DE HOLT PRESA DOPADA. Essa era a manchete e havia muito mais, tudo em tom sensacionalista. Havia também uma grande foto de Connie, vestida apenas com a camisola, entrando na Central de Polícia amparada por dois policiais uniformizados. Holt ficou quase cego por causa da onda de ódio que o atravessou. Mas, quando falou, sua voz parecia equilibrada: — Muito gentil da sua parte se incomodar.

— Ei, espere aí... — disse Adair. Ele segurou Holt pelo cotovelo e guiou-o para um recanto no outro lado do corredor. — Espero que não pense que estou sendo movido por qualquer ressentimento pessoal. Vou ter de anunciar a sua demissão, Mitch, mas é para o bem do serviço. Você deve levar em consideração isso, especialmente depois deste novo acontecimento.

— Oh, claro, estou compreendendo perfeitamente.

— Devo dizer que isto — Adair fez um gesto mostrando o jornal — foi um choque para mim. Conheço Connie e gosto dela imensamente. É a última coisa no mundo que eu seria capaz de imaginar que pudesse acontecer. Estou verdadeiramente chocado.

— Por quê? — perguntou Holt sardonicamente. — É uma perfeita armação... perdão, um caso perfeito. Connie atravessa freqüentemente a fronteira. Isso vai ser facilmente comprovado. E seus parentes no rancho lá em Ensenada... é onde a maconha é plantada, claro. Evidentemente, Connie já é uma traficante de drogas há muito tempo e cometeu o erro de tornar-se viciada no seu próprio produto. Acima de tudo, ela é nascida no México. Com tudo isso, você pode fazer a coisa render um bocado porque, como todo júri americano sabe, o pessoal da fronteira é responsável por todos os nossos crimes e vícios. Um caso rápido, Adair, qualquer palhaço no escritório pode ganhar esta para você.

Seu frio sarcasmo fez Adair contorcer-se.

— Mitch, sei o quanto você está transtornado, mas controle-se, filho. Nunca o vi falando desse jeito...

— Você não sabe o quanto estou transtornado. E, daqui para a frente, vou fazer muitíssimo mais do que apenas falar. Transmita a notícia, se quiser. — Ele se voltou sem um adeus e desceu os degraus não esperando o elevador. Na curva da escadaria, enxergou Adair ainda em pé no corredor, olhando para ele.

— Belas palavras — Holt sussurrou para si, desdenhosamente. — Mas o que é que você pretende fazer, garoto brilhante? — Ele não dispunha de resposta para isso. Van Dusen era sua única pequena esperança e o investigador, aparentemente, decidira não arriscar o pescoço por Mitchell Holt.

No entanto, quando retornou ao estacionamento para apanhar o carro, havia um pedaço de papel preso debaixo do limpador de pára-brisa. Holt leu o bilhete e sentiu um pequeno lume brilhar animadoramente dentro dele.

O bilhete era curto. E dizia: "Olhe dentro da sua mala. Assinado, Um Imbecil."

Holt abriu a mala do carro. O transmissor portátil e o gravador estavam lá.

CAPÍTULO 26

Holt dirigiu depressa. Fantasiava que quanto mais rápido dirigisse mais cedo conseguiria afugentar as dúvidas da cabeça. Não dúvidas sobre o caso, mas sobre sua capacidade de ver à frente. Estava lutando contra um inimigo que nunca se revelava e sabia que corria um risco terrível.

"Agarre-se à sua oportunidade!", repetia, como incentivo a si mesmo. Não importava se era uma oportunidade verdadeira, já que era a única ao seu alcance.

A funcionária da Central de Polícia pensou que ele viera apanhar o seu porte de arma, e já ensaiava desculpas para explicar por que ainda não estava pronto. Holt mal prestou atenção às justificativas. Já que não tinha mais a arma, o documento seria absolutamente inútil. Tinha vindo falar com Quinlan. Porém, o sargento telefonara mais cedo para comunicar que estava doente e não viria trabalhar naquele dia.

— Deve ser a gripe — justificou a mulher. — Há um bocado de gente gripada por aí.

Holt concordou e guardou para si as dúvidas. Ele imaginou que a doença de Quinlan era apenas de natureza estratégica. Certificou-se do endereço do sargento e dirigiu-se para lá, expondo-se ao risco adicional de pegar gripe, se necessário.

Quinlan morava numa quadra de bangalôs. Eram seis chalés amontoados num lote que ordinariamente comportaria apenas uma habitação de tamanho normal, com arquitetura inspirada na Idade Média misturada ao estilo *estuque-e-telha*, popular no sul da Califórnia trinta anos antes. Ostentavam certo ar de distinção de classe média, envergadas como armaduras contra a passagem do tempo.

O chalé que Holt procurava situava-se nos fundos, com a parte de trás voltada para a aléia. Havia um cartão quase apagado, pregado sobre uma caixa de correio metálica, onde se lia: "Sr. e Sra. Henry Quinlan". Estava desatualizado, já que Holt sabia que Quinlan era viúvo. Mas Quinlan não se incomodara em trocá-lo, ou preferira deixá-lo do jeito que estava. Holt tocou a campainha. A princípio não escutou nenhuma resposta, mas quando tocou novamente a voz de Quinlan mandou-o entrar. Holt obedeceu.

A sala era confortável, mas a mobília não era de tipo caro, e o ambiente mostrava-se algo desarrumado, como se podia esperar da casa de um homem vivendo sozinho. Era separada dos quartos de dormir por um arco que antes possuíra portas envidraçadas, mas que haviam sido removidas. Quinlan estava sentado na beira da cama de casal, ainda vestindo pijama. A sua perna defeituosa estava esticada para fora, rígida, formando um ângulo de 45 graus com o carpete. A bengala estava apoiada na mesinha-de-cabeceira. Era uma bengala nova, Holt observou esse detalhe.

Os dois se encararam por um momento silencioso, depois Quinlan grunhiu:

— Que diabos está fazendo aqui?

— Procurando por você. Disseram-me que estava doente.

— É a minha perna. Algumas vezes, me incomoda. — Quinlan não o convidou a sentar. — Bem, já me encontrou. Então diga o que quer e dê o fora.

— Eu queria ter certeza de que você leu os jornais da manhã — disse Holt. Ele avançou até os pés da cama e colocou o *Sentinel*, virado para cima, sobre as cobertas.

Quinlan percorreu brevemente a página da frente com uma única olhada.

— Eu já vi — falou, indicando a cesta de lixo com um movimento de cabeça. Outro exemplar do *Sentinel*, quase intocado, fora jogado dentro dela. — E daí?

— Belo trabalho — disse Holt. — Muito profissional. Um toque de mestre.

— O que espera que eu faça? Chore?

Holt não respondeu. Em vez disso, deu alguns passos até a cômoda. Havia três fotografias emolduradas em cima do móvel, em meio a uma confusão de pertences de Quinlan. Uma das fotos era de uma mulher de meia-idade de fisionomia meiga, aparentemente a sua esposa falecida. Os outros dois retratos eram mais novos, um jovem num uniforme da Marinha e outra segurando uma criancinha. — É a sua família, Quinlan?

— O que tem isso?

— Minha esposa tem mais ou menos a idade desta moça aqui, sua filha. Provavelmente, as duas têm muita coisa em comum. Tenho um retrato de minha mulher, também, Quinlan. Todo mundo na cidade tem agora. Mostra ela sendo levada para a cadeia, de camisola.

Quinlan, com visível desconforto, deu de ombros.

— Que pena!

— É onde ela ainda está, na cadeia. Connie nunca esteve presa, Quinlan. Foi um grande choque para ela. Mas você a mandou para a cadeia, ontem à noite. Deve ter pelo menos a noção do que ela está passando.

Quinlan replicou, raivoso:

— Por que veio despejar essa choradeira para cima de mim?

— Quero apenas lhe fazer uma pergunta. — Holt levantou o jornal. — Você acredita nesta história?

— Não sei nada sobre isso — retrucou Quinlan.

— Você deve reconhecer o trabalho de McCoy pela forma dele agir. Vocês são parceiros há trinta anos.

— Agora, olhe aqui — retrucou Quinlan. — Não vou ficar sentado escutando um monte dessas suas mentiras sobre o Mac. — Ele meio que se levantou da cama, a mão tentando alcançar automaticamente a bengala.

— Esta é a mentira — insistiu Holt tranqüilamente, dando tapinhas no jornal. — E você vai ter de encarar isso, Quinlan. Você pode jogar fora o seu jornal e pode ficar na cama pelo resto da vida, mas a mentira vai permanecer aqui e você sabe disso.

— Não sei de nada. E agora dê o fora.

— Por quanto tempo ainda vai continuar bancando o bobo para o McCoy? Trinta anos não é tempo suficiente?

— Não tenho nada a ver com o que aconteceu com a sua esposa! — Quinlan estava quase gritando.

— Sei que não foi você. Da mesma forma que não teve nada com plantar a dinamite no apartamento de Shayon e com todas as outras fraudes executadas por McCoy. Você tem sido um idiota, idiota demais para saber o que estava acontecendo. Essa é a verdade.

— Que história é essa de vir aqui me ofender? — gritou Quinlan. — Se esta perna não estivesse me atrapalhando, eu...

— É realmente a perna que o está incomodando ou é outra coisa? — desafiou-o Holt, enfrentando o olhar furioso de Quinlan. — O que o está incomodando não será o fato de finalmente ter se apercebido do que vem acontecendo todos estes anos?

O olhar de Quinlan foi o primeiro a vacilar. Ele sussurrou:

— Você está maluco. Por que eu deveria acreditar em qualquer coisa que possa me dizer?

— Certo, por que deveria acreditar em mim? McCoy tem sido o seu pequeno deus de lata e é mais fácil para você deixar as coisas como estão. Admiro a sua lealdade. É mesmo uma pena que McCoy não sinta o mesmo por você.

A cabeça de Quinlan deu um estalo, finalmente:

— Do que é que está falando?

— Deixe-me fazer-lhe uma pergunta. Na semana passada, quando Farnum mudou a história dele sobre a dinamite, tanto você como McCoy conversaram com ele. Separadamente. Pareceu muito estranho, sendo vocês parceiros tão próximos...

— Íamos vê-lo juntos, só que... — Quinlan parou.

— Só que McCoy não apareceu.

— Ele se atrasou, foi só isso.

— Certo, ele se atrasou. Você conversou com Farnum sozinho e McCoy veio mais tarde. Dessa forma, McCoy pôde fazer uma lavagem cerebral em Farnum sem testemunhas... E para o caso de alguma coisa dar errado, você entrava de gaiato, como culpado.

— Você não pode provar isso.

— Também não posso provar que Connie foi incriminada falsamente. Mas sei que foi isso o que aconteceu. E você sabe também. Acorde, Quinlan. McCoy o usou durante anos como reserva à disposição para a eventualidade dele precisar de uma escapatória. Isso é o que você sempre foi para McCoy.

O olhar de Quinlan fixou-se lentamente em sua perna estilhaçada.

— Não acredito nisso — disse com voz rouca. — Mac é meu amigo.

— Onde estava o seu amigo na noite passada? Com você, dizendo que não tinha nada com que se preocupar? — Holt percebeu pela expressão de Quinlan que tinha acertado no alvo. — Você não precisa me dizer, porque sei onde McCoy estava. Estava no Frontier Hotel, na Fathom Street, armando a farsa contra Connie. Ele não precisava de você para isso ou para qualquer outra coisa. Exceto talvez para levar a culpa de tudo, se nada mais salvar a pele dele.

— Telefonei para o rancho — murmurou Quinlan, quase para si mesmo. — Ele não estava lá. Se bem que isso não prove nada.

— Você ainda quer prova? — perguntou Holt. — Pois bem, sei onde a prova está. É a minha arma. Você mesmo a viu. Connie estava com ela na noite passada, mas não se achava entre as coisas dela quando os guardas a encontraram. Isso significa que McCoy a pegou. Não sei o que pretende fazer com ela. Provavelmente imagina que sirva como trunfo caso também precise forjar um flagrante contra mim. Mas vai funcionar ao contrário, também. Aquela arma é também um trunfo para mim.

— Não estou entendendo — disse Quinlan, com voz arrastada.

— Se McCoy está com minha arma, isso é prova concreta de que ele encenou a farsa de ontem à noite. Se ele fez isso, então, será igualmente culpado de todo o resto. O que vai fazer sobre isso, Quinlan?

— Por que devo fazer alguma coisa?

— Você é um policial — disse Holt. — Acho que é um policial honesto. Prestou um juramento e usa um distintivo. Sei que me odeia, mas isso não interessa. Se o distintivo significa alguma coisa para você, como um policial, eu o desafio a investigar o que lhe contei.

— Não me encha com essa história sobre o meu dever — zombou Quinlan. — Eu já cumpria com o meu dever quando você ainda usava fraldas. Você está apenas tentando salvar o pescoço, Holt.

— E você está apenas tentando enterrar o seu para não ver. Por que, Quinlan? Está com medo de quê? De que eu possa estar com a razão?

— Não estou com medo de nada — respondeu Quinlan, ainda com voz rouca. — Somente não acredito em você. Está me ouvindo? Não acredito em você.

— Pode gritar o quanto quiser — disse Holt, a voz igualmente tensa. — Não vai conseguir me convencer porque não convence nem a si mesmo. É por isso que está se escondendo aqui na cama. E finge para si mesmo que é por causa da sua perna aleijada, sabendo o tempo todo que a coisa vem é lá de dentro.

Quinlan emitiu um rosnado sem nexo, cujo significado Holt não teve como dizer se era desespero ou apenas ódio. Eles se encaravam fixamente por sobre os cobertores amarrotados, e ambos ofegavam, como se tivessem se empenhado num esforço físico violento. Finalmente, depois de passados alguns momentos, Quinlan sussurrou:

— Cale-se. Preciso pensar.

Holt virou-se e foi para a minúscula sala de estar. Afundou numa espreguiçadeira e procurou não olhar em direção a Quinlan. Sentia-se drenado, sem nenhuma emoção, sua mente vazia tanto de esperança quanto de desesperança. Já havia dito tudo o que tinha para dizer, e agora não havia mais nada que pudesse fazer. A decisão não era mais dele. Era de Quinlan.

Ficou ali sentado durante muito tempo, quase incapaz de pensar em qualquer coisa, exceto no seu extremo estado de exaustão. No bulevar lá fora, os ônibus transitavam estrepitosamente e próximo dali um poderoso cortador de grama trabalhava velozmente. No entanto, dentro do bangalô, apenas silêncio. Em dado momento, Holt acreditou ter escutado Quinlan murmurar "Trinta anos" como um réquiem, mas foi tudo.

Talvez ele tivesse cochilado porque não ouviu Quinlan deixar a cama. Mas, de súbito, deu-se conta de que o sargento estava em pé ao lado da sua cadeira. Havia tirado o pijama; agora, estava com roupas do trabalho. Quinlan não o olhava, olhava para fora, através da janela, onde as sombras da tarde espreguiçavam-se no gramado.

— Está ficando tarde — murmurou Quinlan. — Mas talvez não seja tarde demais. O que quer que eu faça, Holt?

Holt levantou-se devagar para encará-lo.

— Acho que você sabe o que pode fazer.

— Sei.... — suspirou Quinlan. — Acho que sei.

— Você precisa ouvir de McCoy toda a verdade. Você é o único homem no mundo para quem ele é capaz de confessar.

CAPÍTULO 27

— Estou me sentindo como se fosse o Dick Tracy — grunhiu Quinlan. — Nunca usei nenhuma dessas porcarias de máquinas, em nenhum caso em que tenha trabalhado.

— Pode arriar os braços agora — Holt lhe disse. Apesar das queixas do sargento, o equipamento era surpreendentemente compacto. Havia um microfone do tamanho de uma moeda de meio dólar fixado por trás de sua gravata, e fios minúsculos debaixo da camisa, ligados a um par de baterias dentro do bolso. Nada mais, e isso o transformava em um transmissor ambulante. Holt examinou-o meticulosamente:

— Bem, as baterias fazem um pouco de volume, mas a parte de trás do paletó deve disfarçar isso. Cuidado para manter o casaco abotoado e não cruze os braços, ou abafará o microfone.

Quinlan concordou com um resmungo e voltou para seu carro. Holt entrou nele também, mas no assento traseiro, onde o receptor bojudo e o gravador estavam instalados. Ele dobrou as pernas compridas por debaixo do corpo e procurou uma posição confortável sentado no chão do veículo, enquanto Quinlan ligava o motor. Eles tinham parado a menos de um quilômetro do rancho de McCoy para os preparativos finais. Fora um longo trajeto, desde a cidade até

Whiteside, ambos mal falando, conscientes de que a noite representaria uma espécie de marco decisivo na vida deles, para melhor ou para pior.

A noite caíra, uma noite escura sem lua que no campo recobria-se de uma escuridão desconhecida na cidade. Sentado no estreito vão entre os dois assentos do carro, Holt achou que tudo, afinal, combinava bem com um funeral. Os sonhos, a reputação e a carreira de alguém iam ser sepultados nessa noite. Um funeral estranho, enfim, pensou ainda, quando alguém não sabe se vai ser o defunto ou o agente funerário.

O carro parou novamente e, com ele, o seu macabro trem de pensamentos. Holt espiou por cima da borda da janela e constatou que tinham alcançado o grande portão de madeira que barrava a passagem para a casa do rancho de McCoy. O portão estava envolto na luminosidade de dois holofotes, tornando a escuridão para além dele ainda mais proibitiva.

Quinlan saiu, abriu o portão, dirigiu o carro passando por ele e parou de novo para fechar o portão atrás deles.

— Mac acharia estranho se eu não fizesse isto — explicou. — Ele pode enxergar o portão da sua janela da frente.

— Ele está em casa? — perguntou Holt, mantendo-se fora de visão.

— Há uma luz acesa lá. Ele está em casa.

O carro avançou mais um pouco, atravessando a alameda perfumada de que Holt se lembrava da sua primeira visita e então pararam de vez.

— A que distância estamos da casa? — perguntou Holt, não se atrevendo a olhar. — Não tenho certeza, mas acho que o limite de alcance desta engenhoca seja uns cem metros.

— Estamos diante da porta da frente — informou Quinlan. Ele desligou o motor, mas não fez menção de sair. Finalmente, Holt perguntou-lhe o que estava acontecendo.

— Estou me sentindo o pior dos canalhas, vindo até aqui para isto. É o que está acontecendo.

— Não estou me sentindo melhor do que você.

— É muito fácil dizer isso... Mac é como uma pessoa da minha família. — A voz de Quinlan alarmou-se. — Epa, lá está ele. Acho melhor me mexer. — Ao mesmo tempo, Holt ouviu a saudação festiva de McCoy, vindo da direção da casa:

— Ei, Hank, é você? Vamos, entre.

Quinlan abriu a porta e saltou do carro. Num tom baixo, falou para Holt:

— Se você estiver errado, prometo que vou fazê-lo engolir seus dentes. Mesmo que esteja certo, ainda posso querer fazer isso.

Holt apressou-se a colocar os fones de ouvido e tateou o aparelho para ter o dedo pronto no botão do gravador, para pôr o carretel em movimento no momento preciso. O microfone de Quinlan estava funcionando; Holt pôde ouvir perfeitamente as passadas do sargento esmigalhando ruidosamente o cascalho e logo a seguir o som oco dos degraus de madeira quando ele subia para a varanda.

A voz de McCoy chegou até os fones nos seus ouvidos, distante a princípio, para aumentar de volume à medida que os dois homens aproximavam-se um do outro.

— Ora, como vai você, forasteiro? Que satisfação vê-lo. Por que não telefonou para dizer que vinha?

Quinlan tentou desculpar-se. Ele não era um ator.

— Não tem importância — respondeu McCoy, jovial. — Tenho bastante cerveja na geladeira e estou pronto, absolutamente no ponto, para lhe aplicar uma nova surra nas cartas. Vamos, Hank, entre.

Holt ouviu uma porta abrir-se e se fechar. Cautelosamente, espiou para fora. McCoy e Quinlan tinham desaparecido. Holt ligou o gravador.

— Bem, não fique aí em pé — disse McCoy de algum lugar da sala. — Sente-se, Hank, tire esse peso de cima de seus pés. Como vai a perna esta noite?

— Não muito bem — murmurou Quinlan.

— É uma pena, droga — solidarizou-se McCoy. — Pessoalmente, me sinto bem, melhor do que nos últimos dias. Na verdade, sinto desejo de comemorar e estou contente que tenha vindo. Fique à vontade enquanto vou buscar a cerveja.

— Não se incomode, Mac — disse Quinlan. — Não estou com sede.

— Quem falou em sede? É uma comemoração. — McCoy fez uma pausa, a voz tornando-se mais séria. — O que está aborrecendo você, Hank? Eu conheço essa sua expressão.

— Nada.

— É? Então está ótimo, se é assim. Mas relaxe, tire o paletó...

— Não, não quero — disse Quinlan, tão precipitadamente que Holt se sobressaltou. — Estou apenas querendo ter uma conversa com você, Mac.

— Tudo bem — disse McCoy, tranqüilo. — Sou todo ouvidos.

Holt ouvia também, muito tenso. Estava chegando a hora, ele sabia, e perguntava-se como Quinlan pretendia conduzir o assunto. Holt teria escolhido um caminho tortuoso, mas Quinlan conhecia um único caminho. Ele era tão sutil quanto uma máquina de terraplenagem atacando uma encosta; entrou direto no assunto.

— Quero saber o que está acontecendo.

— Acontecendo, quando? — indagou McCoy, cauteloso.

— Agora. E no passado. Em todos esses trinta anos.

Houve uma pausa, durante a qual Holt podia ouvir a respiração pesada de Quinlan. Finalmente, McCoy disse:

— É uma história longa. Parece que você tem lido demais os jornais, Hank.

— Eles apenas me fizeram começar a pensar, mais nada.

— E então você chegou à brilhante conclusão de que onde há fumaça há fogo — grunhiu McCoy. — Aí está um assunto um bocado estranho para você vir me trazer, Hank.

— Ainda não ouvi nenhuma resposta.

— Pensei que estivesse me visitando como amigo — McCoy disse tão suavemente que Holt teve dificuldade para ouvi-lo. — Mas talvez eu estivesse enganado. Você parece estar querendo me pressionar, é isso?

— Vim aqui lhe fazer uma pergunta. Essa história que o Holt vem espalhando é verdade?

— Verdade? — ecoou McCoy. — Todas as vezes em que compareci aos tribunais, jurei dizer a verdade. Será que agora devo prestar juramento diante de você?

— Se quiser...

— Está bem, não quero. E não gosto do jeito dessa nossa conversa.

— Mac — disse Quinlan. — A pergunta é fácil, fácil demais para querer tirar o corpo fora. Você alguma vez forjou provas contra alguém?

Houve outra pausa. Então, McCoy respondeu com simplicidade:

— Ninguém que não fosse culpado.

A admissão foi dada de forma tão prosaica que Holt, retesando cada nervo, teve dificuldade de acreditar no que estava ouvindo. Aparentemente Quinlan teve a mesma reação, porque McCoy riu.

— Ora, Hank! Você pediu a resposta e a dei. Satisfeito?

— Você está brincando comigo — disse Quinlan, quase num sussurro. — Não pode estar falando sério.

— Por que deveria brincar com você? — perguntou McCoy. — Você já sabia de certo modo, não sabia? Do contrário, não precisaria me perguntar. Conheço você.

— E eu pensava que conhecia você. Acreditava em você, fiquei do seu lado... e por todo o tempo, por todos esses anos... — A voz de

Quinlan era um grasnido angustiado. — Mac, por que fez isso? O que foi que deu em você?

— Nada. Eu estava apenas exercendo a minha função, é só. Precisava ter certeza de que os canalhas não iriam cometer assassinatos e ficar livres. Certo, algumas vezes tive de dar um jeito na coisa pessoalmente, mas a verdade é que para combater fogo você tem que usar fogo. Não há nada de errado nisso.

— Mas falsificar prova, mentir... — resmungou Quinlan.

— Mentir, não — cortou McCoy. — Ajudar a justiça. Você se lembra do caso Burger, lá pelos anos 34 ou 35? Tínhamos a certeza de que ele era culpado, mas ele iria escapar impune, sem a menor dúvida, se não tivéssemos encontrado o cano com que ele esmigalhou o cérebro da própria esposa.

— Você o encontrou no quintal onde ele o havia enterrado — falou Quinlan devagar. — Ou foi você que o enterrou ali?

— Funcionou, não funcionou? Burger confessou. Então, que diferença faz quem o enterrou?

— Que diferença faz? — gritou Quinlan. — Você não tinha nenhum direito de fazer isso!

— Burger também não tinha nenhum direito de matar a esposa. Eu apenas o fiz pagar pelo seu crime.

— E os outros... os que não confessaram... O que vai me dizer sobre eles?

— Ora, o que vou dizer? Eram culpados, todos os malditos.

— Mas como podia ter tanta certeza?

— Sou um detetive — disse McCoy. — Tenho intuição para essas coisas. Você sabe disso. Eu não me envolvia com o caso a menos que tivesse certeza. Na maioria das vezes, de qualquer maneira, nem era preciso.

— Na maioria das vezes — ecoou Quinlan. — Com que freqüência, Mac? Quantas vezes?

— Não sei — disse McCoy e Holt podia quase vê-lo encolher os ombros. — Pode ter sido uma dúzia, talvez menos. Não me lembro exatamente. O que importa isso agora?

— Importa para mim — replicou Quinlan, a voz rouca. — Não vê o que fez a você mesmo? E a mim?

— Ora, não venha com essa de moralista — desdenhou McCoy, impaciente. — Não combina, saindo de você. Você não tem do que se queixar. Fez uma bonita carreira, nesses anos todos, graças a mim.

— Graças a você!

— Sim, a mim. Ainda estaria fazendo ronda, de cassetete na mão, se eu não o tivesse ajudado. Mas fiz de você um sargento, fiz o seu nome ficar conhecido em todo o estado. Diabo, fiz de você praticamente uma lenda. E você gostou. Portanto, não venha chorar agora sobre a maneira como tudo foi conseguido.

— Eu não sabia — murmurou Quinlan. — Juro por Deus que não sabia!

— A culpa não é minha. — McCoy fez uma pausa e depois sua voz amaciou: — Mas por que estamos brigando? Fomos parceiros por muito tempo para estarmos gritando um com o outro desse jeito. É uma história antiga, Hank, águas passadas. Estou aposentado agora, e o que passou, passou.

— Não é uma história antiga — disse Quinlan. — Ainda continua.

— Você está falando daquela confusão com a dinamite? Tudo bem, eu tive um tropeço, mas já sou um homem velho, Hank, e estava sendo muito pressionado. De qualquer modo, tudo saiu certo, não saiu?

— Estou falando da noite passada, quando você armou uma cilada para a esposa de Holt. Foi sujo o que você fez. E se estivesse tudo acabado, como diz, por que então ficou com a pistola do Holt?

Seguiu-se um silêncio curto. McCoy indagou comedidamente:

— E como ficou sabendo sobre a pistola?

Havia um tom mortífero no tom de sua voz, que Holt reconheceu, mesmo através do amplificador de áudio. Mas, aparentemente, Quinlan não o havia percebido. Sem pensar, ele falou a verdade:

— Holt me disse.

— Ah, disse? Talvez isso explique por que você está aqui, com essa auréola que está usando. Você está trabalhando para o Holt agora. Arranjou um novo parceiro.

— Não é para Holt que estou trabalhando — replicou Quinlan. — É para o Departamento de Polícia.

— Não gosto da maneira como isso soa. O que está querendo, Hank?

— Primeiro, a pistola de Holt. O jogo acabou, Mac. Vou ter que levá-lo preso.

— Então é isso, hem? — respondeu McCoy, sarcástico. — Essa é a lealdade que me deve, não é?

— Certa vez, levei um tiro por você. — A voz de Quinlan era amarga. — Acho que estamos quites. Não vou acobertar este caso. Vou prendê-lo, Mac. Não me obrigue a engrossar. Posso até gostar disso.

— É melhor pensar bem no que vai fazer — preveniu McCoy. — Você está metido nessa tanto quanto eu.

— Não, nem tanto. Tenho sido um imbecil, mas não um farsante. Não sou mais o seu parceiro, Mac. Acho até que nunca fui, realmente. — A voz de Quinlan endureceu. — Agora me entregue aquela pistola.

Houve um momento de silêncio, durante o qual Holt prendeu a respiração. Depois, McCoy disse, serenamente:

— Se é isso que você quer, Hank. Estou com ela bem aqui.

Quinlan berrou instantaneamente:

— Mac! Não seja tolo...

Os tiros de pistola explodiram nos fones de ouvido de Holt, como se fossem trovões. Um instante depois, outro ruído seguiu-se, como um eco. Um baque pesado, como se alguém, acidentalmente, tivesse deixado cair um telefone durante uma conversação, depois um barulho de algo se quebrando e, a seguir, silêncio. Holt sentou-se no assento traseiro do automóvel, na escuridão, com uma sensação de mal-estar envolvendo-o. Sabia exatamente o que havia acontecido, como se tivesse assistido à cena toda. Apesar das revelações chocantes que ouvira, Quinlan não fora capaz de abandonar inteiramente a sua fé no parceiro. Trinta anos não podiam ser destruídos em trinta minutos. E Quinlan havia pagado por seu último fiapo de confiança.

Holt ouviu a voz de McCoy. Soava abafada, como se estivesse a grande distância, o que significava que Quinlan caíra de bruços, por cima do microfone. Depois a voz de McCoy ficou mais distinta e Holt imaginou que ele estava virando Quinlan para cima.

Parecia que McCoy soluçava.

— Hank! — ele gemia. — Seu idiota, totalmente idiota! Eu não queria fazer isso... está me ouvindo, Hank? Por que me obrigou a fazer isso? Você era a única pessoa que... — Subitamente, ele parou e a sua voz mudou por completo, do remorso para a consternação. — Que diabo é isto aqui?

McCoy havia acabado de descobrir o microfone. Os fones de ouvido emudeceram.

Holt sabia que seria apenas questão de segundos antes de McCoy entender o que fora armado contra ele. E, então, Holt estaria correndo o maior risco de sua vida. Se McCoy abatera a tiros o seu velho amigo para salvar a própria pele, dificilmente poderia esperar que tivesse qualquer sinal de piedade em relação a ele.

Holt pôs de lado os agora inúteis fones de ouvido e saltou para os assentos da frente do automóvel. Durante um horrível momento, pensou que Quinlan pudesse ter levado as chaves. Mas elas ainda pendiam da ignição. Correu os controles com que não estava familiarizado, tentando ressuscitar o motor. A ignição produziu um ruído arranhado, o motor tossiu e afogou.

Naquele instante, holofotes sobre o teto da casa-rancho explodiram em luz, iluminando o estacionamento, e McCoy correu para a varanda. Ele estava em mangas de camisa, os cabelos desgrenhados, e seus olhos expeliam selvageria. Numa das mãos segurava a pistola de Holt.

— Holt! — gritou ele, a pistola levantada. — Hank está morto! Está me ouvindo? Hank está morto...Você o matou!

Holt não esperou para responder. A máquina acelerou e ele fez o carro saltar à frente, derrapando, rodopiando num círculo apertado, tentando aprumar-se na direção que lhe permitiria fugir. Holt não se deu conta do tiro, mas o pára-brisa diante dele subitamente se estilhaçou.

— Não tente fugir! — McCoy gritou. — Você está preso!

Holt tinha de passar diante da varanda e, por puro reflexo, abaixou-se, manobrando o volante. Mas não conseguiu abaixar-se o suficiente. Uma forte pontada atingiu seu ombro e o braço direito tornou-se abruptamente entorpecido. Holt lutou para manter o carro sob controle de qualquer maneira, dirigindo apenas com a mão esquerda.

— Você baleou Hank!— gritava McCoy enquanto ele passava. — Vi você atirar! Eles vão acreditar em mim! Eles sempre acreditam em mim!

O carro agora estava apontado para a direção correta, para a vereda que levava à estrada. Holt pisou no acelerador. No entanto, não conseguiria ir mais veloz do que as balas, que passavam zunindo junto à lataria do veículo em fuga como se fossem abelhas frustradas. Olhando pelo retrovisor, Holt teve um breve relance de McCoy, correndo atrás dele pela estrada, e atirando ao mesmo tempo. O ex-policial gritava algo em agonia, que Holt não conseguia entender. As palavras dele misturavam-se ao ruído do motor roncando e do trovejante barulho dos tiros. De qualquer maneira, para Holt os gritos soavam como se ele dissesse:

— Ainda vou pegar você!

E embora fosse apenas a fúria frenética de um homem velho, sem pernas que pudessem derrotar os cavalos de força no motor do veículo que dirigia, Holt quase acreditava nele. Naquele momento de pânico, McCoy parecia ter os poderes da escuridão reforçando seus apelos. O portão principal do rancho barrava o caminho de Holt no início da alameda, mas ele não diminuiu a velocidade do carro. Arremessou o automóvel, esmagando o portão na passagem e carregando pedaços dele, como o som de ossos sendo estilhaçados.

Ele havia vencido. Já havia avançado vários quilômetros na estrada, em direção à cidade, antes que sua mente pudesse se descontrair o suficiente para se dar conta desse fato. No assento traseiro, o gravador ainda girava lentamente, como uma aranha mecânica tecendo sua teia. Não estava registrando mais nada. Mas já gravara o suficiente para expor um escândalo que já se desenvolvia havia trinta anos. E estava tudo ali, numa pequena bobina não muito maior do que um relógio de bolso. Três mortes haviam contribuído para tanto: Linneker, Farnum, Quinlan — e a teia continuava girando.

CAPÍTULO 28

Uma sessão da meia-noite era realizada no escritório da promotoria. O centro da festa era Holt, apesar de não ter mais um cargo ali. Ninguém pensou nisso, quando o propósito da reunião ficou estabelecido.

Do rancho de McCoy, Holt dirigiu diretamente para a casa do promotor público. Adair já se recolhera, mas Holt despertou-o. Ao ver o braço ferido de Holt, ele silenciou seus resmungos. Sentaram-se na sala de estar, Adair ainda de pijama. Holt pôs para tocar a fita gravada. Logo depois, um promotor público aturdido fez inúmeras ligações telefônicas.

A primeira foi para Van Dusen, que deveria entrar em contato com o xerife para que providenciasse a imediata prisão de McCoy. A segunda foi para o chefe Gould, na casa dele. A terceira foi para a Central de Polícia, para convocar o médico.

Todos, com a única exceção de Van Dusen, encontraram-se no escritório de Adair no Centro Cívico. Enquanto o chefe de polícia ouvia a gravação com o mesmo horror fascinado que Adair demonstrara, o cirurgião da polícia tratava dos ferimentos de Holt. A dor se agravara bastante e as recriminações do médico não o faziam sentir-se melhor.

— Você é mesmo do tipo que gosta de arrumar problemas, não é? — provocou o médico enquanto trabalhava. — Em termos médicos, eu o chamaria de um transmissor de encrencas.

— Como está minha esposa?

— Ótima. Ainda presa, é claro. Fiz nela todos os tipos de testes que pude imaginar, mas não encontrei nenhuma prova de que tivesse se dopado. Apenas uma marca hipodérmica em sua coxa esquerda, mas isso não significa...

— Não importa mais. De qualquer maneira, muito obrigado. O que consegui esta noite vai ser uma prova mais eficiente da inocência dela do que qualquer exame médico.

— É grave? — perguntou Adair, aproximando-se de onde Holt se encontrava sentado.

— Ele não vai poder jogar tênis por uns tempos — respondeu o doutor. — Nem fazer nenhum esforço com esse braço. A bala atravessou o músculo dorsal e foi parar na clavícula. Pelo menos, é o que parece por enquanto. Vou saber melhor depois de ele ser radiografado.

— Não queremos perdê-lo, doutor. — A voz de Adair mostrava emoção. Ele havia voltado para o lado da cerca onde estava Holt.

- Não há muita chance disso acontecer. Quero levá-lo ao hospital e extrair logo essa bala.

— Isso vai ter de esperar. — Holt elevou a voz. Ele queria que o chefe Gould ouvisse isso. — Em sua opinião, doutor, eu poderia infligir um ferimento como este em mim mesmo?

— Do que está falando? — indagou o doutor, perplexo. — Só se tivesse braços com cerca de dez metros de comprimento.

Gould entendeu aonde ele queria chegar e deu um sorriso melancólico:

— Não precisa esfregar isso na minha cara. O que você quer? Que beije os seus sapatos em plena Broadway?

— Só quero que telefone para a Central de Polícia e mande libertar minha esposa. Vou ficar muito mais calmo depois disso.

— Claro, tinha me esquecido dela. É a parte mais fácil. Ela vai estar aqui em dez minutos. — Imediatamente, Gold dirigiu-se ao telefone.

Adair puxou uma cadeira para conversar com Holt de frente:

— Acho que precisamos ter uma pequena conversa antes que os jornais tomem conhecimento de tudo. Talvez seja melhor chamar aqui o Rackmill e o prefeito, para avaliarmos a situação.

Holt sacudiu a cabeça.

— Se quiser ser realmente esperto, deixe os políticos fora disso. Eles só fazem criar mais problemas. Este caso foi conduzido como um assunto político, quando devia ter sido apenas uma questão de justiça.

— Acho que tem razão — disse Adair, lamentando-se. — Meu Deus, que confusão! Vamos precisar revisar todos os casos em que McCoy se envolveu. Até os mais simples. — Ele hesitou. — Eu disse nós, mas talvez esteja me precipitando. Estou, Mitch?

Holt disse, devagar:

— Ainda não sei... Não pensei em nada.

— Você pode voltar ao seu trabalho quando quiser. Nem preciso lhe dizer.

— Não sei se quero — replicou Holt. — Essa é uma das razões por que não quero que você ponha o Rackmill nisto. Ele vai querer barganhar minha readmissão em troca de apoio a você. Não estou pronto para barganhas.

Adair assentiu:

— Depois do que aconteceu, você não me deve nenhuma lealdade e eu seria o último a esperar isso. Mas, pessoalmente, ficaria muito feliz com você de volta para nós. — Ele fez uma pausa, depois, com esforço, acrescentou: — Mesmo que isso signifique que eu tenha de deixar o cargo.

— Eu não quero o seu cargo — afirmou Holt, sob o olhar ansioso de Adair. — Há somente um cargo que eu aceitaria... Um trabalho que me colocasse em posição de ajudar toda essa gente falsamente incriminada por McCoy a conseguir um novo julgamento.

— Acho que isso pode ser arranjado — arriscou Adair. — Tenho certeza de que algum cargo poderia ser criado especificamente para essa tarefa. Você seria um defensor público especial ou algo parecido... — Ele parou e a face avermelhou-se. — Acho que estou tentando barganhar com você, no final das contas.

— Defensor público especial — repetiu Holt vagarosamente. — Acho que pode funcionar. Mas eu precisaria de autonomia para lidar com todos os casos antigos. Nenhuma interferência e nem acobertamentos, doa a quem doer.

— Eu garanto isso.

— Caso contrário, minha melhor opção seria ficar de fora e atuar como advogado particular. Quero deixar a minha posição bem clara desde já. Neste instante, é bem fácil para você me prometer o mundo, mas depois, quando a coisa tiver esfriado um pouco, pode mudar de idéia. Tenho visto o que a pressão pode fazer sobre as pessoas.

— Vou deixar essa garantia por escrito — prometeu Adair —, e para o inferno as pressões. Certo, vamos ter de agüentar um bocado, e de todos os lados. Mas acho que você pode deixar isso comigo. Se não puder, bem, eu era muito bom na advocacia privada, antigamente. Não estou velho demais para entrar nisso de novo.

— Queria ter para mim essas suas boas perspectivas — lamentou-se Gould, juntando-se a eles. — Sou apenas um policial. E, a partir de amanhã, policiais vão se tornar as pessoas mais desprezadas desta cidade.

— Pode até acontecer — replicou Holt —, mas acho que não vai ser assim. Claro que será um escândalo e todos ligados à lei vão sofrer com isso por algum tempo. Mas, no final, acho que se aceitarmos reconhecer os erros e nos esforçarmos para corrigi-los, na medida do possível, isso irá aumentar a confiança do público em nossa justiça. E com uma base muito mais firme. McCoy era apenas um policial, não o sistema inteiro.

— McCoy era mais do que um policial, era um símbolo para toda a corporação. Vai ser o mesmo que descobrir que Abraham Lincoln era dono de escravos.

— Certo, McCoy era um símbolo, um símbolo falso, como ficou provado. Você perdeu um herói esta noite, mas ganhou outro para assumir o lugar. — Eles olharam para Holt, sem compreender. — Estou falando de Quinlan. Ele não precisava ter morrido. Bastava apenas ter fechado os olhos, como muitos homens fariam. Mas Quinlan era fiel à sua insígnia e morreu cumprindo o seu dever. Se você precisa de um herói, Quinlan é um bom modelo.

— Eu sei de outro — sugeriu Adair.

— Não eu. Quando me vi envolvido nessa confusão toda, não tive mais escolha a não ser ir até o fim. Mas Quinlan teve uma escolha. Na realidade, um terrível conflito entre suas lealdades. É assim que devemos entender as coisas.

— Bem, entenda tudo como quiser — murmurou Gould. — Mesmo assim, queria que você estivesse jogando no meu time.

— Mas estou. Sempre estive, todo esse tempo. Não era eu o franco-atirador nesta história. Ninguém que acredita na lei pode ser considerado assim. McCoy era o franco-atirador porque, no fundo, não acreditava na lei.

A porta externa abriu-se repentinamente e Van Dusen entrou rápido, chamando por Adair. Ele avistou o grupo no interior do escritório e foi reunir-se a eles. Sua face querubínica estava mais solene do que qualquer um deles jamais vira.

— Já está tudo feito! — ele anunciou. — Acabo de vir do rancho.

— Ele tentou resistir à prisão? — perguntou Adair.

Van Dusen balançou a cabeça.

— Chegamos tarde demais. McCoy matou-se com um tiro na cabeça. Ele tinha acabado de morrer quando chegamos lá. A sala de estar parecia um açougue, sangue por todos os cantos, dele e de Quinlan. O xerife ficou no comando das coisas.

Todos mantiveram-se em silêncio por um momento. Depois, Holt murmurou:

— Bem, talvez tenha sido melhor assim.

— Ele ainda podia ter sido útil — hesitou Adair. — É uma pena.

— Não concordo. Mesmo que quisesse, duvido que McCoy ainda fosse capaz de se lembrar de detalhes do que fez. E do que ia valer o juramento dele?

— Ele deixou um bilhete — acrescentou Van Dusen. — Ou pelo menos o início de um bilhete. Bastante sem nexo mas, ao que tudo indica, tentava inventar uma história para incriminar Holt no assassinato de Quinlan. — O investigador encolheu os ombros. — No final, acho que imaginou que seria inútil.

Holt olhava pensativamente para as relíquias do tempo da luta nas fronteiras afixadas na parede, estrelas de estanho e pistolas, restos simbólicos de antigos sonhos com uma justiça que simplesmente funcionasse para todos. Ele soltou um riso breve e desolado:

— Acabou de me ocorrer uma semelhança entre McCoy e Farnum. Mesmo o grande McCoy não era tão melhor assim do que o assassino de Linneker. Nenhum dos dois deu qualquer valor para a lei, ambos sofriam delírios e ambos mataram-se ao invés de enfrentar a situação que criaram.

— Só que há uma diferença crucial... e terrível — assinalou Adair. — A carreira de Farnum durou poucos dias. A de McCoy durou anos. Já encerramos o caso Farnum. Mas quando vamos encerrar o de McCoy? Duvido que algum dia cheguemos a uma solução definitiva quanto à história total.

Lá fora na rua, veio crescendo o barulho de uma sirene, que morreu subitamente, quando chegou perto. À janela, Gould anunciou:

— Deve ser a sua esposa, Holt.

Holt levantou-se penosamente, com o cirurgião da polícia amparando-o:

— Já terminamos por aqui. Vejo todos vocês pela manhã... ou quando o médico me der alta.

— Não se apresse — Adair aconselhou-o, taciturno. — Tenho o palpite de que vamos ter de conviver com essa coisa por muito tempo.

Van Dusen desceu no elevador, acompanhando Holt e o cirurgião:

— Bem, escoteiro, creio que você fez por merecer a sua insígnia.

— Tive quem me ajudasse. Obrigado, Van.

— Não fale nisso. — Van Dusen sorriu. — Eu ainda posso precisar que me pague o favor quando o Dois-Revólveres começar a pensar em como você botou as mãos naquela engenhoca.

— Neste momento, ele tem muito mais no que pensar — prometeu Holt.

Eles se encontraram com Connie no saguão. Escoltada por dois policiais uniformizados, ela esperava para entrar no elevador em que Holt descia. Haviam devolvido suas roupas e, a não ser por certa palidez, ela parecia completamente recuperada da penosa experiência. Seus olhos abriram-se com grata surpresa ao ver o marido e ela se lançou à frente para abraçá-lo.

— Onde esteve? Fiquei morrendo de preocupação. — Ela o sentiu dar um passo atrás e sua alegria logo se transformou em preocupação. — Você está ferido! Mitch... onde foi? Você está bem?

— Meu ombro — disse para ela. — Mas estou bem agora. Tudo está bem.

Connie, olhos espantados, procurou confirmação do médico, que a tranqüilizou.

— Ele vai ficar bom. Estou levando-o para o hospital agora.

— Hospital! É tão grave assim? Oh, Mitch!

— Ele não vai ficar lá por muito tempo — o doutor acalmou-a. — Talvez apenas por algumas horas, e depois vai poder levá-lo para casa.

— Tenho uma idéia muito melhor — anunciou Connie. Ela se debruçou no braço bom de Holt à medida que se afastavam do saguão e desciam os degraus para tomar o carro do esquadrão que esperava adiante. — Você vai ter que tirar umas férias, começando agora. — Quando ele hesitou, ela apelou para o cirurgião. — Não está certo, doutor? Para o bem da saúde dele?

— É um ótimo conselho médico.

— Ouviu isso, querido? Está tudo resolvido.

Ele havia lutado sozinho contra a administração de uma cidade e toda a sua estrutura, mas Mitch Holt era inteligente o bastante para entender que, no momento, encontrava-se em irremediável desvantagem. Por isso, achou melhor fingir que o ombro o incomodava, para evitar discutir. Haveria tempo para isso mais tarde. E talvez até mesmo tempo, algum dia, para suas férias. Não agora, mas algum dia. Primeiro, é claro, havia muita coisa de que precisava cuidar.

Este livro foi composto na tipologia AGaramond em
corpo 12/15 e impresso em papel Offset 90g/m² no
Sistema Cameron da Divisão Gráfica da
Distribuidora Record.

Seja um Leitor Preferencial Record
e receba informações sobre nossos lançamentos.
Escreva para
**RP Record
Caixa Postal 23.052
Rio de Janeiro, RJ – CEP 20922-970**
dando seu nome e endereço
e tenha acesso a nossas ofertas especiais.

Válido somente no Brasil.

Ou visite a nossa *home page*:
http://www.record.com.br